MEIN BRIEFFREUND, DER MÖRDER

MICHAEL PATE

1

SCARAMOUCHE

Fairbanks, 22. Mai 2013

Lieber Beaumont,
  wie fängt man so etwas an?
    Bitte verzeihe mir meine Frage, aber ich bin etwas unsicher. Du bist der erste Todeskandidat, dem ich je einen Brief geschrieben habe. Und womöglich bin ich nicht die erste Frau, die dir einen Brief geschrieben hat. Das weißt du sicher besser.

Ich weiß gerade nicht einmal, ob es politisch korrekt ist, das Wort „Todeskandidat" zu benutzen. Ob ich dich damit verletze oder verallgemeinere. Bitte sieh mir also alles nach. Ich bin bemüht. Und das hier ist totales Neuland für mich.

Ich habe deine Anzeige in einem Heft gelesen, als ich im Warte-

zimmer meines Hausarztes saß. Es hieß, du suchst Brieffreunde, die mit dir einfach über normale Dinge schreiben und dich von deinem Alltag im Todestrakt ablenken.

So dachte ich mir, ich schreibe dir einfach mal und hoffe, dass ich diese Aufgabe erfüllen kann.

~

*W*as gibt es über mich zu sagen?

Ich habe zwei Zwillingstöchter, sie heißen Mary-Ann und Jane und sind zehn Jahre alt. Wir leben in einem Waldhaus in Fairbanks, Alaska. Warst du schon mal in Alaska? Hier ist sehr, sehr viel Natur. Die Gegend sieht aus, als hätte der Mensch sie erst vor kurzem entdeckt. Und die Luft riecht nacht Tannen.

Im Anhang findest du eine Postkarte, so ungefähr musst du dir hier die ganze Umgebung vorstellen. Es ist wirklich schön für die Kinder hier.

Was mache ich beruflich? Ich arbeite auf Teilzeit als Buchhalterin in einer Stahlfirma, und bin nachmittags für meine Töchter da.

Ich war noch nie in Florida. Aber ich habe gehört, dass es dort sehr schön sein soll. Palmen, Sonne, klimatisch sicher das Gegenteil von Alaska. Ich glaube, bei euch schneit es nie so richtig, oder?

Bin ich dreist, wenn ich dich frage, was du so im Alltag machst? Ich kenne die Abläufe bei euch nicht. Wie behandelt man dich? Was erlaubt man dir alles?Was hast du vor deiner Inhaftierung so getrieben?

Hast du Familie?

Darfst du zwischendurch online gehen? Ich habe nämlich einige Fotos auf meiner Facebook-Seite, die dir einen Einblick in mein Leben geben könnten.

Du brauchst natürlich nichts von dir zu erzählen, was du nicht erzählen willst. Aber interessieren würde es mich schon sehr, mit wem ich es zu tun habe.

Und wenn du irgendwelche spezifischeren Fragen an mich hast, dann scheue dich nicht, sie einfach zu stellen.

Also, falls du Interesse hast, mit mir weiter zu schreiben, dann schreib einfach an die Adresse zurück, die auf dem Umschlag steht. Das ist ein Briefkasten bei der Post, direkt neben meiner Arbeitsstelle. Den benutze ich schon seit Jahren. So kann ich direkt auf der Arbeit meine Post durchgehen, und die Post sortiert den ganzen nervigen Werbekram weg.

Es wäre doch schön, mal wieder Post zu bekommen, über die man sich freuen kann. Deswegen hoffe ich, dass du Lust hast zurückzuschreiben. Es kann natürlich auch sein, dass dich die Leute mit Briefen überhäufen. Vielleicht gibt es interessantere Brieffreunde dabei, als eine Alleinerziehende aus Alaska, das ist auch noch so weit weg.

Aber ich würde mich natürlich sehr freuen, von dir zu hören. Und wenn nicht, dann nehme ich es dir natürlich auch nicht krumm.

In diesem Sinne, Beaumont, pass auf dich auf.

Ich hoffe auf Post von dir.

este Grüße,
deine Liberty

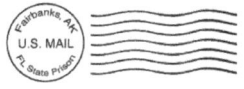

*U*nd mit diesem einen Schreiben fing vor fünf Jahren alles an. Diese auf Briefpapier beschränkte, und dennoch immer inniger werdende Beziehung zwischen zwei wildfremden Menschen, die kaum hätten unterschiedlicher sein können. Eine Beziehung mit allen Nebenwirkungen, wie etwa Schmetterlinge im Bauch, Eifersucht, Sehnsucht, Streit und Versöhnung. Alles auf dem Papierweg.

Und ja, wir sind sehr verschieden.

Liberty ist eine Mutter, die im nördlichsten Staat Amerikas ohne Mann zwei wunderschöne Töchter großzieht.

Und ich bin ein schwarzer Todeskandidat im kochend heißen Florida, der in zwei Wochen, am 15. Juli 2018, voraussichtlich seinen Termin mit dem elektrischen Stuhl endgültig einhalten muss. Für einen Mord, der vor 20 Jahren stattgefunden hat. Für einen Mord, mit dem ich nichts zu tun hatte. Auch wenn ich mit dem Blut des Opfers an meinen Händen verhaftet worden war.

Dieser Termin ist bereits der dritte, den ich hier drin bekommen habe. Vorher war es schon zweimal meinem Anwalt geglückt, einen Aufschub zu bekommen. Angeblich sind aller guten Dinge drei. Wir werden sehen.

Aber später dazu mehr.

Ich bin am 22. Februar 1975 geboren, das macht mich heute 43 Jahre alt. Ich kämpfe aktuell noch darum, nächstes Jahr meinen 44. Geburtstag zu erleben. In der freien Welt grillte ich gern und spielte Basketball. Und ich zeichnete und malte unheimlich gern. Mal auf Papier, mal mit Sprühdosen illegal an irgendeiner Wand. Immer wieder ließ ich mir sagen, dass ich Talent hätte. Aber egal, was man kann, es gibt immer einen, der es zehnmal besser kann.

Was gibt es noch Allgemeines über mich zu sagen? Ich hörte seinerzeit gerne Hip-Hop und 80er Musik, ich trug lässige Klamotten, Kopftücher und Caps. Ich baute damals natürlich so manchen Mist. Aber nichts, was das hier verdient hat.

Das war ich.

～

*H*eute bin ich einfach eine Zellennummer. Ich trage immer die gleiche Kleidung, und ich kämpfe darum, wieder in die Freiheit zu kommen.

Und du bist mein treues, meinungsloses Tagebuch. Du bist mein stiller Zuhörer, meine Gesellschaft in diesen einsamen Stunden. Na ja, abgesehen von Liberty, die technisch gesehen für mich auch lediglich aus Papier ist.

Mit Liberty kann ich aber nicht alles besprechen, mir nicht alles frei von der Seele schreiben. Denn alles, was ich verschicke oder erhalte, wird einer gründlichen Zensur unterzogen, um sicherzustellen, dass ich keine Flucht plane, oder keine Attentate oder Verschwörungen von dieser Gefängniszelle aus delegiere. Und da kann man nicht einfach frei über alles schreiben.

Mit dir aber geht das schon. Mit dir bin ich frei. Schon ironisch, dass aber die Andere „Liberty" heißt.

Ich habe die Wärter darum gebeten, meinen Sohn Jamal in Tallahassee aufzusuchen und dich in seine Hände zu übergeben, damit er weiß, dass sein Vater nicht der Mörder ist, für den er gehalten wird. Aber womöglich wird Jamal dies genauso wenig glauben, wie alle Anderen. Womöglich würde er dich einfach ins nächste Lagerfeuer werfen. Oder gar nie zu sehen bekommen. In dieser kahlen, weißen Zelle von insgesamt etwa acht Quadratmetern lernt man mit den Jahren, sogar mit den Jahrzehnten, Realist zu sein.

Irgendwie erfreulich, dass sie mir immer noch meine Kugelschreiber lassen. Denn so spät im ganzen irrsinnigen Prozess der Berufungen, geht langsam die Luft aus. Es ist wohl an der Zeit, davon auszugehen, dass es dieses Mal keinen Aufschub mehr geben wird. Und das heißt, dass das Personal bei mir besonders darauf achtet, dass ich keine Wege finde, mir Verletzungen zuzufügen oder mir gar vorzeitig das Leben zu nehmen.

Na ja, jedenfalls lassen sie mich noch schreiben. Und das ist erfreulich.

Was nach dem 15. Juli mit diesem Tagebuch passiert, das habe ich nicht mehr in der Hand.

Ich muss nun langsam davon ausgehen, dass ich am 15. Juli tot sein könnte, wenn jetzt kein blaues Wunder mehr geschieht. Dieser Joker fühlte sich aufgebraucht an.

Nach einem ewigen Tauziehen mit den verschiedensten Richtern im Alter von 43 Jahren unschuldig hingerichtet, und danach von der Menschheit vergessen. Das halbe Leben wird mir genommen worden sein. Rechnet man die 20 Jahre Haft dazu, dann reden wir schon von drei Vierteln. Ich bin verschwendetes Menschenfleisch. Ware mit einem klar definierten Verfallsdatum. Jede Pore meines Körpers, jedes Haar, jede Blutzelle, alles ist rein verschwendet.

Es ist ein merkwürdiges Gefühl, seinen eigenen Geburtstag und seinen voraussichtlichen Todestag zu kennen. Ich stelle mir meinen Grabstein vor. Meinen Namen, eingraviert in weißen Marmor, darunter beide Daten. Irgendwie ein unheimlicher Gedanke.

Aber was soll ich sagen, alles vergeht.

～

*D*ie Nacht, in der alles begann, verfolgt mich noch bis heute, besonders in meinen Träumen. Der Ort des Mordes, diese eine markante Tätowierung, das alles plagt mich immer wieder in meinem Schlaf.

Tagsüber bin ich durchgehend grundverspannt, ich habe mich bereits seit Jahren daran gewöhnt. Das Gefühl, völlig sorglos zu sein, völlig entspannt zu sein, kenne ich nicht. Ich stehe immer unter einem gewissen Dauerstrom. Und ja, es klingt wie ein Wortspiel, wenn man bedenkt, dass ich mich als erster Todeskandidat seit Ewigkeiten freiwillig für den Tod durch Stromschläge entschieden habe.

Du fragst nicht, warum. Du bist nur ein Tagebuch.

Aber vielleicht liest das hier irgendjemand, der sich diese Frage dann stellen wird. Daher beantworte ich sie einfach mal.

Ich hasse Spritzen. Ganz einfach. Das war schon beim Kinderarzt so, und das ist heute immer noch so. Ich hatte einmal mit 21 Jahren einen Hexenschuss, und der Notarzt, den meine Mutter gerufen hatte, besuchte mich zu Hause in meiner Ghetto-Wohnung. Er wollte mir eine Spritze in den Rücken jagen, aber ich schickte ihn nach Hause und ertrug lieber die fürchterlichen Rückenschmerzen, als mich von ihm piksen zu lassen.

Das gilt auch für Tattoos. An meinen Körper kommt keine Nadel heran. Ungewöhnlich für einen Typen wie mich, ich weiß.

Außerdem gibt es unzählige Gruselgeschichten über schiefgegangene Hinrichtungen mit der ach so humanen Giftspritze. Zum Beispiel sind bereits Venen durchstochen worden, so dass das Giftcocktail in die Armmuskulatur des Verurteilten geflossen ist und furchtbare Schmerzen ausgelöst hat. Oder aber es wurden auch keine Venen gefunden, so dass man überall am Körper des Todeskandidaten versuchte, die Nadel anzusetzen. Einfach nur gruselig.

∽

*D*er elektrische Stuhl, hier im Gefängnis auch bekannt als „Old Sparky" oder „Thunderbolt", ist keine besonders tröstende Alternative. Aber er ist mir zehnmal lieber, als mir langsam Gift in den Körper pumpen zu lassen, der mich zuerst lähmt und dann innerlich verbrennt. Lieber halte ich an der Annahme fest, dass ich nach Sekunden bewusstlos bin, wenn man mir 2.300 Volt durch den Schädel jagt. Auch wenn Menschen alle unterschiedlich gute Stromleiter sind.

Zur Klärung: Nach dem Strick wurde „Old Sparky" – das ist der Spitzname des Eichenstuhls, den ironischerweise Häftlinge zusammengetischlert haben – von 1924 bis 2000 zur einzigen zugelassenen Hinrichtungsmethode hier in Florida. Aber dann übte der Oberste Gerichtshof Druck auf den Staat aus, dass sie doch bitte auf die Spritze umsteigen mögen, da sie ja angeblich deutlich humaner sei, als verurteilte Menschen bei lebendigem Leib zu grillen.

Im Falle Jesse Tafero, hingerichtet am 4. Mai 1990, gab es jede Menge Shitstorm, da nach dem Einschalten des Stroms zentimeterlange blaue Flammen aus seinem Kopf geschossen waren.

Dann gab es bei Allen Lee Davis, hingerichtet am 8. Juli 1999, ein extremes Nasenbluten aufgrund des viel zu eng festgezurrten Gesichtsriemens, der ihm vermutlich die Nase gebrochen hatte. Ironischerweise trug er ein schneeweißes Hemd zu seiner Hinrichtung, das nach Minuten aussah, wie eine benutzte Monatsbinde.

Das sind nur zwei von mehreren Fällen, die diese ganze legale Debatte in den 90ern angekurbelt hatten, so dass man nun als Insasse mit einem Hinrichtungstermin entscheiden kann, wie man abtreten möchte.

Den Stuhl hat ewig keiner gewählt.

Ich hole ihn also quasi aus einem langen Ruhestand zurück. Er wird komplett neu getestet werden müssen, die Wärter werden den Ablauf proben müssen. Es wird ihr erstes Mal sein. Quasi entjungfere ich sie damit.

Wenn ich bedenke, was für prominente Mörder in diesem Eichenstuhl Platz genommen haben, ist das schon ein komisches Gefühl zu wissen, dass ich voraussichtlich diesen Todesort mit ihnen teilen werde. Da wäre zum Beispiel der Serienkiller Ted Bundy, der unzählige Frauen überall in den USA auf dem Gewissen hatte und sich vor Gericht selbst vertreten hatte. Seine mörderischen Hände wurden mit denselben Ledergurten an die Armlehnen des Stuhls geschnallt, die meine Hände in zwei Wochen umschließen sollen.

Wenn du Taschentuch nur denken könntest, würdest du dir an dieser Stelle sicher ernsthafte Gedanken über meinen Zynismus und meinen Galgenhumor machen. Aber was soll ich sagen, ich habe 20 Jahre damit verbracht, meine Unschuld zu beteuern und meinen unterqualifizierten Pflichtverteidiger zu verheizen. Nun bleibt mir nichts Anderes, als über den ganzen Irrsinn zu lachen, während ich hoffe, dass Liberty da draußen für Wunder sorgen kann.

⁓

*J*ch habe meine Entscheidung für den Stuhl gründlich überlegt, und mich sehr genau mit dem Ablauf der Hinrichtung auseinandergesetzt. Man will ja bestmöglich wissen, was auf einen zukommt. Auch wenn ich nicht ganz die Hoffnung aufgebe.

Am Abend der Hinrichtung darf ich mir so ziemlich alles zu essen aussuchen, was mein Herz begehrt. Zwei Jahrzehnte lang dieser lieblose Kantinenfraß, und dann am letzten Abend in meinem Leben wird es mir gegönnt, mir mit dem leckersten Essen, was Florida zu bieten hat, die Wampe zu füllen. Und dieses Essen werde ich niemals verdauen.

Sie werden mir etwa eine Stunde vor der Hinrichtung das Arschloch mit Vaseline einschmieren und dann mit Watte vollstopfen. Dazu ziehe ich mir dann eine überdimensionale Windel an. Warum das Ganze: Sie wollen nicht, dass man sich beim Sterben in die Hose macht. Und spätestens wenn sie den Strom einschalten, leeren sich Blase und Darm ganz von allein. Da habe ich keine Kontrolle mehr.

Ich bekomme ein weißes Hemd zum Anziehen, dazu eine dunkelblaue Hose. Das rechte Hosenbein davon schneiden sie mir unterhalb des Knies ab, damit meine Wade rasiert werden kann. Als Fußbekleidung bekomme ich zwei weiße Tennissocken sowie Flip-Flops.

Nicht nur die Wade wird mir kahlgeschoren, sondern ebenfalls mein Kopf. Mit einem Rasierapparat werden mir die schwarzen Locken entfernt, dazu bekomme ich hinterher eine Nassrasur, bis die Rübe glänzt.

Ich hatte nur einmal in meiner Jugend eine Glatze, aufgrund einer verlorenen Wette. Und mein Kopf fror dadurch so sehr, dass ich eine Wollmütze trug, bis meine Locken wieder da waren. Vielleicht war Winter nicht unbedingt der beste Zeitpunkt für diese vorübergehende Typenveränderung.

Hier drin friere ich immer wieder, aber nicht unbedingt aufgrund der Temperaturen, sondern wohl eher wegen des Stresses. Ich hätte nie gedacht, dass man sich dauerhaft an kalten Schweiß gewöhnen kann.

Nun ja, ich glaube, dass ich in der Nacht meiner Hinrichtung viel frieren werde.

~

Sie werden mich ungefähr eine halbe Stunde vor Mitternacht aus meiner Einzelzelle holen und durch die verwinkelten, schneeweißen Gänge begleiten, und in aller Plötzlichkeit werde ich einen relativ kleinen Raum betreten, kaum größer als ein Kinderzimmer, und lediglich mit diesem einen braunen Holzstuhl möbliert. Er wird mit dem Rücken zu mir stehen. Dahinter werde ich einen geschlossenen Vorhang sehen, der ein breites Fenster verbirgt.

Man wird mich zügig in den Stuhl setzen, ehe ich auf irgendeinen Gedanken kommen kann. Zu viert werden sie mir die Oberarme, die Unterarme, die Brust, die Oberschenkel sowie die Unterschenkel mit den Ledergurten fixieren. Ich werde mich so gut wie gar nicht bewegen können.

Dann werden sie mir die Wade mit stromleitendem Gel einkremen und eine Elektrode darum binden, die in Naturschwamm eingebettet ist. Hinter dem Stuhl befindet sich ein verkleideter Generator, aus dem zwei dicke Starkstromkabel führen. Aus ihren Spitzen ragt jeweils eine platte Kupferöse, die wie ein winziger Flaschenöffner aussieht. Aus dieser „Spange" an meiner Wade ragt wiederum ein Schraubengewinde, das durch dieses Loch kommt. Das Ganze wird dann mit einer Flügelmutter festgeschraubt, und schon sitzt die erste Elektrode.

Der Gefängnisdirektor wird einen schicken Anzug tragen und zu einem Mikrofon greifen, das er mir dann vor das Gesicht halten wird. Dann wird der Vorhang geöffnet, und ich werde mehreren Journalisten und Angehörigen der damals Ermordeten durch die Glasscheibe ins Gesicht blicken und ein letztes Mal sagen, dass ich diesen Mord nicht begangen habe. Nicht um in letzter Minute irgendetwas zu bewirken, sondern einfach deswegen, weil ich keinen Bock darauf habe, dass meine letzten Worte gelogen sind. Ich werde es so trocken und sachlich wie möglich sagen. Ich werde auf keine Tränendrüsen drücken, keine Show abziehen. Ich werde es sagen, weil es einfach so ist. Friss oder stirb.

Die Phasen der Verzweiflung sind längst vorbei. Inzwischen nervt mich dieses Leben, diese Menschheit, dieses ganze Rechtssystem. Ich bin ein wertloser Neger, der in den USA seinen Platz in der Gesellschaft gezeigt bekommen hat.

Auch Liberty hat mir über die letzten fünf Jahre unfassbar viel geholfen, alles erdenklich Mögliche in die Wege geleitet, um meine Unschuld zu beweisen. Sie hat meinen bemühten Pflichtverteidiger Eddie, der sich nun wirklich über die Jahre entwickelt hat, zwischendurch ganz schön schlecht aussehen lassen. Und dennoch steht mein Termin soweit.

*N*un ja, zurück zum Unausweichlichen.

Das Mikrofon wird nach meinen letzten Worten wieder wegkommen und zum Mikrofonständer gebracht, und dann wird der weißhaarige Gefängnisdirektor, Mr. Talbot, zur Wand hinter meinem Rücken gehen, wo drei altmodische Telefone hängen, eines olivgrün, eines schwarz und eines weiß. Das schwarze in der Mitte hat eine direkte Verbindung zum Büro des Gouverneurs. Mr. Talbot wird drei bis vier leise Worte mit ihm wechseln und sich noch einmal absichern, dass alles weitergehen darf. Sollte es irgendwelche Aufschübe in letzter Minute geben, sollten also wirklich aller guten Dinge drei sein, dann wird alles abgebrochen.

Dank der beiden bisher gelungenen Aufschübe bin ich glücklicherweise noch nicht auch nur in die Nähe der Hinrichtungskammer gekommen. Mein Anwalt Eddie, der als unbeholfener Pflichtverteidiger in mein Leben kam, hat sich über die Jahre immer mehr ins Zeug gelegt, und ist von Pontius zu Pilatus gerannt.

Mal schauen, ob dieser neu angesetzte Hinrichtungstermin der letzte ist…

*N*achdem es ein Go vom Gouverneur gibt, wird man meinen Kopf mit diesem breiten Riemen fest an die Rückenlehne des Stuhls festschnallen. Ich hoffe, sie brechen mir dabei nicht die Nase, indem sie den Riemen über mein Gesicht spannen. Das wäre unnötige Quälerei. Aber vielleicht auch gar nicht so schlecht, denn dann werde ich mich womöglich erst recht danach sehnen, dass sie den Saft andrehen.

Sobald der Kopf fixiert ist, wird man mir dieses kalte Gel

auch auf die Glatze schmieren, dann wird die Haube aufgesetzt, die auf der Innenseite mit Naturschwamm gepolstert ist. Eine schwarze Kapuze wird dabei mein Gesicht komplett verhüllen. Die letzten Sekunden, die ich bei Bewusstsein verbringe, werde ich in totaler Dunkelheit verbringen.

Aus der Haube ragt ebenfalls ein Schraubengewinde, über das die Öse des zweiten Kabels gestülpt wird, die ebenfalls mit einer Flügelmutter befestigt wird. Und somit sitzt die zweite Elektrode, und ein geschlossener Stromkreis ist nun ermöglicht worden.

Dann werde ich bereit sein. Wie ein Weltraumaffe, der zum Mond geschossen werden soll.

Der Gefängnisdirektor mit den schneeweißen Haaren und dem penetranten Aftershave wird zu meiner Rechten schauen, wo unter der Wanduhr ein breiter Schlitz in der Wand ist, durch den der Henker schaut. Er steht in einem Nebenraum und bedient die Schalter. Niemand ist von Beruf Henker. Ein freiwilliger Bürger erledigt den Job, bleibt dabei anonym und bekommt dafür stolze 150 Dollar bezahlt.

Sobald der Henker seinen kleinen Hebel umlegt, wird sich mein Körper verspannen, als wäre ich am Stemmen von Gewichten. Mehr Bewegung werde ich angeblich nicht von mir geben.

Ich kann nur hoffen, dass ich nichts, was ab dem Umlegen des Hebels passiert, spüren werde. Ich habe in meinem Leben zwei Stromschläge bekommen, und beide taten fürchterlich weh. Aber da war nicht einmal annähernd so viel Elektrizität im Spiel wie übernächste Woche. Ich kann nur hoffen, sofort das Bewusstsein zu verlieren, sobald man diese rohe, ungebändigte Energie durch meinen Körper jagt.

Der Stromtod ist an und für sich ein ziemlich fieser Tod. Die Elektronen stimulieren alle Zellen des Körpers und vor allem des Gehirns gleichzeitig. Es gibt zum Beispiel die einen Neuronen, die sicherstellen, dass man immer einatmet, ohne es bewusst zu steuern. Dann gibt es die Neuronen, die für das Ausatmen zuständig sind. Werden alle Neuronen auf einmal stimuliert, kollabiert das zentrale Nervensystem komplett – das natürlich ganz abgesehen davon, dass man bei lebendigem Leib gekocht wird.

Beim Umlegen des Schalters verkrampft sich der Körper, die Hände werden zu Fäusten geballt oder krallen sich an den Lehnen des Stuhls fest. Mein Kopf will sich mir in den Nacken werfen, aber die Fesseln lassen es nicht zu. Jeder Gurt wird hart auf die Probe gestellt.

Ungefähr zwei Minuten lang dauert der Kochvorgang. Sie starten die ersten acht Sekunden mit 2.300 Volt, bei einer Stromstärke von 9,5 Ampere. Das muss man sich vorstellen, als würde ich mit einem Hochspannungsmast in Berührung kommen.

Damit ich nicht in Flammen aufgehe, reduzieren sie dann für die nächsten 22 Sekunden die Spannung auf 1.000 Volt, und die Stromstärke auf 4 Ampere. Dann, nach diesen insgesamt 30 Sekunden, werden die acht Sekunden mit 2.300 Volt und 9,5 Ampere wiederholt.

So wird es vom „Florida Department of Corrections" gehandhabt. Jeder US-Bundesstaat, der den Stuhl einsetzt, legt aber die Zyklen nach eigenem Ermessen fest.

Auf die 38 Sekunden Stromstoß folgen etwa fünf Minuten Pause, damit mein Körper abkühlt, bevor der Arzt hoffentlich meinen Tod feststellen kann. Stellt er aber Atmung oder Puls fest, so wird der Zyklus wiederholt.

Dann wieder fünf Minuten warten. Inzwischen dürfte der Raum nach verbranntem Fleisch riechen. Deshalb wird den Wärtern empfohlen, sich vor einer Hinrichtung Vaseline in die Nasenlöcher zu schmieren. Die Zeugen können darauf hoffen, dass sämtliche Gerüche durch die Glasscheibe von ihnen ferngehalten werden.

Sobald der Tod festgestellt wird, schließt sich ganz

unspektakulär der Vorhang wieder, und die Zuschauer werden wieder hinaus begleitet. Die Vorstellung ist für sie vorbei.

Währenddessen werden die Elektronen von meinem Kopf und meiner Wade entfernt. Die Gurte werden gelöst, mein Kopf dürfte bereits lila sein, und auf meiner Glatze wird es mit Sicherheit Verbrennungen geben.

~

*D*er erste Mann, der in diesen Mauern durch Stromschläge getötet wurde, war Frank Johnson. Er starb am 7. Oktober 1924. Vor mir war Allen Lee Davis der letzte Mann, der in diesem Stuhl Platz genommen hatte, und zwar am 8. Juli 1999. Ich hatte ihn vorhin bereits erwähnt.

Ein knappes Jahr lang überschnitt sich unsere Haftzeit. Ein knappes Jahr musste ich diesen unfassbar bösen, stinkenden Fettwanst mit den wasserstoffblonden Haaren ertragen, mit seinen rassistischen Sprüchen und seiner Fuck-You-Haltung. Der Mann hatte eine schwangere Frau und ihre zwei Töchter mit einer Handwaffe getötet. Dabei feuerte er nur einen Schuss ab, und entschied sich eher, die Knarre überwiegend wie einen Schlagring zu benutzen. Nicht nur die Schädel der Opfer waren völlig zertrümmert, sondern ebenfalls die Handwaffe.

Was für eine dreckige Welt!

Im Alter von 54 Jahren und mit einem Gewicht von sage und schreibe 159 Kilo wurde er in einem Rollstuhl zu seiner Hinrichtung gekarrt, nachdem er sich die üppigste Henkersmahlzeit, die man sich nur vorstellen kann, hineingestopft hatte.

Geschoren und gewindelt, setzte er sich in den Stuhl und machte Schlagzeilen, da der breite Kinnriemen – wohl eher

Gesichtsriemen – ihm so stramm über die Mundpartie gezogen worden war, dass dieser ihm die Nase brach und hoch bis zwischen die Augen schob.

Das Nasenbluten war der Grund, warum sein weißes Hemd noch vor Umlegen des Schalters voller Blut war. Der Grund, warum er zweimal unter seiner schwarzen Haube laut aufschrie.

Von dieser Exekution gab es einige Fotos, die sogar veröffentlicht wurden. Da ich in meinem Leben noch nie so richtig mit dem Internet in Berührung gekommen bin, kann ich mit alldem nichts anfangen. Aber ich habe mir sagen lassen, dass man diese Fotos „googeln" kann – was auch immer das bedeutet. Im Fernsehen reden sie auch immer wieder davon. „Google dies, google das."

Der Staat stürzte sich jedenfalls nach dieser Hinrichtung in eine hitzige Debatte. Ich hörte die Diskussionen unter den Wärtern, die es schlichtweg absurd fanden, dass so ein Theater um den mangelhaften Komfort von jemandem gemacht wurde, der eh bereits tot war.

„Aber die haben nur 1.500 Volt bei dem Fetten eingesetzt", merkte Grady an, einer der Wärter. Ein großer, schwarzer Hüne. Er arbeitet heute noch im Todestrakt. „Das kann also sein, dass er noch ordentlich etwas mitbekommen hat."

„Ist doch egal", antwortete sein müder, zynischer kaukasischer Kollege Badham, „der Mann ist tot."

Badham und Grady waren und sind die „alten Hasen" hier im Todestrakt. Inzwischen müssten sie locker über 50 Jahre alt sein, wenn nicht irgendwo bei 60. Badham ist grauhaarig und bärtig, und spricht mit einem starken Südstaaten-Dialekt. Er sieht aber aus, als wäre er fällig für die Rente. Er lebt nur noch so vor sich hin. Grady dagegen ist schwarz wie die Nacht, über zwei Meter groß, stoisch und ruhig. Ich finde, er klingt ein wenig wie dieser Schauspieler Morgan Freeman.

Ich konnte diese Diskussion aus meiner Zelle hören, und hatte sofort regelrechte Panik. Diese ganze Situation, in der ich war, fühlte sich an wie ein unfassbarer Albtraum. Wie war ich da nur hineingeraten? Und wie konnte ich irgendwie entkommen? Irgendwen überzeugen, dass sie den Falschen verurteilt hatten?

Heute hoffe ich bloß noch auf meine 2.300 Volt, damit ich diesen beschissenen Ort so zügig wie möglich verlassen kann, ohne unnötig gequält zu werden.

Die Verfassung hierzulande erlaubt keine Folter. So ist es immer wieder ein Diskussionsthema, ob denn in einem Hinrichtungsraum alles so human wie nur möglich abläuft. Als ob das überhaupt möglich wäre. Der einzige kleine Haken ist nur, dass in der Debatte um Davis nur die Stromwerte zum Thema wurden. Der ungemütliche Gesichtsriemen war aus legaler Sicht nicht Gegenstand der tatsächlichen Tötung.

Autsch.

Nichtsdestotrotz hat man jetzt eine Lösung gefunden, als dieses inzwischen verstaubte Thema wieder ausgegraben wurde. Man hat wohl in den Riemen ein dreieckiges Loch geschnitten, durch das die Nase ragen kann. So werde ich wohl in den letzten Sekunden meines Lebens immerhin noch mehr oder minder atmen können, und den Geruch von altem Leder inhalieren.Liebes Tagebuch, du und ich scheinen inzwischen gleichermaßen zynisch zu sein. Natürlich bin ich nicht scharf darauf, diese ganze Scheiße zu erleben. Aber was soll ich machen.

Und gerade frage ich mich, ob „erleben" das passende Wort dazu ist.

Heute bekam ich eine ärztliche Untersuchung, in der ein Arzt mich von Kopf bis Fuß unter die Lupe nahm. Es fühlt sich jedes Mal an wie eine Musterung vom Militär, als wollte man mich in den Krieg schicken.

Dabei wollen sie mich doch bloß töten.

Diese Prozesse werde ich nie verstehen. Und irgendwer zahlt für den ganzen Aufwand.

Es folgte ein Gespräch mit dem Gefängnispsychologen, der mir alle mögliche Fragen stellte. Sein Job ist es zu beurteilen, ob ich denn seiner Meinung nach „geistig bereit" zu sterben bin. Was für ein Schwachsinn!

Ich kann nur vermuten, dass sie anhand solcher Berichte versuchen abzuschätzen, ob wir Insassen dem Personal irgendwelche Probleme machen werden, wenn unsere letzte Stunde schlägt. Keiner will es den Zeugen zumuten, sich ansehen zu müssen, wie ein Verurteilter im Schwitzkasten des starken Wärters Grady zum elektrischen Stuhl geschleift wird und nicht bereit ist, sich vor einem Publikum dem Tod zu stellen.

Bewacht wurde ich während dieser ärztlichen Untersuchung überwiegend vom Wärter Teddy Loomis. Alle Insassen schenken ihm sämtliche Reste an Hass, die sie noch zu vergeben haben. Der Mann bekam sogar den Spitznamen „Hasstonne".

Warum? Loomis ist in seiner Art einfach nur ekelhaft. Aber auf einer nicht so offensichtlichen Weise. Ich glaube, er kann nicht einmal etwas dafür, aber es ist einfach unschön, in seiner Gegenwart zu sein. Das stelle ich mir in seinem Privatleben als äußerst problematisch vor. Er scheint mir der nervige Onkel zu sein, bei dem man sich einen ordentlichen Ruck geben muss, um ihn zum Thanksgiving einzuladen. Und da sind seine signalroten Haare keine besonders große Hilfe. Er sieht aus, als würde ihm der Kopf brennen.

Aber wer weiß, vielleicht ist der Mann in seiner Freizeit gern allein. Vielleicht hat er nur einen Hund, dem er als geliebtes Herrchen gut genug ist.

Loomis ist irgendwo Mitte 40, und über sein Privatleben weiß man nicht viel. Er scheint unter seinem weißen Speck recht amtliche Muskeln zu haben. Der Mann redet mit seinen Kollegen nur stumpfes Zeug, und uns Häftlinge behandelt er abfälliger, als so manche Schlachtereien ihre Schweine. So ist irgendwann sein Spitzname entstanden.

Während ich eine Urinprobe abgab, stand er vor mir da, die Arme verschränkt, und schmatzte sein Kaugummi, das nach feurigem Zimtapfel stank. Ich stand halbnackt da, mir war kalt, und ich hielt einen Becher in einer Hand, mein bestes Stück in der anderen. Und dann sollte ich auf Knopfdruck lospinkeln. Das fiel mir nicht leicht. Selbst der Arzt hatte den Anstand, auf sein Klemmbrett zu schauen.

„Teddy, magst du dich mal wegdrehen?", fragte ich ihn, und nannte ihn beim Vornamen. Das wagt keiner. Aber was wollte er tun, mich etwa umbringen?

„Ach, ein Toter mit Wünschen", antwortete er trocken. „Und habe ich dir erlaubt, mich beim Vornamen zu nennen?"

Loomis, wie er leibt und lebt.

Meine Antwort war jedoch genauso trocken: „Tote sprechen doch nicht. Wenn du deinen Vornamen hörst, vielleicht hörst du Stimmen aus dem Jenseits. Die ganzen Kinder, die du gefressen hast, schüren vielleicht für dich das Höllenfeuer."

Und damit machte ich ihn mundtot. Ich merkte, dass er fassungslos war.

Aber nach etwa drei Sekunden Reaktionszeit näherte er sich mir und schmatzte mir ins Gesicht: „Vielleicht hältst du mal dein Maul und wirst nicht frech, ja? Vielleicht tust du einfach mal das, was man dir sagt."

Mit leicht geheuchelter Höflichkeit antwortete ich: „Es

wäre nett, wenn Sie sich wegdrehen würden, Mr. Loomis. Es fällt mir schwer, wenn Sie mir dabei zusehen."

„Ich nehme nicht die Augen von dir. Dreh du dich weg."

Ich drehte mich dann von Loomis weg und bat den Arzt, sich wegzudrehen. Das tat er.

Und nach einigen Sekunden ging das mit dem Pinkeln.

„Wahnsinn", merkte ich sarkastisch an, „Tote können noch pinkeln."

~

*E*s gab Zeiten, an denen mir nichts ferner lag, als meine jetzige Lage mit Zynismus hinzunehmen. Und als Liberty in mein Leben kam, und all ihre Versuche gescheitert waren, mich aus diesem Ort zu befreien, half sie mir immerhin damit, mein Schicksal hinzunehmen. Trost in der Chaostheorie zu finden. Den Ereignissen jegliche Bedeutung abzuschreiben.

Und damit bin ich mit dem Vorgeplänkel durch. Nun kritzele ich dir, meinem Tagebuch, meine Geschichte in die weißen Eingeweide – für den Fall, dass Jamal dich in die Hände bekommt und sich dafür interessiert, was aus seinem Papi geworden ist.

Jamal ist bereits 22 Jahre alt. Fast so alt wie ich, als ich hier eingezogen war. Ich zeugte ihn 1996 und sah ihn bis zu meiner Verhaftung stolze dreimal. Papa des Jahres.

Jamals Mutter und ich waren nicht die besten Freunde. Ich war zwar nicht immer der anständigste Mensch auf Erden, aber ich bin nicht aus Stein, und es macht mich schon sehr fertig, dass ich nie für ihn da war. Und dass ich anscheinend nie für ihn da sein werde. Ich wäre vielleicht nicht der Vorzeige-Dad gewesen, aber es fühlt sich ganz schön unfair an, dass mich diese misslichen Umstände die Möglichkeit genommen haben, jemals meinem Sohn ein Vater zu sein.

Egal, was nützt es jetzt, darüber zu jammern?

Für den Fall, dass Jamal das hier irgendwann lesen sollte, tische ich noch einmal meine persönliche Version der Geschichte auf, die vor Gericht in einer völlig anderen Darstellung erzählt worden war.

~

*E*s war der 20. April 1998 in Orlando, Florida. Ich war 23 Jahre alt, und in dieser einen Nacht einfach zur falschen Zeit am falschen Ort. Opfer der Chaostheorie.

Vielleicht etwas Vorgeschichte, so kompakt wie möglich. Ich will ja keine ellenlangen Romane darüber schreiben, was für ein dufter Kerl ich doch war. Denn das wäre gelogen.

Ich hatte nicht viel aus meinem Leben gemacht, und ich trieb mich im Ghetto herum, hatte die falschen „Freunde". Ich war zu der Zeit arbeitslos, nachdem ich meinen Teilzeitjob im Lager einer Fischerei durch zu viel Abwesenheit an die Wand gefahren hatte. Dort gab es aber eh keine großartigen Aussichten auf eine gute Karriere.

Ein Leben ohne Perspektive ist generell nichts Schönes. Ich habe mich mein Leben lang nutzlos gefühlt, überflüssig, gar unerwünscht. Als Schwarzer ohne Schulbildung hat man auch kaum eine Chance, etwas Richtiges aus sich zu machen. Ich will nicht jedem weißen Amerikaner Rassismus unterstellen, aber immer wieder habe ich in meinem Leben zu spüren bekommen, dass Hautfarbe hierzulande immer noch nicht irrelevant ist. So habe ich damals – auf die berechenbarste Art überhaupt – mein „Schicksal" hingenommen: Ich klaute, um an mein Drogengeld zu kommen.

Ironischerweise habe ich während der 20 Jahre Haft inzwischen meinen Schulabschluss nachgeholt, und werde voraussichtlich einen Scheißdreck damit anfangen können. Immerhin hat es mich einige Jahre lang beschäftigt gehalten.

Und nun, wo dieses schwachsinnige Programm zur Resozialisierung von Todeskandidaten diese Brieffreundschaften mit Bürgern in der freien Welt erlaubt, nützt mir meine Bildung hinter Gittern immerhin insofern, dass ich einigermaßen anständig schreiben kann. Ich hoffe, du teilst meine Meinung.

Egal, ich schweife ab. Das passiert mir öfter. Eine Todeszelle kann das Hirn ganz schön mürbe machen.

An diesem 20. April befand ich mich jedenfalls in einer ziemlichen Abwärtsspirale, daraus will ich keinen Hehl machen. Mein Rauschgiftkonsum beschränkte sich nicht nur auf Marihuana und Bier, sondern ich war zu der Zeit bereits seit meinem 19. Lebensjahr abhängig von Crystal Meth. Immerhin nahm ich keine Drogen, die man sich intravenös verabreicht. Ich hasste schon immer Nadeln.

Meine Mutter und ich teilten uns eine kleine, schäbige Wohnung. Sie war sehr bemüht um mich, aber sie war machtlos. Und an diesem Abend hatten wir einen lautstarken Streit, da ich nicht zu einem Vorstellungsgespräch in einem Walmart-Lager erschienen war. Ich war vor Entzug bereits zittrig, und musste schnell an Geld kommen. Bei meiner Mutter gab es an diesem Abend nichts zu holen, und das war während dieses Streits meine größte Sorge.

Ganz schön abgewichst, was?

Ich hörte ihre Worte nicht, sondern wollte nur schnell raus und irgendwie Kohle auftreiben, damit ich noch vor Mitternacht den Dealer aufsuchen konnte.

Innerlich war ich am Kochen. Nichts war von Bedeutung, einzig und allein mein Verlangen nach Crystal Meth. Nach diesem Kick, diesem Gefühl beim tiefen Inhalieren, als würde alles unter meiner Schädeldecke von flüssigem Stickstoff durchgespült werden. Als würde jede Pore meines Körpers ejakulieren.

Scheiß auf die Welt, Hauptsache, high werden, und zwar

so schnell wie möglich!

~

*E*s war gegen 22:00 Uhr.
Ich nahm mein Klappmesser mit. Noch nie hatte ich es gegen einen Mitmenschen eingesetzt. Ich hatte es immer zum Selbstschutz mit. Aber in jener Nacht brauchte ich es, um schnell an Geld zu kommen.

Ich verließ schnellen Schrittes das Ghetto und ging zum Park. Denn dort hatte ich bessere Chancen auf ein vornehmeres Klientel, mit dicker gefüllten Taschen. Ich suchte in der Dunkelheit nach irgendwem, dem ich schnell die Handtasche entreißen könnte, oder den ich mit einem Klappmesser schnell und ohne Komplikationen einschüchtern und berauben könnte. Es war ja nicht mein erstes Mal.

Ich wurde fündig, es bat sich mir jemand an, dessen Portemonnaie ich ohne jeden Widerstand schnell leeren konnte, und das Problem war damit gelöst. Der Typ sah wie jemand aus, den es nicht unbedingt juckte, etwas Bargeld zu verlieren. Lieber kooperieren und den bösen schwarzen Mann schnell loswerden, als sein Messer zwischen die Rippen zu bekommen.

Die Frage stellt sich natürlich, ob ich zum Zustechen bereit gewesen wäre, wenn sich dieser Typ geweigert hätte. Aber darüber mag ich nicht nachdenken.

Das Knistern der Geldscheine in meiner Hosentasche fühlte sich so gut an. Und das war alles, was in diesem Moment zählte. Ich fühlte mich nun stark. Unaufhaltsam. Steinreich. Nun stand nichts mehr zwischen mir und meinem geliebten Meth. Ich konnte das Zeug schon schmecken. Und obwohl es das Aroma von Katzenpisse hat, sehnte ich mich mehr danach, als nach jedem noch so leckeren Essen.

Nun galt es nur noch, schnellstmöglich die Flucht zu

ergreifen, und zurück im Ghetto meinen Dealer rechtzeitig aufzusuchen. Ich roch schon die kleine Glaspfeife, die auf mich wartete. Ich spürte sogar bereits das Feuerzeug in meiner Hand. Ich spürte meinen Daumen beim Abdrücken. Ich schmeckte den heißen Dampf des Meths tief in meine Lunge eindringen. Ich sah mich schon in den Junkie-Himmel aufsteigen und mich fühlen wie der Meister des Universums.

Und das alles trieb mich an, noch schneller zu laufen.

Ich kürzte den Weg ab, indem ich quer durch einen dicht bewachsenen Teil des Parks rannte, und mich teilweise durch Gebüsch kämpfte.

Dann hörte ich eine aggressive, männliche Stimme, die eindeutig einem Weißen zuzuordnen war. Besser gesagt, einem Redneck. So etwas hört man sofort auf Anhieb.

„Hernandez!"

Dann hörte ich Gerangel, und ich hörte weibliche Schreie.

Dann fleischige, hackende Geräusche.

„Hilfe! Nein!"

Ich wurde langsamer. Ich wusste sofort, dass etwas nicht stimmte. Womöglich war ich nicht der Einzige in jener Nacht, der kriminelle Absichten hatte.

Aber das hier hörte sich zehnmal böser an als alles, wozu ich bereit gewesen wäre, um an Geld zu kommen. Und da ein Name fiel, schien es hier um etwas Anderes zu gehen als um einen schnellen Fang.

Ich wühlte mich leise durch das Gebüsch und versuchte dabei, keine allzu großen Geräusche zu machen.

Dann sah ich einen schmalen Gehweg, und im Dunkeln zwischen zwei Laternen, die ein drückendes gelbes Licht von sich gaben, lag eine Frau auf dem Bauch, leblos. Etwa 30 Jahre alt, dunkelhäutig, anscheinend mexikanisch. Sie trug eine hellgraue Bügelfaltenhose, ein dazu passendes Sakko und dunkle Stiefeletten. Ihre pechschwarzen Haare waren zu einem strengen Zopf gebunden. Eine Handtasche oder etwas Ähnliches konnte ich nicht sehen.

Über ihr beugte sich die große Silhouette eines glatzköpfigen Mannes, den ich leider nur von hinten sehen konnte. Er trug eine Jeanshose und eine schwarze Jacke. Ob es eine Lederjacke oder etwa eine Bomberjacke war, das konnte ich in der Dunkelheit nicht erkennen. Seine Schuhe waren schwarz, die Schnürsenkel dagegen weiß.

„Hättest du bloß einen Fandango zurück nach Mexiko getanzt, du dreckige kleine Schlampe", hörte ich den Mann durch die Zähne murmeln. Seine Stimme war voller Hass und Verachtung.

Dann rannte er davon.

Ich sah ihm aus dem Busch hinterher. Und als er das gelbe Licht der nächsten Laterne durchquerte, konnte ich flüchtig eine Tätowierung auf seinem Hinterkopf sehen. Es war nur ein kurzer Augenblick, aber bestimmte Symbole erkennt man schnell anhand ihrer allgemeinen Form.

Und das, was ich sah, konnte nur ein deutscher Reichsadler sein, der ein Hakenkreuz unter den Füßen hatte. Die Form war zu eindeutig.

~

*A*ls die Silhouette des Mannes verschwunden war, schlich ich mich langsam aus dem Busch und sah mich um, um mich zu vergewissern, dass er keine Verstärkung hatte.

Dann eilte ich zur Frau, die im Dreck lag. Ich sprach sie an, und tastete ihren Körper ab, um nach Lebenszeichen zu suchen. Ich war natürlich kein Erste-Hilfe-Experte, aber ich konnte weder Puls noch Atmung feststellen, dessen bin ich mir ziemlich sicher. Die Frau war tot. Mehrere Messerstiche hatten ihr Sakko am Rücken zerhackt, und das Blut drang durch.

Wärst du nicht aus Papier, sondern ein tatsächlicher Zuhörer, liebes Tagebuch, dann würdest du mich bestimmt fragen, was es denn für ein Gefühl war, diese zerstochene Frau dort liegen zu sehen. Menschen fragen so etwas immer wieder.

Und ja, das Gefühl war nicht schön. Einerseits hatte ich ein relativ dickes Fell, und ich hatte im Ghetto einige Messerstiche oder Schusswunden bereits gesehen. Aber das war alles zwischen männlichen Gangstern gewesen. Zwei verschrammte Straßenköter, die sich gegenseitig zerfleischen, das ist eine Sache. Ein wehrloser, plüschiger französischer Pudel, von einem Straßenköter gerissen und liegen gelassen, das weiche, weiße Fell verschmutzt und blutverschmiert, das ist etwas Anderes.

Meine Freude über meine Geldbeute war rasch verflogen, und zurück blieb nur noch reines Entsetzen über den Anblick, der sich mir bot. Eine anständig aussehende Frau, deren Klamotten andeuteten, dass sie einem soliden Beruf nachging, um ihre Brötchen zu verdienen, lag nun ermordet in einem Park. Und ich konnte nichts für sie tun.

Ich stolperte einige Schritte zurück, als ich dann sah, dass ich ihr Blut an meinen Händen hatte. Beim Anfassen hatte ich darüber nicht nachgedacht. Ich wollte nur helfen.

Dann hörte ich Rufe in der Ferne. Scheinbar hatte noch jemand den Überfall gehört.

Dann begann ich zu denken.

„Scheiße!"

Ein schwarzer Gangster, die Taschen voller Bargeld, und das Blut dieser Frau an meinen Händen! Wer würde mir jemals glauben, dass ich dieser Frau nur helfen wollte?

So tat ich das, was nur Feiglinge tun: Ich rannte. Und zwar um mein Leben. Wie eine Gazelle flitzte ich durch den dunklen Park davon. Lose Gedanken rauschten mir durch den Kopf, durcheinander.

Ich hatte ein verfluchtes Klappmesser dabei, dieses musste ich sofort loswerden. Ich griff in die Seitentasche meines Kapuzenpullis und holte es heraus, dann schleuderte ich es in das Nächstliegende Gebüsch.

Gab es hier irgendeinen Tümpel, wo ich mir schnell die Hände waschen konnte?

Aber würde das nicht verdächtig aussehen?

Was, wenn ich auch etwas Blut an den Klamotten hatte? Schließlich hatte ich mich vor ihr hingekniet und ihren Oberkörper abgetastet!

Scheiße, ich hatte blutige Hände! Das Messer war dann bestimmt auch blutig!

Fuck, mein ganzes Leben könnte heute Nacht über den Jordan gehen! Wo war ich da nur hineingeraten?

∼

Für einen Augenblick schoss mir die Sorge durch den Kopf, dass ich mein frisch erbeutetes Bargeld verlieren könnte, wenn ich so schnell rannte. Denn ich trug eine lockere Jogginghose. So steckte ich meine Hand in die Tasche, um nachzufühlen, ob alles noch da war. Zu meiner Erleichterung knisterte es noch deftig. Dass ich hier schnell wegkommen würde, um an meine Drogen zu geraten, davon wollte ich so fest wie möglich ausgehen. So hielt ich lieber das Geld in der Hand fest, als es in meiner recht lockeren Hosentasche umherfliegen zu lassen.

Als ich dann den Rand des Parks erreichte, sah ich einen Streifenwagen ankommen.

„Fuck! Das jetzt auch noch?"

Und der Rest ist Geschichte. Natürlich sahen mich die Polizeibeamten über die Straße rennen. Und natürlich fuhren sie mir hinterher. Ob sie so schnell gerufen worden waren, oder ob sie nur zufällig den Park abfuhren, das weiß ich nicht. Und das ist auch egal.

Denn viel entscheidender ist, dass ich selbstverständlich nicht ihrer Aufforderung nachgekommen war, stehenzubleiben und mich auf den Boden zu legen, die Hände hinter dem Kopf.

Ich rannte durch eine enge Gasse, weg von den rotierenden blauen und roten Lichtern, das Bargeld noch in einer Faust festhaltend.

～

*B*leiben Sie stehen!", rief eine energische Stimme über Lautsprecher.

Aber ich hörte nicht hin, sondern rannte um mein Leben.

Ich hörte Autotüren aufgehen und zuknallen.

Dann hörte ich rennende Schritte, die immer lauter wurden. Flackernde Taschenlampen beleuchteten mir von hinten den Weg.

So rannte ich noch schneller. Denn lieber rannte ich im Dunkeln.

„Stehenbleiben! Sonst schießen wir!", rief einer der zwei sportlichen Polizisten, die mir nachrannten.

Aber das war für mich eher eine Aufforderung, noch schneller zu rennen. Um keinen Preis wollte ich gefangen werden und mich in die Situation begeben, erklären zu müssen, warum ich so schnell aus dem Park geflohen war und das Blut des Mordopfers an den Händen hatte.

Und Scheiße, nun war das Bargeld blutverschmiert!

Ich steckte mir die Scheine wieder in die Hosentasche, und konnte das Ende der schmalen Gasse bereits sehen. Aber dann leuchteten mir zwei weitere Taschenlampen von dort entgegen.

„Nein! Nein!"

Ich bremste sofort ab, schwer atmend, und sah mich um. Es gab keinen Fluchtweg. Von vorne und von hinten kamen mir brüllende Polizisten entgegen. Und instinktiv schossen mir nun die Hände so hoch wie nur möglich. Ich wollte keine Kugel einfangen.

„Hände hoch! Hoch in die Luft!"

Ich versuchte nun, mich herauszureden: „Da seid ihr! Ich wollte euch holen! Im Park ist jemand verletzt, sie braucht Hilfe!"

„Schön die Klappe halten und runter auf die Knie!"

„Ehrlich! Ich war's nicht! Ich wollte ihr nur helfen, und ich wollte die Bullen holen!"

„Hände hinter den Kopf! Wird's bald!"

„Ist gut, ist gut, ich bin dabei, Officer! Nicht schießen!"

„Hör auf zu reden! Leg dich flach auf den Bauch, Junge!"

„Ja, ja, ich lege mich auf den Bauch! Geht ihr mit allen Ersthelfern so um?"

„Sei still jetzt! Du hast das Recht zu schweigen. Alles, was du sagst, kann und wird vor Gericht gegen dich verwendet werden."

„Hören Sie mir zu? Ich wollte Hilfe holen!"

„Du hast das Recht auf einen Anwalt. Falls du dir keinen Anwalt leisten kannst, wird dir einer gestellt."

Meine Halbwahrheiten stießen auf taube Ohren. Ihr Vorlesen meiner Rechte ebenfalls.

Sie legten mir hinter meinem Rücken Handschellen an und holten mich hoch auf die Beine. Sie durchsuchten meine Taschen, und fanden natürlich das lose Bargeld, darauf meine blutigen Fingerabdrücke. Und für sie war es ein klarer Fall. Natürlich.

Keine Erklärung, die ich mir aus den Fingern saugte, interessierte die hellhäutigen Ordnungshüter.

Sie schleiften mich zu einem ihrer Polizeiautos, setzten

mich auf die Rückbank und fuhren schnurstracks zum Polizeipräsidium, wo alles dann Schlag auf Schlag ging.

Und ich Idiot hörte bei der gesamten Fahrt nicht auf zu reden, zu plädieren, zu betteln. Denn ich hatte nicht so wirklich mein Recht zu schweigen verstanden. Und warum es wichtig war zu schweigen, anstatt wie ein Wasserfall zu labern.

Ich verstrickte mich in hirnlose Widersprüche. Während ich felsenfest behauptete, die Polizei zu suchen, erklärte ich mein Wegrennen damit, dass mir dann in den Sinn kam, man hätte mich für den Mörder halten können. Und was die Geldscheine anging, blieb ich bei der Behauptung, dass sie mir gehören würden. Ich behauptete, dass ich irgendwo einen Schein gegen Münzen wechseln wollte, um in einer Telefonzelle die 911 anzurufen. Aber die Samariter-Nummer kaufte man mir natürlich nicht ab.

„Aha, und wo hast du denn so viel Geld verdient, Junge?"

„Das geht euch doch wohl einen feuchten Dreck an! Ich habe diese Frau nicht ermordet, ich schwöre!"

„Ist klar, Junge."

„Ich bin doch bloß ein armer Junge aus armer Familie! Lasst mich gehen!", flehte ich.

„Mamma mia, let me go", sang zynisch-scherzhaft einer der Polizisten, und machte sich über meine Faselei lustig.

Und langsam wurde mir klar, dass ich so schnell nicht aus dieser Klemme herauskommen würde.

Und dann begann ich, meine Klappe zu halten.

~

*I*ch wurde, wie es ja auf der Hand liegt, eingebuchtet, und mir wurde der Prozess gemacht. Das blutige Bargeld wurde natürlich beschlagnahmt, und damit war ich pleite. So stellte man mir einen jungen, kreidebleichen Pflichtverteidiger namens Edward Dickinson hin, dünn wie ein Zweig und weiß wie Weihnachten in Wisconsin. Seine zerzausten, dunkelblonden Haare erinnerten mich irgendwie an das Fell eines Rosetten-Meerschweinchens. Er trug einen Anzug, der ihm mindestens eine Nummer zu groß war, und vor Gericht sah er aus wie ein aufgescheuchtes Reh im Scheinwerferlicht.

Was ich dann und dort schon paradox fand: Ein Pflichtverteidiger ist ein Angestellter des Staates. Und der Staat ist gerade dabei, einen zu verklagen. Also arbeitet ein Pflichtverteidiger eigentlich für die Gegenseite. Aber so war es nun mal, wenn man kein Kapital für guten Rechtsbeistand hatte. Vielleicht heißt die Todesstrafe bei uns deswegen auch immer wieder im Englischen „Kapitalstrafe".

Ich erfuhr im Laufe der Prozessvorbereitung, dass das Mordopfer, Anita Hernandez, eine Staatsanwältin war, die zur Zeit ihres Mordes selber mitten in einem Prozess gesteckt hatte. Dies machte den Fall für ihren Kollegen, den Bluthund Mr. Willard, zu einer sehr persönlichen Angelegenheit. Er machte es sich zu einer regelrechten Mission, meinen Schuldspruch zu erwirken. Er beschrieb mich als einen „jungen Mann mit einem Herzen voller Skorpione".

Vor Gericht wurden zwei Messer vorgeführt, die im Park gefunden worden waren. Beide waren besudelt mit Hernandez' Blut – das von mir weggeworfene Klappmesser nur am Griff, das Schweizer Messer komplett. So waren nur am Klappmesser meine Fingerabdrücke entdeckt worden. Aber beide Messer wurden mir zugesprochen. Natürlich.

Es war erstaunlicherweise mein erster Aufenthalt in einem Gerichtssaal. Und bei meiner Vergangenheit grenzte das allein an ein Wunder. Ich verspürte eine leichte Menschenscheue, als ich die vielen Zuhörer dort sitzen sah, diese Jury, den Richter, die Stenografin. Der ganze Aufriss, nur für mich. Ich fühlte mich komplett ausgeliefert und vorgeführt.

Der Gerichtssaal war nicht groß, prunkvoll und aus lackiertem Holz, wie ich es flüchtig in einem Film gesehen hatte. Nur der Bereich des Richters war mit Holz verkleidet, und der alte Mann war geflankt von zwei Flaggen. Eine trug das Wappen des Staates Florida, die andere war die US-Flagge. Die Decke war niedrig und warf ein weiches, grelles Licht auf alles. Die Wände waren schlicht Ocker gestrichen, und alle saßen auf gepolsterten Stühlen. Mein Reh, Mr. Dickinson, und ich saßen hinter einem niedrigen Pult, wie zwei Schüler.

Meine Mutter erschien zu einigen Verhandlungsterminen, und zu meinem Entsetzen glaubte sie die Geschichte, die aufgetischt worden war. Sie traute mir zu, für Drogengeld zu töten. Und so ehrlich muss ich sein, dies brach mein Herz. Und ich warf ihr das hart vor. Der Stress der Situation, in der ich steckte, war hoch genug. Und scheinbar war etwas Support von der einzigen Person, die ich irgendwo noch Familie nannte, zu viel verlangt.

Nach langen, ermüdenden Wochen des Pendelns zwischen der Zelle im Gerichtsgebäude und dem Gerichtssaal kam dann das Unausweichliche. Das Verfahren näherte sich einem Ende. Meine Beteuerungen, dass ein augenscheinlicher Skinhead der Mörder war, war nicht überzeugend genug gegen die Indizien, die auf mich als den Täter hinwiesen. Mr. Willard trug passioniert sein Schlussplädoyer vor und schlug alle emotionalen Töne über den Verlust seiner anständigen, hart für ihr Brot arbeitenden Kollegin. Dann versuchte Mr. Dickinson sein Glück, und ich versuchte mein starkes Gefühl zu verdrängen, dass sich die Jury schon längst entschieden hatte.

Und das war's.

Die Jury zog sich zurück, und es wurde ein Datum für die

Urteilsverkündung festgelegt. Alles ging so schnell und routiniert, und ich hatte auf nichts einen Einfluss. Wieder ging es in Einzelhaft.

Wieder hieß es Warten.

~

*E*s war der 31. Oktober 1998.
Der Tag des Urteils.

Wir alle wissen bereits ums Ergebnis, aber in jenem Moment pumpte mein Herz durchgehend. Ich hoffte noch auf das Beste. Hoffnung stirbt zuletzt.

„Alle erheben", rief ein Gerichtsdiener, als der Richter in seinem schwarzen Gewand den Saal betrat und sich an sein Pult setzte.

Alles stand auf. Ich war gedanklich ganz woanders, und blieb sitzen. Aber nicht aus Trotz.

„Alle erheben!", wiederholte der Gerichtsdiener mit Nachdruck in meine Richtung, und mein Reh im Scheinwerferlicht, Mr. Dickinson, stupste mich von der Seite an. Daraufhin sprang ich sofort auf und richtete meine geliehene Krawatte.

„Bitte setzen", forderte der Richter die Anwesenden auf.

Alles setzte sich wieder. Ich stand noch. Ein Stupser von Mr. Dickinson, und ich setzte mich wieder.

Die Juroren mieden den Blickkontakt zu mir, während einer von ihnen einen gefalteten Zettel zum Richter reichte – bis auf eine weiße Frau, die mich einerseits schwer betroffen, aber andererseits irgendwie herablassend anstarrte. Sie nahm die Augen nicht von mir.

Dann sah mich der Richter über seine strenge Brille an und nannte meinen Namen. Mr. Dickinson sprang sofort auf und raunte mir leise zu: „Aufstehen."

Kaum hatte ich wieder gesessen, schon stand ich wieder

auf. Ich ahnte, wie sich der erste Tag im Militär anfühlen müsste.

Der Richter begann zu lesen...

Und noch während die Worte seinen Mund verließen, konnte ich spüren, wie aus mir das Leben auslief wie Badewasser aus einer Wanne. Meine Knie wurden immer weicher.

Ich wurde für schuldig befunden. Natürlich.

Und zum Tode verurteilt. Natürlich.

Während der Richter den endlosen Monolog vorlas, und mir dabei gelegentlich in die Augen sah, hörte ich meine Mutter in Tränen ausbrechen. Sie wurde so laut, dass zwei Sicherheitsmänner zu ihr gehen mussten, um sie nach draußen zu begleiten.

Ich wollte nicht sterben. Und irgendwie wünschte ich mir, ich wäre niemals geboren worden. Ich wünschte mir, ich könnte mich an Ort und Stelle in Luft auflösen.

Und zu allem Überfluss stand ich unter kaltem Entzug. Ständig liefen mir Zuckungen die Wirbelsäule herunter. Mein gesamter Körper tat mir permanent weh. Ich wollte aus meiner Haut.

Das kam nur hinzu, ganz abgesehen davon, dass ich innerlich zusammenbrach. Mein Leben hatte gefühlt erst angefangen, und nun saß vor mir ein weißer alter Mann in einem schwarzen Gewand und verkündete mir, dass es bald vorbei war.

Es gibt keine Worte, um das Gefühl zu beschreiben.

Mein Reh klopfte mir kurz tröstend auf die Schulter und flüsterte mir zu, dass ich mir keine Sorgen machen musste. Die erste Berufung sei bereits in den Startlöchern. Aber das sagte mir in dem Moment nichts.

Ab sofort, so der Richter, würde mein neues Zuhause das Staatsgefängnis von Florida in Raiford sein. Ab sofort würde ich nie wieder unter freiem Himmel grillen, in einer Kneipentoilette mit einem Mädchen Sex haben oder mit Drogen die

Einöde meines Daseins erträglicher machen. Und das alles traf mich wie ein Faustschlag, den ich erst nicht merkte, aber dessen Schockwelle sich dann zunehmend in meinem ganzen Körper ausbreitete.

Die Worte, denen ich irgendwann aufgrund meiner Schockstarre nicht mehr zuhörte, endeten mit: „Möge Gott Ihrer Seele gnädig sein."

Mr. Dickinson nahm Platz. Ich atmete extrem schwer, da in meinem Körper alles verrückt spielte. Ich setzte mich dann hin, stand wieder auf, setzte mich hin. Ich lehnte mich in meinem Sessel zurück, biss mir auf die Lippe, verdeckte meinen Mund. In meinem Bauch hatte ich ein drückendes Gefühl, als wäre ich eine Woche lang nicht auf Toilette gewesen.

Der Richterhammer schickte einen dumpfen Knall durch den Raum, der mich einmal kurz zucken ließ. Mein Schicksal war nun besiegelt. Gab es irgendein Entkommen? War dies alles ein absurder Traum, der irgendwann enden würde?

Wieder explodierte in mir eine Kurzschlussreaktion. Ich sprang auf, sprintete wie eine Gazelle Richtung Ausgangstür. Aber ich kam nicht einmal einen Meter nach vorne. Die vielen Wärter schmissen sich auf mich wie bei einem Superbowl. Ich wurde zu Boden gedrückt und spürte den rauen Teppichboden auf meiner Wange.

Alles schrie durcheinander. Schlagstöcke wurden aus ihren Halftern gezogen. Zuhörer wurden hinausgeschickt. Gewaltsam wurden mir Handschellen hinterm Rücken angelegt, und man zog mich am Kragen meines billigen weißen Hemdes hoch. Es ging alles so schnell, dass ich es erst realisierte, als ich nicht mehr im Gerichtssaal war, sondern durch einen schmalen Korridor gehetzt wurde.

Und das war's. Mit 23 Jahren war ich fortan einer der vielen Todeskandidaten Amerikas.

*D*er Einzug in meine kleine, klinisch weiße Zelle erinnerte mich an einen Moment aus meiner Kindheit, in dem ich im Vorbeigehen einen Schweinetransport sah. Ein großer Lastwagen, der die Einfahrt der Schlachterei erreichte. Seine Ladung: drei Stockwerke, darin haufenweise panische Schweine, eng aufeinander gepfercht. Die Endstation war erreicht, die ultimative Sackgasse.

Zitternd stand ich in meinem orangefarbenen Overall da, als mir die Handschellen durch die Luke abgenommen wurden, nachdem die Eisentür geschlossen worden war. Ich sah mich in diesem beklemmenden Domizil um. Ein Bett ein kleiner Tisch, ein Hocker, alles an Wände und Boden festgebolzt, versteht sich. Ein Waschbecken, daneben eine Aluminiumtoilette ohne Deckel. An der Wand konnte ich zwei Steckdosen und einen Kabelanschluss erkennen, aber es gab dazu keinen Fernseher.

Ich fragte mich nach dem Sinn von alldem hier. Es sah alles so albern und bedeutungslos aus. Ich war doch für vollkommen unwert erklärt worden. Wozu überhaupt die Mühe, mir Bett und Klo noch hinzustellen? Sollte das irgendein Zeichen von Humanität an diesem schaurigen Ort sein? Es funktionierte jedenfalls nicht.

Was gab es für mich nun zu tun? Man sperrte mich hier ein, und das war's. Was sollte ich nun mit meiner Zeit anstellen? Wie sollte ich sie vertreiben?

Und am schlimmsten: Ich litt durchgehend an extremen Entzugserscheinungen. Wie sollte ich das jemals aushalten? Jede Sekunde kroch in Zeitlupe. Wie würde ich es schaffen, nicht nach der ersten Nacht den Verstand zu verlieren?

Und was war mit meinem Sohn Jamal, den ich Ende 1995 bei einem One-Night-Stand im bekifften Zustand gezeugt hatte? Dieser arme kleine Junge verdiente es nicht, sein

Leben lang denken zu müssen, dass er einen Mörder zum Vater hätte. Was konnte ich nur dagegen tun?

War das hier das neue echte Leben? Oder nur Einbildung? Ich fühlte mich wie gefangen in einem Erdrutsch. Es gab kein Entkommen von der Wirklichkeit.

Aber es gibt diesen Klugscheißer-Spruch, dass Zeit angeblich alle Wunden heilen soll. Den kann ich nicht ganz unterschreiben, aber ein wenig Wahrheit ist da schon dran. Denn selbst in dieser Todeszelle, in der ich heute immer noch sitze, schaukelt sich ein Alltag zurecht. Man gewöhnt sich tatsächlich daran.

Ich bekomme seit 20 Jahren drei spärliche Mahlzeiten am Tag in meine Zelle gebracht, die grundsätzlich nach absoluter Lieblosigkeit schmecken. Sie haben nichts mehr mit Vergnügen zu tun. Sie sollen nur die Insassen am Leben erhalten – was sich bei uns im Todesblock immer noch etwas paradox anfühlt. Frühstück bekomme ich um 5:00 Uhr, Mittagessen gegen 11:00 Uhr und Abendessen schon um 16:30 Uhr. Das war sehr gewöhnungsbedürftig.

In den ersten Monaten setzte sich Mr. Dickinson beim ersten Berufungsverfahren nach bestem Können ein. Ich konnte nur hoffen, dass er mit seinen Aufgaben wachsen würde. Denn nun galt es, mich so schnell wie möglich aus dem Todesblock wieder herauszubekommen.

Das Witzige daran ist: Jede Berufung, jeder Aufschub der Hinrichtung, das alles verlängerte meinen Aufenthalt hier, anstatt ihn zu verkürzen.

Die erste Zeit war die schwerste. Ständige Panik, Verzweiflung, kalter Entzug. Und obendrein fühlte ich mich wie Vieh in einem Stall, denn die Wärter behandeln einen hier drin nicht besonders herzlich.

Irgendwann lernte ich, auf Zeit zu setzen.

~

$\mathcal{J}$n meinem ersten Jahr besuchte mich meine Mutter bloß einmal. Ich wurde in einen Besucherraum gebracht, wo wir beide an einen Tisch gesetzt wurden, getrennt durch eine gelöcherte Plexiglas-Scheibe. Sie in ihren abgenutzten Kleidern und ihrer bemühten Schminke, und ich in meinem orangefarbenen Overall, in Ketten gelegt wie ein Raubtier im Zoo.

In der ersten Minute dieses Besuchs wurde kein Wort gesprochen. Sie sah nur nach unten. Sie hielt ihre Handtasche mit beiden Händen fest und fummelte daran herum, biss sich auf die Lippe. Ich konnte ihr ansehen, dass ihre Tränendrüsen harte Zeiten hinter sich hatten.

„Was willst du hier?", seufzte ich, und rückte unwohl in meinem Plastiksessel umher.

Keine Antwort.

„Mama? Was willst du hier?"

Ich war verbittert. Und was soll ich sagen, daran hat sich noch nicht allzu viel geändert. Dass sie glaubte, ich hätte diesen Mord begangen, das verletzte mich.

„Du bist mein Sohn", brachte sie über die Lippen. „Ich besuche dich."

„Wow. Wirklich nobel von dir, Mama."

„Hör auf damit, Beaumont."

„Das muss dir ordentlich was abnehmen, oder? Hierher zu kommen, einen Mörder zu besuchen? Das musst du nicht, ehrlich. Ich will nicht, dass du dich übernimmst, Mama."

„Beaumont!"

„Wieso nennst du mich noch bei diesem Namen? Nenne mich doch nach meiner Zellennummer. Los, schau mir in die Augen und sag mir, dass du mich für einen Mörder hältst."

„Gerade halte ich dich für ein Arschloch."

Und damit machte sie mich für den Moment mundtot. Sie sammelte Kraft und hielt mir einen Vortrag, was ich sie vorher schon an Kraft gekostet hatte. Das hier sei nur das i-Tüpfelchen gewesen. Sie hätte sich bereits vor diesem Mord nächtelang in den Schlaf geweint, da ich in ihren Augen ein entgleister Verlierer war, der lieber Drogen nahm und mit Gangs herumhing, anstatt etwas aus meinem Leben zu machen.

„Das brauche ich jetzt nicht, Mama. Weißt du eigentlich, unter wie viel Stress ich stehe? Die wollen mich hier drin umbringen, für etwas, was ich nicht getan habe! Ob du mir das glaubst oder nicht! Ich habe hier echt gerade andere Probleme als deinen Schlaf, Hannah Mae!"

„Weißt du, was dein Problem ist? Du versetzt dich nicht genug in die Lage anderer Menschen, Beaumont! Für dich gibt es nur dein Leben, deine Welt, deine Wahrheit! Hast du dich einmal gefragt, wie es für mich als Mutter ist, einen Sohn zu haben, der den Rest seines Lebens in einem Gefängnis verbringen soll, für einen Mord?"

„Wow, deine Probleme hätte ich gern für fünf Minuten, Mutter Maria", raunte ich sarkastisch.

„Hab etwas mehr Respekt vor deiner Mutter, Beaumont!"

Ich sprang auf und erhob die Stimme: „Ich habe keine Mutter! Mütter stehen hinter ihren Söhnen, anstatt ihnen zu erzählen, was für Loser sie sind! Du brauchst mich nicht weiter zu besuchen! Die Tränen und die Mühe kannst du dir sparen!"

Zügig näherten sich mir zwei Wärter, um mich schnell unter Kontrolle zu bringen.

„Du hast recht", antwortete meine Mutter, „du bist mir kein Sohn. Du bist nicht einmal deinem Sohn ein Vater."

Sie stand auf und ließ sich von einem anderen Wärter die Tür öffnen. Währenddessen ergriffen mich die beiden anderen.

„Schon gut, schon gut", bellte ich sie an und riss mich

los, soweit es die Ketten zuließen. „Ich werde schon niemanden umbringen."

Sie führten mich wieder ab. Und das war das letzte Mal, dass ich meine Mutter sah.

Darauf folgten Jahre der Einsamkeit, die nur durch die Besuche von Mr. Dickinson unterbrochen wurden, der nach und nach etwas mehr Speck an die Rippen bekam.

Und siehe da, die erste Berufung verlief relativ erfolgreich, der Mann bekam direkt eine Anhörung durchgesetzt, in der er darauf herumritt, dass auf der Tatwaffe nur Blut, aber keine Fingerabdrücke waren. Vor Gericht hatte ich nicht von meinem Raubüberfall erzählt, sondern blieb vehement dabei, dass das Bargeld meins war. Ich behauptete, dass ich nur zur Selbstverteidigung ein Klappmesser dabei hatte. Und dass ich dieses, nach meinen gescheiterten Wiederbelebungsversuchen an Mrs. Hernandez, weggeschmissen hatte, um eben nicht verdächtigt zu werden.

Aber dadurch, dass mein „Reh im Scheinwerferlicht" mich dazu überredet hatte, die volle Wahrheit auf den Tisch zu legen, auch wenn sie mich schäbig dastehen ließ, wirbelte sie Fragen auf und ließ einen neuen Richter vorerst die Notbremse des Todesurteils ziehen. Keine Hinrichtungstermine waren festzulegen.

Sieh an, sieh an, das Reh schien sich an das Scheinwerferlicht zu gewöhnen. Klarer zu sehen. Sich nicht mehr blenden und erschrecken zu lassen. Der Mann wuchs langsam wirklich mit seinen Aufgaben.

Aber ich hätte mir sowieso keinen anderen Anwalt leisten können. Was ich an Gründlichkeit und Ergebnissen bekam, hätte ich so oder so akzeptieren müssen. Ich war der arme Junge aus armer Familie. Der Mörder. Der Scaramouche.

So war ich natürlich über diese Entwicklung von Mr. Eddie Dickonson sehr erfreut.

2

SILHOUETTO

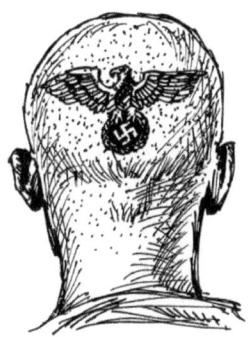

*E*s war der 29. Mai 2013.

Inzwischen war ich 38 Jahre alt, und zu einem stoischen, stets ruhigen Mann mit einem recht anständigen Schulabschluss mutiert. Jegliche Hysterie war aus meinem Charakter gestrichen. Ich las gelegentlich, oder nahm an Arbeitsprogrammen im Todestrakt teil, um mir die Zeit zu vertreiben und etwas Taschengeld zu verdienen.

Ich stand draußen unter der freien Sonne, in meinem etwa neun Quadratmeter großen Außengehege, und atmete die warme Nachmittagsluft von Florida ein. Meine Stunde

Ausgang war jeden Tag eine wohltuende Abwechslung zum stickigen Gestank von Männerschweiß und Käsefüßen, an den man sich jeden Tag im Zellenblock neu gewöhnte. Ich beobachtete durch mehrere Schichten Maschendraht ein Basketballspiel zwischen mehreren Gefangenen auf dem Gefängnisinnenhof. Man lachte, feuerte sich gegenseitig an und fluchte. Es blieb Sport für alle, niemand wurde ausfallend. Es war nett anzusehen, auch wenn die Sicht sehr eingeschränkt war.

Ich sehnte mich so sehr nach irgendeinem persönlichen Kontakt. Und dazu zählte ich nicht Mr. Dickinson, der sich immer mehr zur Kampfsau entwickelte. Ich wollte mich einfach mal zwischendurch normal fühlen, über normale Dinge sprechen. Die Einöde meines eigenen Daseins vorübergehend vergessen.

Ich rauchte die Zigarette, die der Wärter Grady mir gegeben hatte. Grady zählte zu den netteren Wärtern. Ein Hüne von über zwei Metern Größe, und noch schwärzer als ich. Auf einer oberflächlichen Basis konnte man sich zwischendurch mit ihm gut unterhalten, aber es gab eine Grenze, die man nicht überschreiten konnte.

Ein großer Pluspunkt für Grady bei uns Insassen war, dass er seinen Kollegen Loomis, die „Hasstonne", nicht mochte.

„Drei Minuten noch", merkte er an, und sah auf seine Armbanduhr.

„Danke für die Kippe, Mann."

„Kein Problem."

„Komm, Sie brauchen die drei Minuten jetzt nicht abwarten", sagte ich, und drückte im Dreck meine Kippe mit einem meiner schneeweißen Turnschuhe aus.

„Nimm sie dir gerne noch. Sie stehen dir zu."

„Ich will rein."

„Wie du willst."

Grady zückte seinen Schlüsselring und öffnete die Stahltür zum Gebäude. Ich verabschiedete mich wieder einmal ohne Worte von der freundlichen Sonne, und tauchte wieder in das kalte, klinische Neonlicht der Korridore ein. Den Weg zu meiner Zelle kannte ich auswendig, ich hätte ihn in totaler Dunkelheit laufen können.

„Zelle 27", rief Grady den Korridor herunter, als wir im Block vor meinem vertrauten Zuhause standen.

Jeden Tag die gleichen Geräusche. Ein kurzes, lautes Brummen. Ein donnerndes, metallisches Krachen. Die vergitterte Zellentür wurde automatisch aufgeschoben und knatterte dabei laut. Grady schickte mich in meine Zelle hinein. Inzwischen trug ich bei diesen Abläufen keine Hand- und Fußschellen mehr. Ich war inzwischen wie ein zahmes Haustier.

Wieder ein lautes Knattern, ein kurzes Krachen, und ich war eingesperrt.

~

*G*egen 17:00 Uhr hörte ich am Ende des Gangs die muffige Stimme des Wärters Badham, der die Post verteilte und die Nachnamen der Insassen aufrief. Badham ist die Lustlosigkeit schlechthin. Der Mann kennt keine Lebensfreude, er schafft es gerade einmal, die Augen offen zu halten.

Ich lag regungslos auf meinem Bett und starrte auf den Fernseher, den ich mir inzwischen fast ganz abgearbeitet hatte. Humane 70 Dollar hatte das alte Teil gekostet, und ich drückte jeden Monat fünf Dollar von meinem Verdienten ab, um ihn abzubezahlen. Hier im Knast verdient man mit einfachen Handarbeiten in etwa so, wie die Kinder in Bangladesh. Na ja, so lange hatte ich noch nie einen Job behalten. Und es war ein Job, für den ich nicht einmal mein Zimmer verlassen musste.

Eine Sitcom mit eingebauten Lachern lief, aber ich verzog keine Miene.

Mein Schreibtisch war inzwischen ein regelrechter Arbeitsplatz geworden. An der Wand darüber klebten einige Zeichnungen, die ich angefertigt hatte – darunter der tätowierte Hinterkopf des Mannes, für dessen Straftat ich bezahlen soll. Womöglich waren diese Zeichnungen ein wenig mitschuldig an meinen Albträumen, denn selbst bei der minimalen nächtlichen Beleuchtung hier im Todesblock waren die Bilder klar erkennbar, und schlichen sich zweifellos in mein Unterbewusstsein herein.

~

*P*ost wurde einmal die Woche ausgeteilt. Diesen Vorgang ignorierte ich komplett, denn ich hatte nach fast 15 Jahren Haft keine Hoffnung mehr, jemals von meinem Sohn Jamal zu hören. Warum sollte ich auch?

Aber dann rief Badham meinen Nachnamen auf, lustlos und müde.

Zuerst nahm ich es nicht wahr, denn es war gefühlt das erste Mal seit Ewigkeiten, dass ich Post hatte. Davor hatte es sich nur um Gerichtspost gehandelt. Ich hatte vor Monaten einen Steckbrief abgegeben, um hoffentlich irgendeinen Brieffreund zu bekommen. Das war inzwischen wieder vergessen.

„Brown! Post!"

Ich reagierte verspätet und ging zum horizontalen Schlitz in der eisernen Gittertür, wo mir ein Umschlag mit einem Stempel aus Alaska zugereicht wurde. Perplex sah ich auf den Namen der Absenderin: Liberty Mitchell aus Fairbanks. Es gab keine Anschrift, sondern nur eine Briefkasten-Nummer.

Es dauerte einen Augenblick, bis es mir dämmerte, dass

dies jemand sein musste, der auf mein Inserat in der Zeitschrift geantwortet hatte.

Badham spähte flüchtig in meine Zelle und sah meine Zeichnungen an der Wand.

„Bist du nicht ein bisschen zu schwarz für ein Nazi?“, fragte er mit seiner dösigen Stimme und seinem starken Südstaaten-Dialekt.

„Bitte was?“

Badham zeigte auf den Reichsadler, den ich aus dem Gedächtnis heraus gezeichnet hatte. Darunter prangte ein Hakenkreuz.

„Ach so“, antwortete ich, „nein, das bin ich nicht.“

„Wie, das bist du nicht?“

„Das ist von meinem Fall. So sah der Hinterkopf von diesem Typen aus.“

„Von welchem Typen?“

„Der die Frau damals getötet hat.“

„Ach, richtig“, gähnte er. „Du bist dieser Unschuldige.“

Ich stockte kurz.

„Ja, das ist richtig.“

Zynisch seufzte er: „Na, dann bleibt zu hoffen, dass ihr den noch rechtzeitig findet.“

Badham zog dann weiter. Ich fragte mich in diesem Moment, ob er es ernst meinte oder eher sarkastisch.

Egal.

Ich öffnete den Umschlag, zog den Brief heraus und legte mich auf mein Bett. Stolze zwei Zettel, in schöner weiblicher Handschrift. Sie erzählte von ihrem Waldhaus in Fairbanks, von ihren Töchtern Mary-Ann und Jane. Über einen Mann erwähnte sie nichts. Sie stellte mir viele Fragen. Über meinen Alltag heute, sowie auch vor meiner Inhaftierung. Sie war sehr neugierig, aber auch vorsichtig und rücksichtsvoll. Ihre Worte zu lesen, das fühlte sich an wie das Highlight des Jahres. Ich verspürte zum ersten Mal seit langer Zeit wieder so etwas wie Freude.

Ich hatte kein Papier da, um sofort zu antworten. Seit Jahren hatte ich keinen Anlass, etwas aufzuschreiben. Aber dies musste bei der nächsten Gelegenheit geändert werden.

Mindestens zwei Dutzend Mal las ich den Brief immer wieder durch. Ich wartete auf das Abendessen, damit ich den Wärter nach einem Stift und Briefpapier fragen konnte. Und mit meinem schmalen Taschengeld wollte ich Briefmarken kaufen. Das hier wollte ich pflegen. Das hier war ein Projekt, auf das ich mich freute. Echten Kontakt zu einer echten Frau zu haben, das war ein pures Geschenk des Himmels.

~

Zum Abendessen gab es um 16:00 Uhr Erbsen, weichgekochte Möhren, Kartoffelbrei und eine trockene Frikadelle. Und ich fragte den glatzköpfigen Wärter Smith, ob er sich denn um Schreibzeugs kümmern könnte. Und wenn ich etwas wollte, war ich besonders höflich. So nickte er und sicherte mir zu, dass er sich darum kümmern würde.

In diesem Moment kam Loomis vorbei. Die „Hasstonne".

„Will der Tote wieder was?", fragte er Smith trocken.

Smith antwortete nicht. Bei solchen Sprüchen hörte auch kaum einer noch hin.

„Ich checke das mal, ja?"

„Danke", antwortete ich.

Dann kam auch schon Besuch vom blassen Spargel Edward Dickinson mit seinem zerzausten straßenköterblonden Haaren. Inzwischen nannten wir uns bei unseren Vornamen, wir hatten schon eine amtliche gemeinsame Zeit hinter uns.

„Zelle 27", rief Smith.

Das Brummen, dann der Knall. Die vergitterte Schiebetür öffnete sich und knatterte dabei laut und nervtötend, und mein Anwalt betrat meine Zelle. Die Tür wurde hinter ihm per Knopfdruck geschlossen.

„Eddie", begrüßte ich ihn und setzte mich mit meinem Tablett an den Tisch.

„Ah, lass dich von mir nicht stören. Guten Appetit."

„Du kannst vielleicht einen Salzstreuer besorgen lassen", murmelte ich, und begann meinen Kantinenfraß zu essen.

„Was gibt's?", fragte ich mit vollem Mund.

„Ich hab da vielleicht was", erzählte er dann. „Es ist vielleicht was, vielleicht nichts. Wir werden sehen."

„Na, dann spann` mich nicht so auf die Folter."

„Also. Zur Zeit ihrer Ermordung war Anita Hernandez in einem Prozess zugange, und zwar gegen einen Redneck wegen schwerer Körperverletzung. Ronny Lee Parker war sein Name. Er hatte einen koreanischen Ladenbesitzer schwer verprügelt. Und sein Führungszeugnis, fast ein Buch in sich. Der Typ hatte Verbindungen zum Ku-Klux-Klan, zur Aryan Brotherhood. Ein regelrechter Nazi."

Ich sah Eddie mit angehobenen Augenbrauen an und wartete darauf, wie die Geschichte weitergehen würde. Aber dann wurde mir klar, dass dies bereits die Geschichte war. Sie ging nicht weiter.

„Das war's? Na und?"

„Na ja", sagte er, und ging zu meiner Zeichnung an der Wand, „du hast einen Skinhead als den Mörder beschrieben. Mit dieser Nazi-Tätowierung auf dem Hinterkopf, oder?"

„Ach so", antwortete ich, „und du glaubst, er war der gleiche Typ, gegen den die Frau geklagt hatte, oder wie?"

„Nein, das wohl kaum. Parker war ja in Untersuchungshaft, während der Prozess lief. Aber womöglich war das ein Komplize vom Angeklagten. Hernandez hatte ein ziemlich dickes Fell, und eine einschüchternde Erfolgsquote bei ihren

Klagen. Vielleicht wollte irgendjemand sie ausschalten, damit Parker nicht die Höchststrafe bekam. Das könnte eine Spur sein."

„Womöglich. Und wie hilft *mir* das jetzt weiter?"

„Es könnte in dieser Runde einen Richter davon überzeugen, dass deine Aussage vielleicht doch nicht so gelogen war. Dieser Zufall wäre schon sehr groß, finde ich. Und wir hätten einige Anhaltspunkte."

Ich war nicht besonders vom Hocker gehauen.

„Meinst du nicht, dass die sich nicht schon damals darauf geschmissen hätten, wenn das so eine heiße Sache wäre?"

„Ich glaube, das war bisher noch nie in Erwägung gezogen worden."

„Na ja", seufzte ich, den Mund wieder voll, „von dir ja auch nicht."

Darauf hatte Eddie keine Antwort. Diese Information wäre vielleicht 15 Jahre vorher im Gerichtssaal nützlich gewesen.

Ich hielt es inzwischen grundsätzlich für das Beste, im Sinne meiner eigenen geistigen Gesundheit, mich nicht zu sehr über eventuelle Fortschritte in unserem gefühlt hundertsten Berufungsverfahren zu freuen. Alle Jahre wieder Schwarz auf Weiß einen Termin mit dem Sensenmann zu bekommen, das macht mürbe.

Eddie versicherte mir, dass er die komplette Akte von Ronny Lee Parker ziehen würde, um in dessen Bekanntenkreis nach Verdächtigen zu suchen, die zu meinen Beschreibungen passen könnten. Dann wechselte er das Thema, ging zu meinem Bett und kniff die Matratze.

„Was läuft mit dem Backstein? Haben sie dir immer noch nicht was Weicheres gebracht?"

„Ich hatte nur einmal nachgehakt. Ich will die nicht wegen so einem Scheiß nerven."

„Und mit einem kaputten Rücken spazierst du auf

Krücken in die Freiheit. Denk an deine Gesundheit. Ich werde gleich bei der Aufsicht die Peitsche schwingen, sonst passiert nichts."

„Da ist aber jemand vom Scheinwerferlicht schon gebräunt", lachte ich trocken. Inzwischen wusste Eddie schon längst von meiner anfänglichen Meinung zu ihm, und vom damit verbundenen Spitznamen „Bambi", den ich ihm im stillen Kämmerlein gegeben hatte.

„Sag mal, hast du eigentlich Schreibpapier dabei?"

„Ich habe meinen Koffer heute nicht mit, wie du siehst."

„Schade."

„Wieso fragst du?"

„Ich hab` Post bekommen. Vielleicht kannst du beim Rausgehen die Kollegen bitten, mir was zu bringen. Ich weiß nicht, ob dieser Badham sich wirklich so schnell kümmern wird."

„Verstehe. Ich haue sie mal an."

Und etwa 30 Minuten nach Eddies Besuch saß ich da wie ein freudiges Kind, das eine Wunschliste an den Weihnachtsmann schreiben durfte. Dieses Papier war wie ein Ausflug in die Freiheit. Ich konnte – natürlich im gesunden Rahmen – so ziemlich alles schreiben.

So legte ich los. Jeden Satz überlegte ich mir doppelt und dreifach, da ich nicht mit Bleistift schrieb, sondern Kugelschreiber. Der Platz auf dem Papier war mir für Streichereien zu schade. Kein Zentimeter dieser Schreibfläche sollte verschwendet werden.

Florida State Prison, 29. Mai 2013

*H*allo Liberty,

ich freue mich, dass ich du mir geschrieben hast. Das tut wirklich gut, einfach von jemandem zu hören, der ein ganz normales Leben führt.

Die erste Frage, die mir durch den Kopf schießt, ist die Frage, warum du mir schreibst? Nichts für ungut, es interessiert mich halt nur. Nicht jeder kommt darauf, Kontakt mit jemandem aufzunehmen, der zum Tode verurteilt ist. Und schon gar keine Mutter von zwei Töchtern.

Wie ist es denn so im Wald in Alaska?

Wie alt sind deine Töchter Mary-Ann und Jane?

Wie alt bist du?

Was ist mit ihrem Vater? Du hast nichts über ihn gesagt? Bist du etwa geschieden? Wenn ich fragen darf.

Mit „online gehen" meinst du sicher, ob ich denn dieses Internet benutzen darf. Und leider darf ich es nicht. Ich habe öfter von diesem „Facebook" gehört, aber wie das genau funktionieren soll, ist mir ein Rätsel. Ich habe gehört, dass man das alles auf seinem mobilen Telefon macht. Wie geht das? Ich hatte damals kein eigenes Telefon. Ich kannte aber einige, die eines hatten. Der Bildschirm und die Tasten haben grün geleuchtet. Die haben mit den Dingern immer angegeben wie die Könige.

~

*H*ast du denn normale Fotos von dir, die du mir auch so schicken würdest? Es würde mich sehr freuen zu sehen, mit wem ich mich gerade unterhalte. Und ich denke, dass ein Besuch hier in Florida für dich wohl eher problematisch sein dürfte, da Alaska ja so ziemlich am anderen Ende von Amerika liegt, wie ich inzwischen weiß, seitdem ich meinen Schulabschluss nachgeholt habe.

Und damit habe ich dir schon fast eine Frage beantwortet –

nämlich die, was man hier drin so treibt. Also, ich hatte vor einigen Jahren beschlossen, mich zu bilden. Es kann nämlich sein, dass mein Anwalt mich hier rausbekommt.

~

*W*as habe ich so vor meiner Haft getrieben? Ich malte früher gern. Hab viel Graffiti gemacht. Außerdem mochte ich gerne grillen, Hip-Hop hören, oder 80er. Queen fand ich schon immer gut. Nicht lachen, ich bin trotzdem hetero.

Das war's eigentlich auch schon. Womöglich auch ein bisschen Scheiße bauen. Was man so in seinen jungen Jahren treibt. Ich bin inzwischen ein regelrechter alter Mann geworden. So fühle ich mich zumindest.

Und selbst? Hast du denn Hobbys außer deine Kinder? Oder reichen die schon?

Du hast nach meiner Familie gefragt. Ich denke, ich sollte eine Brieffreundschaft mit totaler Ehrlichkeit angehen. Mit meiner Mutter bin ich seit 1998 zerstritten, und ich habe einen unehelichen Sohn da draußen. Jamal heißt er. Er wurde am 24. September 1996 geboren, das macht ihn heute fast 17 Jahre alt. Zu ihm habe ich leider auch keinen Kontakt.

~

*H*ier drin wird man die meiste Zeit wie ein Schlachttier behandelt. Es gibt diesen einen Wärter, Teddy Loomis, der erinnert uns täglich an unsere Situation. Zwischendurch klopft er Sprüche darüber, dass wir hier drin alle sowieso sterben werden – insbesondere wenn jemand von uns sich auf irgendeine Art aufführt oder der Meinung ist, Rechte zu haben.

Es schlägt schon ordentlich aufs Gemüt. Aber das zeige ich ihm natürlich nicht.

Aber genug von mir und meinen deprimierenden Geschichten. Was *ich dir alles erzählen würde, ist sicher nicht annähernd so spannend wie dein Leben. Von daher, erzähl, erzähl, erzähl. Packe alles aus, was du auspacken magst.*

Ich freue mich riesig auf deinen nächsten Brief und verbleibe mit besten Grüßen aus Florida,

Beaumont

*U*nd damit fing meine ganz besondere Brieffreundschaft mit Liberty an, die sich immer mehr und mehr wie eine waschechte Beziehung mit allen „Ups and Downs" anfühlte. Die alle Mauern und Gitter verschwinden ließ.

Auf Libertys zweiten Brief musste ich etwa zwei Wochen warten. Mein Antwortschreiben musste nämlich erst einmal ganz nach Alaska reisen, dann musste sie in ihrem sicherlich kompakten Alltag als Alleinerziehende die Zeit zum Antworten und Abschicken finden, und dann musste ihr Schreiben einmal wieder diagonal durch die Vereinigten Staaten, ganz zur südöstlichen Spitze herunter.Die Wartezeit war auf der einen Seite nervig, aber auf der anderen Seite war es schön, in meinem Alltag so etwas wie Vorfreude verspüren zu können.

Libertys nächstes Schreiben erreichte mich am 13. Juni 2013. Und siehe da, ein Foto war beigefügt. Es zeigte Liberty und ihre zwei Töchter, Mary-Ann und Jane. Liberty schien Mitte 30 zu sein, und war eine natürliche Schönheit. Welliges, blondes Haar, ein strahlendes Lächeln voller Leben und

Liebe. Sicherlich nicht „perfekt" genug, um Miss Alaska zu werden, aber in meinen Augen sehr hübsch.

Ihre Töchter sahen mindestens zehn Jahre alt aus, aber beide gleich alt. Ich vermutete zweieiige Zwillinge. Beide strahlten ebenso vor Lebensfreude. Auf diesem Foto sah die Welt so intakt aus.

Nach und nach schickte sie mir immer mehr Fotos. Diese konnte ich mir an die Wände kleben, um etwas Leben und Farbe in meine kahle Zelle zu bringen, die bisher nur mit Zeichnungen dekoriert war, die sich um den Mordfall drehten. Ihre Briefe hängte ich mit auf, damit ich sie stets ansehen konnte. Liberty frischte mich auf eine unglaubliche Art auf. Ich fühlte mich wieder lebendig.

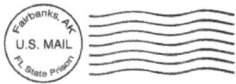

Fairbanks, 10. Juni 2013

ℋey Beaumont,
 das ging ja schnell! Schön, dass du geantwortet hast.
 Ich finde übrigens dein Schriftbild sehr interessant und einmalig. Ich habe noch nie Handschrift gesehen, die in die falsche Richtung kursiv ist. Als wärst du der Einzige, der sich gegen den Strom richtet. Der sich nicht unterkriegen lässt, der den Kopf nicht beugt.
 Vielleicht deute ich da auch zu viel in deine Schrift hinein, aber jedenfalls ist sie sehr einmalig.
 Ich hoffe, das Foto gefällt dir. Die Älteste darauf bin ich, wie du dir vielleicht denken kannst. Und die zwei Mädchen sind meine Töchter, Mary-Ann und Jane.

Also, zu deiner ersten Frage: Ich fand dein Foto irgendwie sympathisch. Und ganz ehrlich, du bist mir und meinen Töchtern doch keine Gefahr, oder? Ich habe manchmal einen ziemlich guten Blick für Menschen, ihre Augen verraten viel. Und du siehst aus wie ein netter Kerl.

Hinzu kommt, dass meine kleine Familie bereits mit dem Tod konfrontiert gewesen ist. Und ohne dir jetzt zu nahe zu treten, würde mich schon dein Umgang mit deiner Situation interessieren. Ich denke auch, dass dir das schon klar sein dürfte, dass dieses Thema die Leute interessiert, wenn du dir schon Brieffreunde zulegst.

Schreibst du denn mit vielen Leuten? Oder bin ich deine Einzige?

~

*I*ch war schon immer eine, die sich besser mit Männern verstanden hat als mit Frauen. Das fing in der Schule an, ich hing immer mit Jungs herum. Die Mädels waren mir mit ihren ganzen Intrigen und Zickereien zu anstrengend. Jungs hauen sich einfach einmal auf die Nase, wenn sie ein Problem miteinander haben, und gehen danach ein Bier trinken. Das fand ich immer irgendwie besser.

Außerdem gibt es einfach persönliche Themen, die ich irgendwie besser mit dem anderen Geschlecht besprechen kann als mit dem eigenen. Keine Ahnung, warum. Ich hoffe, du bist dafür offen, zwischendurch mein Seelenklempner zu sein, wenn das okay ist. Du siehst also, dass ich nicht ganz uneigennützig handele, indem ich dich anschreibe, ha ha.

Nun zu deinen anderen Fragen.

Also, Mary-Ann und Jane sind am 31. August 2001 geboren, das macht sie heute fast zwölf Jahre alt. Die Beiden sind meine Augäpfel, ich liebe sie so sehr.

Bezüglich deiner Frage über ihren Vater: Er ist vor Jahren sehr krank gewesen, und er hat es nicht geschafft. Seit fünf Jahren ziehe ich die Mädels alleine groß. Wir vermissen meinen Mann Stan alle noch sehr. *Er war ein starker, schmutziger Bauarbeiter, der so gut für uns gesorgt hat, wie er konnte. Unsere Ehe hatte natürlich ihre guten und schlechten Tage, wie jede andere auch. Aber Stan war sehr besonders. Er konnte gut zuhören, er war sehr verständnisvoll, mochte kein Bier, war nie laut. Ein totaler Familienmensch. Und er war bis zuletzt sehr glücklich.*

Seit seinem Tod habe ich mich noch auf keinen neuen Mann eingelassen. Anfangs konnte ich es einfach nicht übers Herz bringen, ihn einfach so zu ersetzen. Der Schmerz war zu groß. Heute geht es inzwischen wieder. Er hätte gewollt, dass ich einfach weitermache und wieder glücklich sein kann.

Aber es hat sich bisher noch nie der richtige Mann blicken lassen. Ich hatte ein paar Dates, aber die Kerle haben sich einfach als dämliche Arschlöcher entpuppt. Da bin ich lieber allein, als mit irgendwem zusammen, der nur das Eine von mir will.

∾

*D**as alles vertraue ich dir an, weil ich sehr überrascht darüber war, wie ehrlich du gleich im ersten Brief zu mir gewesen bist. Hättest du mir nichts von deinem Privatleben erzählen wollen, hätte ich dafür vollstes Verständnis gehabt.*

Denn ich kann mir gut vorstellen, dass die meisten Brieffreunde immer diese eine Frage stellen, wenn sie Kontakt mit einem Todeskandidaten aufnehmen. Und genau diese eine Frage stelle ich einfach mal nicht.

∾

*D**as mit diesem Wärter Loomis tut mir leid zu lesen. Aber mach dir um solche Leute keinen Kopf. Hier draußen gibt es auch solche Leute. Und glaub mir, sie sind auch zum Sterben verurteilt.*

Dass du Streit mit deiner Mutter hast, tut mir leid zu hören. Die ganze Sache war sicher auch nicht leicht für sie. Vielleicht legt sich das irgendwann, oder?

Wieso hast du eigentlich keinen Kontakt zu deinem Sohn? Will er keinen Kontakt? Oder willst du keinen? Oder will seine Mutter das nicht? Wenn ich fragen darf, natürlich. Wenn du nicht darüber reden willst, kannst du einfach diesen Absatz ignorieren.

Das stimmt, dass man auf seinem mobilen Telefon online gehen kann, also ins Internet. Die meisten Telefone haben inzwischen keine Tasten mehr, sondern einen Farbbildschirm. Du tippst ihn mit den Fingern an und kannst dann ins Internet gehen. Auf Facebook kannst du zum Beispiel Bilder von deinen Freunden ansehen, oder ihnen Nachrichten schicken. Ganz ohne Umschlag und Briefmarke. Die Nachrichten gehen direkt an ihre Telefone, in wenigen Sekunden. Sehr bewundernswerte Technik, auf gewisse Art etwas beängstigend. Alles hat immer seine Vor- und Nachteile.

Ach so, du wolltest wissen, wie alt ich bin. Schätze doch mal. Du hast ja ein Foto. Ich sage dir dann beim nächsten Mal, wie richtig du liegst.

$\sim$

*D*as Leben hier draußen im Wald ist relativ friedlich. Ich mag nicht in großen Städten wohnen, da hätte ich immer Angst um meine Kinder. Hobbys habe ich nicht großartig, außer dass ich zwischendurch mal ein bisschen Blumenstillleben mit Aquarell gemalt habe.

Malst du denn noch? Würde man dir Malzeug geben?

Aus welcher Stadt in Florida kommst du ursprünglich?

So, ich hoffe nicht, dass ich dich mit irgendetwas verscheucht habe. Ich kann manchmal etwas direkt sein. Und mich interessieren Menschen. Ich hoffe, das ist für dich nicht irgendwie blöd.

Ich freue mich auf deine Antwort. Lass dich nicht unterkriegen. Wenn dich irgendwer blöd behandelt, dann behalte einfach im Hinter-

kopf, dass der genauso zum Tode verurteilt ist, wie jeder von uns.
Deren Macht über dich ist von begrenzter Dauer.
Also dann, bis hoffentlich sehr bald.

D eine Liberty

U nd daraufhin wurde es zur Regelmäßigkeit, dass ich von Liberty Post bekam. Zweimal im Monat zauberte mir der muffige Wärter Badham, oder wer auch immer gerade die Schicht hatte, ein fettes Grinsen ins Gesicht, als mein Name bei der Postverteilung aufgerufen wurde.

Ich hatte ein wenig den Eindruck, dass Liberty irgendetwas bewegte. Dass sie sich noch nicht traute, mir gewisse Dinge anzuvertrauen, mir gewisse Fragen zu stellen.

Währenddessen beantragte Eddie Einblick in die Akte des mehrfachen Gewaltverbrechers Ronny Lee Parker, und begann parallel in diesem mystischen Internet zu forschen. Und es war ein zäher Prozess, aber Eddie buddelte tief genug und kam an einige Fotos heran, in denen man Ronny auf einer „White Supremacy" Demo sehen konnte.

Ebenso sah er sich alle Vorstrafen des Mannes genauer an, und ab und zu hatte Parker nicht allein gehandelt.

Parker war nach dem Mord an Hernandez einem anderen Staatsanwalt ausgesetzt worden, der eine Haftstrafe von zehn Jahren durchgesetzt bekommen hatte. So war Parker 2008 entlassen worden, und nunmehr seit fünf Jahren in der Freiheit – auch wenn unter regelmäßiger Beobachtung.

Das alles präsentierte mir Eddie bei seinem nächsten Zellenbesuch, Ende Juni 2013. Er brachte mir dabei sogar einige Zigarettenschachteln gratis mit.

Was mich natürlich sehr ärgerte, war, dass er so spät zu dieser großen Erkenntnis gekommen war, sich einmal anzusehen, gegen wen Hernandez ermittelt hatte. Aber gut, das alles basierte auf der vagen Zeugenaussage eines bereits verurteilten Mörders. Wer soll es diesem Pflichtverteidiger verübeln, der für den gleichen Staat arbeitet, der mich tot sehen will?

„Ich hab so einiges ausgraben können", leitete er ein, und öffnete seinen Koffer. „Kannst du vielleicht den Stuhl nehmen? Ich brauche den Platz."

~

*P*erplex stand ich von meinem Bett auf, und setzte mich auf den festgebolzten Hocker, während sich Eddie auf meine Matratze setzte und seinen Koffer öffnete. Er begann, Unterlagen und Fotos auszubreiten.

„Was ist das alles?", fragte ich.

„Das sind die heißesten Spuren, die wir bisher hatten."

„Nach 15 Jahren?"

Eddie sah mich an, und antwortete lakonisch: „Du lebst noch, oder? Also ist es hoffentlich nicht zu spät, deinen Arsch hier rauszubekommen, oder?"

Ich bin zwar auf der Straße groß geworden, und da lernt man Schlagfertigkeit, aber es gibt Momente im Leben, da kann man einfach nicht kontern.

„Also", begann er, „ich gebe dir jetzt einige Fotos in die Hand. Ich möchte, dass du dir die Menschenmengen genau anschaust und mir sagst, ob dir irgendjemand auffällt, der aussieht wie der Mann, den du in jener Nacht im Park gesehen hast."

Ich nahm einige der Fotos in die Hand und sah sie mir genau an. Sie zeigten eine Demo auf der Straße, auf der etliche Rechtsradikale zu sehen waren. Aber die Fotos stammten aus dem Winter, und unglücklicherweise trugen die meisten Männer Wollmützen oder Caps.

„Und du glaubst, der Mörder von dieser Hernandez könnte irgendwo dabei sein?", fragte ich stutzig.

„Es wäre durchaus anzunehmen. Kannst du da irgendwen erkennen, der zum Profil passen würde?"

„Na ja, es war echt dunkel. Ich sah nicht viel mehr als eine Silhouette. Der Typ war vielleicht einen halben Kopf größer als ich. Mitte 20 oder so. Die Tätowierung war halt das Markanteste, was ich klar erkennen konnte. Und die hier tragen alle Mützen."

„Okay, aber du hast ihn sicher irgendwann von der Seite gesehen. Hatte er eine Hakennase, eine Schweinenase, Doppelkinn, irgendwas Auffälliges?"

„Nein, er war relativ schlank. Und sportlich. Er konnte schnell rennen."

„Das heißt also, dass dein Mann bei so einer Demo eher derjenige wäre, der irgendwo Molotowcocktails wirft und davonrennt, was?"

„Vermutlich ja. Ist das bei diesen Demos passiert?"

„Bei einer."

Ich studierte die Bilder. Es irritierte mich zunehmend, dass Eddie vorher nicht auf diese Spur gekommen war. Hatte dieser Mann geschlafen? Oder war er einfach zu inkompetent.

Na ja, einem geschenkten Gaul schaut man nicht ins Maul.

Ich sah genau hin und suchte nach den abgebildeten Hinterköpfen. Ich suchte diese Tätowierung. Und auf den

Bildern waren sehr viele Tätowierungen zu sehen. Arme, Hälse, sogar Gesichter trugen alle möglichen Hasssymbole.

Aber aufgrund der vielen Mützen und hohen Kragen konnte ich nicht diesen einen Reichsadler finden, den ich suchte.

„Was ist mit dem Tattoo-Studio", fragte ich. „Wäre das nicht auch eine Spur?"

„Du redest von dem Tätowierer, der deinem Mann den Vogel und das Hakenkreuz auf die Rübe gemalt hat. Habe ich dich richtig verstanden?"

„Genau. Haben die nicht irgendwie Berichte darüber, die sie archivieren? Also, so etwas wie Referenzfotos, oder vielleicht als Nachweis für die Steuererklärung, keine Ahnung. Irgendeine Aufzeichnung von ihrer Arbeit."

Meine nachgeholte Schulausbildung sprach aus mir. Immer wieder erwischte ich mich dabei, Eddie seinen Job zu erklären. Denn schließlich hielt er sozusagen mein Leben in seinen Händen.

„Na ja", seufzte Eddie, und lehnte sich zurück, „selbst wenn wir einmal davon ausgehen, dass dieses spezielle Kunstwerk nicht irgendwo in einem Keller oder Hinterhof entstanden ist, sondern per Rechnung in einem legalen Studio, dann kann ich mir trotzdem nicht vorstellen, dass sie es unbedingt als Referenz für ihre Kataloge geknipst hätten. Davon abgesehen, es gibt unzählige Tattoo-Studios in den Staaten. Und dabei könnte dieser Skinhead aus der ganzen Welt kommen. Schweden, England, Deutschland."

~

Ich war bereits gereizt, und biss mir die ganze Zeit auf die Zunge. Denn ich wollte, dass mein Anwalt sein Allerbestes gab, um mir das Leben zu retten. Damals vor fünf Jahren hatte ich Hummeln im Arsch und wollte unbedingt zurück in die freie Welt. Liberty verstärkte dieses Verlangen. Bereits nach einem halben Dutzend Briefe stellte ich mir vor, mir ein billiges Cabrio zu besorgen, einen Road Trip schräg hoch durch die Vereinigten Staaten zu machen, durch ein Stück Kanada zu reisen und Liberty in ihrem Waldhaus in Alaska einen Überraschungsbesuch abzustatten. Die Gedanken sind ja frei, und diese Vorstellung war schöner als alles, was ich im Fernsehen sah.

Am liebsten hätte ich Eddie in diesem Moment angeschrien, dass es mir egal sei, wie viele Tattoo-Studios es auf der Welt gab. Er solle seine verfickte Arbeit machen und meinen schwarzen Arsch retten.

Und dann überraschte er mich.

„Du denkst gerade, ich soll doch mal aufhören, von Problemen zu sprechen, und lieber Lösungen suchen, nicht wahr? Ich soll meinen Scheiß-Job machen, dich hier rausholen, keine Spur mehr verpennen. Habe ich recht?"

Eddie hatte manchmal eine sehr direkte Art. „Bambi" war allmählich erwachsen. Ein Hirsch mit Geweih. Und er hatte meine Gedanken auf den Punkt gebracht, aus heiterem Himmel.

Nun stand ich da und war am Zug. Ich sollte antworten. Also deutete ich ein Nicken an und stotterte unbeholfen: „Ja, Mann."

Und dann lehnte sich Eddie zu mir nach vorne und machte reinen Tisch: „Beaumont, ich möchte dir wirklich helfen. Denn ich weiß, dass du außer mir niemanden hast. Und ich gehe für dich wirklich in so manche Extrarunde. Fakt aber ist: Ich bin ein schlecht bezahlter Pflichtverteidiger. Der nicht nur dich als Mandanten hat, und die Anderen auch bedienen muss. Für vergleichsweise Hungerlöhne, während sich die dicken Anwälte die Taschen vollstopfen. Du bist seit 15 Jahren ein Mandant, um den ich mich grundsätzlich zuerst kümmere. Du kriegst mehr Arbeitsstunden von mir

Pro Bono, als es mein Zeitkalender und Etat es eigentlich zulassen. Ich kann verstehen, dass du von mir erwartest, nach jedem Strohhalm zu greifen. Und das tue ich gerne, wie du hoffentlich siehst. Aber wie sage ich dir das, ohne wie ein Zyniker zu klingen: Es hat seine Grenzen. Ich kann dir nicht meine ganze Zeit widmen. Ich habe auch Andere."

~

*D*ieser ellenlange Vortrag war nicht angenehm zu hören, jedes Wort fühlte sich an wie ein Dolchstich zwischen meine Rippen. Ich kochte innerlich. Und wie sollte ich jetzt damit umgehen.?Sollte ich ausrasten, und womöglich meinen einzigen potenziellen Lebensretter vergraulen?

Sollte ich es einfach schlucken, und mich dankbar für Eddies Bemühungen zeigen? Weiterhin passiv bleiben und einfach gutgläubig hoffen, dass ich niemals in die Nähe der Hinrichtungskammer komme?

Ich bekam kein Wort heraus. Die vielen Fotos reichte ich ihm zurück.

„Ich glaube, du brauchst nicht bleiben."

„Beau, no hard feelings, ja? Ich habe nichts böse gemeint. Bitte verstehe mich ein wenig. Ich bin einfach überarbeitet."

„Ich verstehe dich sehr gut, Edward. Ich bin nicht dein Einziger."

„Na ja. Das war dir doch klar, oder?"

„Also kannst du nicht hundert Prozent geben", fiel ich ihm ins Wort, „weil ich es vielleicht einfach nicht wert bin. Ich bin nicht rentabel genug."

„Das habe ich so nicht gesagt."

„Aber gedacht, Edward."

Ein Moment der Stille verging.

„Mann, Eddie, mein Messer war an der Spitze nicht

blutig, sondern nur am Griff! Das andere Messer gehörte mir gar nicht! Welcher Idiot rennt mit zwei Klappmessern herum und verteilt sie im Park?"

„Ist das dein Ernst, Beaumont? Es gibt lauter Idioten, die stopfen sich sogar Waffen in die Socken und rennen durch die Gegend. Ich schlage mich täglich mit so etwas herum."

„Na, dann solltest du vielleicht aufhören, dich ‚damit herumzuschlagen', sondern etwas für deine Kunden zu tun."

„Mandanten."

„Was auch immer! Zwei Messer am Tatort, das ergibt einfach keinen Sinn, wenn ich dort alleine gewesen sein soll! Und mir ist egal, was du noch so für ‚Mandanten' hast, du musst es doch so darstellen, dass da was faul ist! Nun mach doch endlich was draus und hole mich hier raus! Mach deinen Job ordentlich, wenn du erfolgreicher Anwalt werden willst!"

~

*E*ddie stand schweigend auf und packte alles in seinen Koffer. Er ging zur Zellentür und bat Grady darum, ihn herauszulassen. Dieser fragte, ob hier alles in Ordnung sei.

„Alles bestens", antwortete Eddie.

Aber der schwarze Hüne in Wärter-Uniform sah ihn trocken an und stellte klar, dass die Frage eigentlich an mich gerichtet war. Eine wohltuende Überraschung, da man hier drin normalerweise wie Schlachtvieh behandelt wird.

Ein Knall, ein Knattern, und die Gittertür öffnete sich automatisch.

Beim Rausgehen murmelte Eddie zu mir: „Ich werde an diesen Spuren dranbleiben, nur damit du Bescheid weißt. Ich schaue mir auch die Tattoo-Studios in Florida an. Du sagtest, er klang wie ein Redneck. Dann können wir Europa und Kollegen ziemlich sicher ausschließen."

Ich nickte einverstanden, sah dabei auf den Boden.

Dann blieb Eddie stehen, drehte sich zu mir um und sagte: „Denk dran, Beaumont, dass du in der Todeszelle sitzt, ist für unsere Sache super."

„Wie soll ich das denn verstehen?"

„Dein Fall wird immerhin dringlich behandelt. Wir haben bereits mehrfach die Leute zum Reinschauen gebracht, und noch ist kein Hinrichtungstermin ins Haus geflattert gekommen. Sie befassen sich alle mit dem Fall, und mit dieser Messersache – wenn auch gefühlt im Schneckentempo. Sie ziehen doch alle Varianten in Betracht, dafür nehmen sie sich die Zeit. Hättest du eine lebenslange Haftstrafe, dann würden sie das nie tun. Und das ist gut."

„Die Dringlichkeit ist also gewissermaßen unser Verbündeter", seufzte ich, irgendwie fragend, irgendwie gleichgültig und innerlich mürbe.

„Brauchst du sonst noch was?", fragte Eddie.

Ich überlegte. Dann sah ich Eddie an und fragte grübelnd, ob er sich denn vorstellen könnte, dass man mir Malzeug geben würde.

„Das dürfte nicht das Problem sein. Viele malen in diesem Block. Du meinst, so richtig mit Farben?"

„Ja. Ich habe überlegt, ob ich da vielleicht Bock drauf habe."

„Soll ich das für dich abklären?"

„Wenn das dir nicht zu viel Arbeit macht."

„Kein Ding. Ich gebe es weiter."

Und damit ging er den Gang herunter und hinaus. Ich blieb nachdenklich zurück, während die Gittertür von allein wieder zuging und mit einem lauten Klicken einrastete.

～

*I*ch begann eindeutig zu merken, dass ich Gefühle für diese strahlende, bildhübsche Frau auf dem Foto hatte. Dass ich einen konkreten und spürbaren Grund hatte, hier raus zu wollen.

Im gleichen Atemzug fand ich es aber übertrieben, und albern. Sechs Briefe, und inzwischen vier Fotos. Das war's. Da kann man einfach noch nicht von der großen Liebe fürs Leben sprechen. Erst recht nicht, wenn man zum Tode verurteilt ist.

Ich begann mich allerdings immer mehr mit dem Gedanken auseinanderzusetzen, dass sie womöglich nicht nur mit mir schrieb. Denn schließlich waren wir insgesamt zehn Todeskandidaten in der Annonce, die unseren Kontakt ausgelöst hat. Vielleicht schrieb sie mit allen.

Vielleicht war ich auch für sie nichts Besonderes.

Vielleicht sogar Massenware, einer von Vielen. Und somit nichts Besonderes. Der Gedanke machte mich immer mehr fertig.

Und da verspürte ich tief in meinem Magenbereich die gute alte lodernde Eifersucht, die ich seit Jahren nicht mehr gekannt hatte. Sechs Briefe, vier Fotos, und ich fragte mich, was Liberty gerade machte. Ich dachte darüber nach, dass sie nicht nur theoretisch mit allen zehn Todeskandidaten schreiben könnte, sondern womöglich jetzt gerade in einer Bar war, um irgendeinen Holzfäller aufzureißen. Als Witwe war sie sicherlich zwischendurch einsam. Und im Gegensatz zu mir, konnte sie jederzeit etwas dagegen unternehmen.

Ich nahm das erste Foto, das ich bekommen hatte, in die Hand und starrte es an. Ich stellte mir Liberty im echten Leben vor. Wie groß war sie wohl im Vergleich zu mir? Wie würde ihr Haar riechen, wenn ich sie in meine Arme schließen würde? Wie würde es schmecken, sie zu küssen?

Es war sicherlich die Verzweiflung in mir, die aus Liberty

so eine große Sache machte. Denn ich musste davon ausgehen, dass sie nicht so viele Emotionen in diese frische Brieffreundschaft investierte, wie ich.

Was machte ich da nur?

War diese Sache mit Liberty überhaupt förderlich oder
eher gefährlich? Könnte ich dadurch vielleicht wirklich den
Verstand verlieren?

~

*D*ann hörte ich die Stimme des Gefängnisdirektors,
Mr. Talbot, im Korridor, einige Zellen nebenan.
Obwohl die Stimme leise war und hallte, konnte ich das
Gesagte recht deutlich verstehen. Ich wurde stutzig und
ging zur Gittertür, denn dieser große, stämmige Mann mit
den weißen Haaren lässt sich nur hier Blicken, wenn ein
Umzug ansteht. Steht ein Insasse eine Woche vor seinem
Hinrichtungstermin, wird er nach nebenan zum „Death
House" verfrachtet, wo er in einer streng überwachten
Einzelzelle auf seinen letzten Gang zur Todespritsche
wartete.

Zur Erinnerung: „Thunderbolt" ist hier nicht mehr im
Einsatz, es sei denn, der Verurteilte wählt diese Methode.
Ansonsten ist es hier Standard, dass man durch die Gift-
spritze stirbt.

Ich lauschte, und mein Herz schlug schneller. Es war
jedes Mal ein emotional aufwühlendes Erlebnis, jemanden
gehen zu sehen. Und ja, über 20 Jahre sieht man so einige
kommen und gehen.„Sie haben noch nie Flusskrebse gegess-
sen, Michael?", hörte ich Mr. Talbot fragen. „Die sind in der
Regel eine sehr gesellschaftliche Mahlzeit. Man sitzt
beisammen und fummelt sie auseinander, macht sich die
Finger schmutzig, kann dabei viel miteinander quatschen.
Und da ist relativ wenig Fleisch drin. Es dauert also, bis man

davon wirklich pappsatt ist. So verbringt man viel Zeit miteinander."

„Mmh."

„Ihre Familie besucht Sie nächsten Donnerstag um fünf, dann kann man die Mahlzeit ein bisschen vorziehen, wäre vielleicht ein schöneres Ambiente für alle, oder?"

Nach einem Augenblick hörte man wieder nur irgendein Seufzen. Ja, der dicke Fisch im Teich, den alle fürchteten, kann zwischendurch richtig nett werden, wenn einem die Zeit abläuft.

„Wie sieht's denn mit einem Sedativum aus, Michael? Ist eine reine Option, kann helfen. Haben Sie Interesse?"

Stille.

„Okay, sagen Sie mir einfach Bescheid, wenn Sie sich entschieden haben, ja?"

Ich hörte dann etwas Papier knistern.

„Und was ist mit der anderen Sache, Michael? Wir brauchen da eine Entscheidung."

Ich legte mein Ohr an die Gitterstäbe und lauschte. Ein Teil von mir wusste, dass ich dieses gleiche Gespräch irgendwann noch vor mir haben könnte. Aber diesen Gedanken wollte ich möglichst verdrängen.

„Keine Ahnung", raunte eine heisere, erschöpfte Stimme aus der Zelle.

„Also, wenn Sie dann keine Einwände haben, dann hat Ihre Familie eine Seebestattung vorgeschlagen. Das ist doch an sich ganz schön. Oder nicht?"

„Ich kann jetzt nicht drüber nachdenken, Mann."

„Okay, ich spreche es nur an. Denn wenn Sie dazu nichts Konkretes sagen, dann wird Ihre Frau sich um alles kümmern, nur damit Sie Bescheid wissen."

„Ja, ist okay."

„Gut", antwortete Mr. Talbot. „Das wäre dann alles. Wir holen Sie dann morgen ab, ja?"

„Ich werde hier sein", hörte ich den Insassen sarkastisch seufzen.

Dann hörte ich Schritte, die immer lauter wurden. Und ich konnte den großen, weißhaarigen Mann im Anzug sehen, der mir im Vorbeigehen einen flüchtigen Blick zuwarf. Der Mann hatte ein kantiges, strenges Gesicht, und sein Aftershave roch nach alten Möbeln. Niemand hätte ihn gern als Schulleiter gehabt.

Ich fragte mich in dem Moment, was diesem Todeskandidaten wohl jetzt gerade durch den Kopf ging. Und dabei war ich selber einer.

Ich beschloss, meine Antwort an Liberty zu schreiben, die gerade fällig war. Nicht nur, um auf andere Gedanken zu kommen, sondern auch, um mit ihr etwas Klartext zu reden. Aber wie es ebenfalls mit Eddie war, wollte ich auch sie nicht vergraulen. Was mich innerlich wurmte, musste aber einfach geklärt werden.

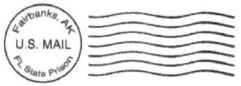

Florida State Prison, 11. Juli 2013

ℋey Liberty,
die letzte Zeit war stressig. Ich stehe unter Dauerstrom. Mein Anwalt ist nicht immer einfach, und diese ganzen legalen Prozesse dauern einfach ewig. Das nervt.

Ich habe 15 Jahre in dieser Hölle verbracht und will hier nur noch raus. Zurück in die echte Welt. Ich will mir Ziele setzen, etwas aus meinem Leben machen. Und ich befürchte, dass mir irgendwann trotzdem die Zeit abläuft, bevor ich meine Unschuld beweisen kann.

Ich weiß, dass ich bisher noch nicht mit dir konkret darüber gesprochen habe, aber ich will es jetzt einfach loswerden: Ich bin unschuldig. Ja, ja, das sagen natürlich alle, die hier drin sitzen. Ich bin taube Ohren gewohnt. Aber es ändert nicht die Tatsachen. Ich wurde zu unrecht verurteilt. Und niemand kann mir das ausreden, denn ich weiß es am besten. Du kannst dir nicht vorstellen, wie frustrierend es ist, jahrelang angesehen und angesprochen zu werden, als wäre man ein Mörder. Und alles, was ich bisher gesagt habe, um meine Unschuld zu beteuern, hat es nur schlimmer gemacht. Sie nehmen mir täglich die Freiheit weg, und selbst wenn ich morgen rauskommen sollte, wer kann mir meine verlorenen Jahre zurückgeben? Es gibt keinen Geldbetrag, mit dem man das entschädigen kann.

Mein Pflichtverteidiger hat einiges richtig gemacht, aber einiges lässt irgendwie noch zu wünschen übrig. Vielleicht bin ich zu hart zu ihm. Aber es geht hier um meinen Arsch.

Eine deiner Fragen kann ich bejahen: Ich schreibe nur mit dir. Vielleicht fanden zu viele Leute das Foto in der Anzeige unsympathisch. Vielleicht bin ich einfach ein hässlicher Kerl. Die Frage würde ich aber gerne umdrehen: Bin ich der Einzige, mit dem du schreibst? Bin ich für dich irgendetwas Besonderes, oder einfach nur ein netter Zeitvertreib? Bedeute ich dir irgendetwas?

Ja, ich weiß, das ist vielleicht etwas doll für eine Bekanntschaft mit einem Knastvogel, den du erst seit Mai kennst. Du könntest denken, ich übertreibe. Aber du musst einfach wissen, dass ich hier drin keinen Kontakt zu normalen Menschen habe. Und wenn du so persönliche Dinge mit mir teilst, das stellt etwas mit meinen Gefühlen an.

Du lachst mich eh aus, oder?

Egal. Mehr fällt mir heute irgendwie nicht ein. Ich hoffe, dass ich die Tage von dir höre. Halt die Ohren steif, und pass auf deine Töchter auf.

Ach ja, und malen tue ich nicht. Vielleicht fange ich mal damit an. Mal schauen.

Peace.

 *eaumont*

Fairbanks, 19. Juli 2013

ieber Beaumont,

danke für deine Ehrlichkeit. Ich kann verstehen, unter welchem Stress du stehst. Also keine Sorge, ich nehme dir nichts krumm. Die Frage, ob ich denn nur mit dir oder auch mit Anderen schreibe, kann ich nicht ganz zuordnen. Wie ist das gemeint?

Ich würde dich nicht gerade als einen Zeitvertreib bezeichnen. Natürlich bist du mehr. Wie viel mehr, das kann ich jetzt noch nicht sagen. Dafür kennen wir uns zu wenig. Und ich hatte das Gefühl, dass wir doch gut dabei sind.

Oder habe ich etwas falsch gemacht?

Ist dir das eine zu hohe Belastung, mit mir zu schreiben? Wühlt dich das zu sehr auf?

Willst du es lieber langsamer angehen?

Ich möchte eine Erleichterung in deinem Leben sein, und keine Last. Ich möchte gut für dich sein.

Und danke, dass du mir zum ersten Mal etwas über deinen Fall gesagt hast. Ich werde dir jetzt einfach mal glauben. Es hat zwar einen krasseren Klang, wenn ich Freundinnen erzähle, dass ich einen Mörder zum Brieffreund habe, aber ich nehme dich viel lieber als Unschuldigen.

Willst du mir vielleicht mehr über den Fall erzählen?

Wie ist es denn damals zum Schuldspruch gekommen? Wo lag der Fehler?

Wie kämpft denn dein Anwalt aktuell gegen eine Hinrichtung? Wie hat er es bisher geschafft?

Du brauchst mir nichts zu erzählen, worüber du nicht reden magst. Das versteht sich hoffentlich immer von selbst.

~

*D*a du mir diese Dinge anvertraut hast, möchte ich den Schritt erwidern. Ich möchte dir auch etwas anvertrauen, was mein verstorbener Ehemann Stan bis zu seinem Tod nicht wusste. Und es fällt mir auch nicht leicht, diese Worte zu schreiben.

Etwa zwei Jahre vor seinem Tod beging ich einen Seitensprung. Ich war einsam, und überarbeitet. Damals war ich noch Vollzeit in der Stahlfirma am Arbeiten, und wir hatten eine Betriebsprüfung. Es war also extrem stressig und angespannt.

Stan arbeitete auch Vollzeit, er war Bauarbeiter. Wir mussten mit dem Kindergarten immer jonglieren, und uns neben all dem Zirkus auch noch mit den Kindern beschäftigen. Sie schliefen oft in unserem Bett. Der Haushalt blieb meist an mir hängen, da Stan einfach zu kaputt war, um nach seiner Arbeit zu Hause mit anzupacken.

Und zwischen uns beiden war aufgrund der Umstände so einiges eingeschlafen. Es gab gewisse Bedürfnisse, die Stan einfach nicht mehr erfüllte. Ich gebe ihm dafür nicht die Schuld. Damals wusste er noch nicht, dass er krank war. Er hatte sich verändert, wollte seine Ruhe, war zwischendurch cholerisch. Und das passte an sich gar nicht zu ihm, ich hatte ihn ja sonst nur als einen total harmoniesüchtigen Menschen gekannt.

Aber es war einfach eine schwere Phase für uns. Eine Prüfung. Und was soll ich sagen, ich habe damals versagt.

~

*E*ines Abends ist es einfach passiert, als mein Nachbar und ich zur gleichen Zeit draußen im Garten standen. Er wohnte etwa 100 Meter die Straße herunter, und ich konnte die Glut seiner Zigarette sehen. Ich hatte ein Verlangen zu rauchen, nachdem Stan und ich einen Streit hatten. Er war zu seinem Bruder gefahren, um mit ihm in einer Bar zu plaudern.

„Ist alles in Ordnung?", fragte mich Greg, der charmante Mann von nebenan.

Und nichts war in Ordnung. Ich ging hin, total neben der Spur, und ließ mir von ihm eine Zigarette anbieten.

Ich will nicht weiter ins Detail gehen, was danach alles passiert ist. Das tut auch nichts zur Sache.

Ich fühlte mich danach dreckig, wäre am liebsten gestorben. Ich sah meine Familie auseinander fallen, meine Töchter eine Scheidung durchleben. Ich sah meinen Mann daran seelisch komplett kaputtgehen. Und dabei war eigentlich alles so lange intakt gewesen. Es fraß mich innerlich auf.

Also traf ich eine Entscheidung. Und diese fiel mir weiß Gott nicht leicht. Es war tägliche innere Folter. Aber ich hielt es für das Beste, wenn weder Stan, noch die Mädels jemals davon erfuhren, dass ich meinen Ehemann fremdgegangen war. Ich fragte mich einfach, welchen Nutzen es irgendwem bringen würde, diese eine Wahrheit zu erfahren. Ich sagte mir, es würde nur Schaden anrichten.

Und wozu sollte ich Schaden anrichten? Es war geschehen, daran konnte ich nichts mehr ändern. Meinem Mann meine Sünde zu beichten, das hätte ganz sicher nur unsere Familie zerstört. Und so lautete meine einzige Frage an mich selbst: „Willst du deine Familie zerstören oder nicht?"

Und diese Frage konnte ich klar beantworten. So war mir klar, was ich zu tun hatte. Und von dem Plan gab es kein Abweichen. Ich schwieg. Und das war unfassbar schwer.

Eine Lüge mit sich herumzuschleppen, das ist unfassbar kräftezehrend. Und ja, so etwas nicht zu beichten, das ist eine Art zu lügen. Tag ein, Tag aus. Es war wie ein ständiger innerer Schrei, den ich bei jeder Gelegenheit spürte. Sahen wir in irgendeinem Fernsehfilm einen Seitensprung oder irgendetwas, was damit zu tun hatte, war es für mich wie ein Fausthieb in den Magen. Immer wieder erzählte Stan so stolz, was ich für eine perfekte Vorzeigefrau sei. Es lag mir so spitz auf den Lippen, die Wahrheit zu sagen. Die Wahrheit macht bekanntlich frei.

$\sim$

*A*ls mein Mann dann krank wurde, schrie alles noch stärker in mir danach, ihm endlich meinen Akt der Untreue zu beichten. Aber der Schaden wäre zu diesem Zeitpunkt womöglich noch größer gewesen.

So steckte ich an Lob ein, was ich bekam. Ich war für Stan alles, was ich für ihn sein sollte. Alles, was er brauchte. Ich war bis zuletzt sein Morphium. Und es tat ihm gut, als seine Krankheit immer schlimmer wurde und ich immer für ihn da war. Meine Strafe war es, mit meiner Sünde allein zu leben. Und diese Strafe spüre ich bis heute.

Meine Töchter denken immer noch, dass zwischen Stan und mir alles immer völlig perfekt war. Ich denke, wenn sie alt genug sind, werde ich mit ihnen darüber sprechen. Nicht unbedingt direkt an ihrem 18. Geburtstag, aber mal schauen. Vielleicht wird mir das helfen, es endlich abzuhaken. Mich nicht weiter selbst zu geißeln.

Und ich muss schon sagen, es tut mir irgendwie gut, dir das gesagt zu haben. Als würde eine fette Last von mir abfallen. Und darauf kannst du dir was einbilden, dass ich dir das so von der Seele erzählt habe. Das würde dir meine engste Freundin bestätigen, denn sie kennt mich. Und übrigens weiß nicht einmal sie davon.

Egal. Ich weiß gar nicht, ob dich das alles überhaupt interessiert. Ich will dich nicht mit Leichen aus meinem Keller langweilen.

Jedenfalls hoffe ich, dein Anwalt schafft es, irgendein Wunder zu bewirken. Und wenn ich dir irgendwie helfen kann, sag einfach Bescheid.

Ich finde es irgendwie schade, dass du gar keinen Kontakt mehr mit deiner Mutter hast. Vielleicht kann sich das noch ändern. Eine Beziehung zwischen einer Mutter und ihrem Kind sollte eigentlich die Wichtigste sein.

Fühl dich umarmt, Beaumont.

Übrigens, du bist kein hässlicher Kerl.

ℒ iebste Grüße aus dem Norden,
  Liberty

𝒜 ls ich im kochenden Hochsommer diesen Brief las, war inzwischen eine Hinrichtung vollzogen worden. Die Stimmung hier im Todestrakt war gedrückt. Jeder von uns wurde wieder einmal daran erinnert, wo diese zähe Reise hinführt. Wir waren zwischengeparktes Schlachtvieh.

Es gab einige schmeichelhafte und aufbauende Worte in diesem Schreiben, aber die meisten Worte irritierten mich. Die Geschichte von Libertys Seitensprung in sich war nicht das Problem, sondern viel eher die dahintersteckende Motivation, die ich vermutete. Ich glaubte nämlich, dass sie mir ein Geständnis entlocken wollte.

Dann nervte mich extrem, dass sie nicht meine Frage beantwortet hatte, ob ich denn ihr einziger Brieffreund wäre. Anstatt einfach eine Antwort zu schreiben, hatte sie lauter Gegenfragen gestellt. Und das gefiel mir nicht.

Wären wir ein Ehepaar gewesen, das ein Bett teilt, dann hätte ich womöglich eine Nacht lang nicht mit ihr gesprochen. Mich weggedreht. Mich auf die Couch gelegt. Oder einen nächtlichen Spaziergang zu einigen meiner Homies gemacht, um dann durch die Nacht zu feiern – und das, ohne meiner Frau zu sagen, wo ich war.

Aber ich saß hinter Gittern. So zeigte ich mich auf die einzige Art mucksch, die mir zur Verfügung stand: Ich legte meinen Kugelschreiber beiseite und antwortete für eine Weile nicht. Man muss sich den Gegebenheiten anpassen.

Es war schwer, keinen Brief zu schreiben. Abends würde der jeweilige diensthabende Wärter mich fragen, ob ich denn Post abzugeben hätte. Und in der Regel wäre dies inzwischen der Normalfall gewesen. Aber ich gab nichts ab.

Drei Wochen vergingen.

Dann vier.

Und immer noch keine Post von Liberty, in der gefragt wurde, ob denn alles in Ordnung sei. Dies war keine Nacht in einem Ehebett. Ich wusste nicht einmal, ob dieses Spielchen überhaupt irgendeine Wirkung auf Liberty hatte. Aber ich sagte mir: „Mañana."

Fünf Wochen.

Sechs.

Wenn Liberty zu dieser Zeit das Spielchen erkannte, dann war sie auf jeden Fall darin besser als ich. Und langsam bekam ich Angst, dass sie womöglich gar keine Lust auf Spielchen hatte. War ich ihr bereits zu anstrengend geworden?

Ich hatte mir diese „Auszeit" mit etwas Malerei vertrieben. Man hatte mir eine kleine Staffelei, einige Leinwände, Pinsel und Acrylfarben zum Austoben gegeben. Meine Gemälde waren aber düster und deprimierend. Die warmen Farben, wie Orange, Gelb und Weiß, waren kaum benutzt.

Inzwischen war es September 2013. Ich griff nach meinem Kugelschreiber.

Florida State Prison, 5. September 2013

*H*ey Liberty,
    ich brauchte etwas Zeit, um nachzudenken. Ich denke, wir bleiben bei dieser coolen ehrlichen Schiene, die wir uns am Anfang aufgestellt haben.
    Also, ich sag's dir einfach direkt. Ich glaube, ich würde es komisch finden, wenn du auch andere Brieffreunde aus dem Knast hättest. Kann sein, dass du das albern findest. Das darfst du auch. Aber so ist es nun mal.
    Danke wieder einmal für dein Vertrauen. Was du mir da erzählt hast, ist schon harter Stoff. Aber hier muss ich wieder ehrlich sein. Es klang für mich ein wenig so, als wolltest du mich dazu bringen, reinen Tisch zu machen und die „Leichen" aus meinem Keller auszupacken. Dann der Spruch wegen meiner Mutter. Wie schade du es findest, dass ich mit ihr nicht mehr spreche. Das klang alles so komisch. Du hast mir zwar geschrieben, dass du mir einfach mal glauben wirst, aber irgendwie habe ich beim Lesen das Gefühl, dass da die ganze Zeit Subtext war.
    Deswegen sage ich es dir deutlich: Ich werde einen Teufel tun und irgendetwas zugeben, was ich nicht getan habe! Ich habe diesen Mord nicht begangen, und deswegen werde ich nicht auch nur einmal die Schuld dafür auf mich nehmen. Ich werde ja bereits für diese Tat bestraft, und ich war es einfach nicht. Diese Ungerechtigkeit wird irgendwann in irgendeiner Form wieder vergolten werden. Ich habe keine Ahnung, wie. Aber es wird passieren.
    Falls du also wirklich glaubst, dass ich das getan habe, was sie mir

76

vorwerfen, dann rate ich dir, den Kontakt mit mir abzubrechen. Ich möchte mit jemandem schreiben, der das glaubt, was ich sage.

Also, vielleicht einmal noch gut überlegen. Und sei ehrlich zu mir. Ich will kein „Ich liebe dich auch" oder so etwas, ich möchte nur von dir ernstgenommen werden.

No hard feelings.

Peace.

eaumont

*A*m Abend des 5. September 2013 drehte Badham wieder die Runde. Als er meine Zelle erreichte, sah er mich nur fragend an. Und dieses Mal hatte ich einen geschlossenen und frankierten Umschlag für ihn.

„Na, das wurde aber auch Zeit, Brown. Frauen warten nicht ewig."

Ich war kurz überrascht, dass dieser ansonsten harte und unzugängliche Wärter einen Moment der Menschlichkeit durchschimmern ließ.

Er nahm den Brief entgegen und steckte ihn in seinen Beutel. Beim Weiterlaufen fügte er hinzu: „Außer Mütter. Die warten ewig."

Ich blieb nachdenklich stehen. Badham wusste sicher nicht, was er da gefaselt hatte, aber irgendwie hatte es Wirkung. Irgendwie musste ich über meine Mutter nachdenken. Was sie wohl gerade so machte? Wie sie aussah? Ob sie denn vielleicht Kontakt zu meinem Sohn Jamal hatte, der inzwischen auf die Volljährigkeit zuging?

Ich hätte problemlos jederzeit telefonieren können. Aber ich war zu verbittert und verletzt, um einen Hörer in die Hand zu nehmen, um meine Mutter zu kontaktieren. Es hinterließ in mir eine tiefe Kerbe, dass ich für Hannah Mae von einem Sohn zu einem entgleisten Killer geschwunden war, zu einem Stereotypen. Einer bösen Silhouette.

3

MAGNIFICO

*D*ie Oktoberluft war warm und schwül. Draußen waren die Temperaturen langsam wieder angenehm, im Gegensatz zum kochend heißen Sommer.

Ein Schlagstock klopfte an die Gitter meiner Zellentür.

Ich lag auf meinem Bett und sah fern.

„Telefon", sagte der glatzköpfige Wärter Smith.

Perplex fragte ich, wer mich denn anrief.

„Bambi", lautete die Antwort. Dann trat er zurück und rief: „Zelle 27!"

Ein Brummen, und ein metallischer Knall, und die Zelle wurde per Knopfdruck aufgeschlossen.

Smith eskortierte mich den langen Korridor herunter, um eine Ecke und zu einem kleinen Käfig, wo sich ein Telefon befand. Der Hörer war bereits abgenommen und ruhte auf dem kleinen Tisch.

Ich setzte mich hin, nahm den Hörer in die Hand, und hielt ihn mir ans Ohr.

„Hallo?"

„Beau! Bist du das?"

„Ja, wen hast du denn sonst erwartet?"

„Nein, dich, dich wollte ich sprechen. Ist alles richtig so."

„Was gibt's? Wo steckst du gerade?"

„Na, ich stecke in meiner Kanzlei. Und vielleicht habe ich da was."

„Wie, du hast was?"

„Eine konkrete Spur. Ich habe mit allen Tattoo-Läden in und um Orlando gesprochen, und die Meisten führten ins Nichts. Wie ich dir schon gesagt hatte, wir haben da nicht genug Anhaltspunkte. Aber einer von den Ladenbesitzern sprach von einem Tätowierer in Gainesville, der dafür bekannt war, dass er immer wieder anstößige und „inoffizielle" Motive machte. Er hatte sogar einmal das Finanzamt in den Hacken, weil sich ein Schauspieler bei ihm hat stechen lassen, ohne Rechnung gegen Rabatt, aber später rutschte die Ausgabe mit in die Steuererklärung des Schauspielers."

„Ich kann dir inzwischen nicht mehr folgen", sagte ich zu Eddie, und kratzte meine Stirn.

„Ja, das war nicht so wichtig. Jedenfalls konnte ich herausfinden, dass Clive – so heißt der Typ – einige Skinheads und Rednecks tätowiert hat. Einige Aussteiger aus der Szene haben sich hier und da Cover-Ups machen lassen, und immer wieder fiel der Name Clive. Angeblich hat er das krasseste Zeug gestochen und es auch zelebriert. Die Werke liefen unter der Hand, versteht sich. Und jetzt kommt's: Der Typ fotografiert seine Arbeit. Auch die richtig bösen Werke."

~

*E*ddie sprach mir immer wieder zu schnell. Ich brauchte manchmal mehr Zeit, um ihm zu folgen.

„Okay. Clive ist dieser Typ aus Gainesville jetzt, ja?"

„Genau.",Tut mir leid, Eddie, so viele Namen und Orte, ich versuche hinterherzukommen. Also, was ist denn jetzt deine Spur?"

„Na ja. Ich müsste jetzt eigentlich als Nächstes diesen Clive aufsuchen und ihn fragen, ob er sich daran erinnern kann, irgendwann vor 1998 ein Tattoo gemacht zu haben, wie du es beschrieben hast. Und ob er dann noch den Namen des Kunden weiß. Aber da gibt es vieles zu bedenken. Was ist, wenn das ein Freund oder Verwandter von ihm ist, und ehe ich mich versehen kann, bin ich auf irgendeiner KKK-Veranstaltung an ein brennendes Kreuz gefesselt?"

„Du guckst zu viele Filme."

„Na ja, wenn's um deinen eigenen Arsch gehen würde, dann wärst du sicher auch so vorsichtig."

„Es *geht* hier um meinen Arsch."

Dies brachte Eddie zum Schweigen.

Immer wieder klangen die Spuren von Eddie enttäuschend. Vielleicht war es die Art und Weise, wie er sie präsentierte. Vielleicht fehlte ihm noch dieser letzte Funke Verkaufstalent. Egal, einem geschenkten Gaul schaut man nicht ins Maul. Das sagte ich mir immer wieder.

„Okay", seufzte ich. „Das klingt immerhin nach etwas. Und wieso rufst du mich an?"

„Ja. Genau. Ich wollte einmal vorsichtig fragen, ob du dir vorstellen kannst, Kontakt zu deiner Mutter aufzunehmen?"

Ich stockte, und schwieg.

„Äh... Wie jetzt?" „Könntest du dir vorstellen, wieder mit ihr zu sprechen?"

„Ich verstehe nicht ganz, was die Frage soll."

„Also, wie du ja weißt, fällt das alles hier schon seit einer deftigen Weile unter meine ‚kostenlose Beratung'. Aber langsam sprengt es den Rahmen. Wenn ich nach Gainesville gehe und diesen Anwalt aufsuche, stelle ich mich als dein Anwalt vor. Es kann sein, dass er mich gar nicht sprechen will. So etwas sollte ein Polizeibeamter übernehmen, aber ich kann noch nicht einschätzen, wie groß die Unterstützung da sein wird. Versuchen werde ich alles. Aber mein Gedanke ist, dass es vielleicht deutlich mehr Sinn machen könnte, einfach selbst ins Risiko zu gehen und sich für diese Phase einen Privatdetektiv hinzustellen, der das tut, was man ihm sagt, und vor Ort die Leute unter die Lupe nimmt. Lügner erkennt. Hinweise findet, und dir den Arsch rettet. Wenn er uns etwas Handfestes bringt, würde ich das alles gut verpacken und dem Obersten Bundesgericht auf den Tisch knallen."

„Das klingt alles nicht schlecht. Aber du glaubst wirklich, dass wir da so einen Spürhund brauchen? Mir scheint, dass du selber langsam richtig fit wirst."

„Dein Fall schluckt mir jetzt schon so viel Zeit weg, Beau. Nichts für ungut. Wir haben schon öfter drüber gesprochen. Das ist einfach zu groß."

Mein Anwalt Eddie trug inzwischen Anzüge, die ihm passten, und hatte sich eine seriösere Frisur zugelegt. Er war mehr zur Kampfsau geworden, als er damals gewesen war. Vielleicht hatte ich zu alldem meinen Beitrag geleistet, indem ich ihn so über die Jahre abgefordert hatte. Aber nun schien er langsam an seine Grenzen zu kommen. Diesen Tag hatte ich gefürchtet. Empathie bezahlt keine Rechnungen.

„Was hat denn meine Mutter damit zu tun?", fragte ich skeptisch.

„Na ja. Du kannst sie vielleicht anhand dieser Spuren

davon überzeugen, dass du doch nicht so schuldig bist. Vielleicht kann sie dich dann wieder wie einen Sohn betrachten, und vielleicht wäre sie bereit, in diese Geschichte zu investieren."

„Meine Mama hat nichts, Eddie. Wir waren schon immer arme Säue."

„Ja, aber vielleicht kann man in der Sonntagskirche eine Kollekte starten, oder sie kann eine Stiftung mobilisieren, einen Aufruf auf Facebook machen. Ich kann mich wirklich nicht um *alles* kümmern, sie wäre eine gute Hilfe."

„Was zur Hölle ist schon wieder dieses Facebook?"

„Das sind nur einige Ideen. Fakt ist, wir können jede Hilfe gebrauchen, die wir kriegen können. Und da du nicht so viele..."Eddie verstummte.

„Hallo? Bist du noch da?", fragte ich.

„Ja, ich bin noch da."

„Na los, sag's schon. Ich habe nicht viele Freunde.",,Verwandte. Wie dem auch sei, wir brauchen irgendeine Finanzspritze. Die ist eh total überfällig, Beaumont. Denk drüber nach, ja?"

Ich seufzte.

„Ja, werde ich dann wohl."

„Deine Mutter kontaktieren?"

„Drüber nachdenken."

„Okay. Ich warte auf eine Meldung von dir."

„Heißt das, du machst erst mal gar nichts mehr, bis ich Kohle auftreibe?"

„Ich kann gerade nicht mehr so wahnsinnig viel machen. Das ist im Moment unsere heißeste Spur. Und wir brauchen etwas Budget."

Ich schüttelte den Kopf und atmete einige Male tief durch. Jetzt bloß nicht aufregen!

„Alles klar, Eddie. Wir sprechen."

„Halt die Ohren steif."

„Jo."

~

*J*ch legte auf, saß da und dachte nach.
Die Nummer meiner Mutter Hannah Mae
kannte ich noch auswendig, sofern sie diese nicht gewechselt
hatte. Vielleicht hatte sie sich inzwischen ein Mobiltelefon
zugelegt.

Für einen Augenblick nahm ich den Hörer in die Hand,
und die Telefonnummer hallte mir durch den Kopf. Meine
Mutter ans Telefon zu bekommen, war nur einige Finger-
drücke entfernt.

Aber meine Verbitterung bremste mich extrem aus. Ich
war wie gelähmt davon. All diese Jahre war mir diese Frau
nicht einmal eine Briefmarke wert gewesen. Meine Enttäuschung war zu groß. Und komischerweise hätte sie von sich
dasselbe gesagt.

Wollte ich mir das jetzt antun? Mir Vorwürfe geben
lassen, wie sehr ich mich nicht in ihre Lage versetze? Mir
anhören, dass ich mich jetzt doch nur melden würde, weil ich
etwas von ihr wollte?

Mañana.

„Willst du noch jemanden anrufen?", fragte mich Smith.

Ich dachte nach, legte dann den Hörer auf und schüttelte
den Kopf.

„Nein. Ich will niemanden anrufen."

„Gut, dann auf geht's."

Zögerlich stand ich auf und ließ mich wieder zurück
durch den Korridor eskortieren, Richtung Zelle 27. Und die
ganze Zeit dachte ich über die offensichtliche Alternative
nach: Anstatt den tiefgefrorenen Kontakt zu meiner Mutter
aufzutauen, könnte ich auch Liberty um Geld bitten. Aber

dies ging auf eine ganz andere Art gegen meinen Stolz und überschritt eine Grenze, die es meiner Meinung nach gab.

~

*A*m 20. September hatte ich den letzten Brief von Liberty erhalten, in dem sie klargestellt hatte, dass sie keinerlei unterschwellige Absichten hatte, indem sie mir von ihrem Seitensprung erzählt hatte. Sie wollte es wohl angeblich bloß als Vertrauenszeichen schreiben. Und es hatte ihr gut getan, es einmal in ihrem Leben von der Brust loszuwerden.

Ebenfalls antwortete sie endlich auf die Frage, ob ich denn ihr alleiniger Brieffreund sei, darauf mit einer merkwürdigen Antwort, die vielleicht viel liebevoller gemeint war, als ich es beim Lesen interpretierte. Vielleicht bin ich aber auch nur eine kleine Zicke, der man nichts recht machen kann.

Ich schaute mir die Passage noch einmal an, vielleicht habe ich sie damals falsch interpretiert. Vielleicht war es eine regelrechte Liebeserklärung, die ich mit Füßen trat. Inzwischen sind auch mal eben fünf Jahre vergangen, da sieht man mit der Zeit die Dinge anders.

Fairbanks, 12. September 2013

...

*J*a und nein, Beaumont. Erst einmal brauchst du dir keine Sorgen zu machen, ob ich in dir nur ein interessantes Projekt sehe. „Mein Brieffreund, der Mörder" oder sowas, damit ich das Freundinnen beim Pilates erzählen kann. Nein, ich bin ernsthaft an deiner Person interessiert.

Und ja, du bist nicht nur der einzige Gefängnisinsasse, dem ich gerade Briefe schreibe, sondern der einzige Mensch. Aber du bist lange nicht der einzige Mensch, mit dem ich schreibe. Denn heutzutage schreibt man ziemlich viel. Ich habe Freunde Verwandte, und die schreibt man täglich mit meinem Mobiltelefon an. Ich verabrede mich, ich tausche mich über Kindeserziehung aus, ich bin im Elternbeirat. Und einige Bekannte von früher, so Kindheit und Jugend, die schreibe ich über Facebook an. Wir hatten das Thema auch schon mal. Da kann man Leute finden und kontaktieren, auch ohne ihre Nummer zu haben. Sie müssen nur unter ihrem eigenen Namen registriert sein.

Und all dieses Schreiben, das ist sehr schnelllebig. Man schickt eine Nachricht ab, und innerhalb von Sekunden ist sie da. Keine zwei Wochen Wartezeit, bis eine Antwort zurückkommt.

Du bist der einzige Mensch, mit dem ich das auf dem Papierweg machen muss, weil es in deinem Fall nicht anders geht.

Aber das finde ich nicht schlimm. Im Gegenteil: Ich finde es toll, es auch mal auf dem klassischen Weg zu machen. Ich mag den hölzernen Duft von deinem Papier. Ich mag deine Schrift unheimlich gern angucken, die kurioserweise nach links kursiv ist. Es hat so einen starken Eigencharakter.

Und vielleicht sollte für dich entscheidend sein zu wissen, dass ich mit niemandem, mit dem ich auf täglicher oder gar stündlicher Basis irgendwelche Nachrichten austausche, so persönliche und intime Dinge bespreche wie mit dir. Also, um es noch einmal zu unterstreichen, in der Hinsicht bist du derzeit auch mein „Einziger".

Also, vielleicht müsstest du mich mal aufklären, wie deine Frage genau gemeint ist. Und vielleicht sollten wir darüber sprechen, warum du so eine Frage überhaupt stellst. Was sind dabei deine Gedanken oder Gefühle?

…

*B*analitäten beiseite, dieser Teil ihres Briefes war
der wesentliche Teil. Wir hatten natürlich immer
wieder oberflächliche Themen, aber in jedem Brief gab es den
„ernsthaften" Teil.

Diesen Brief galt es inzwischen zu beantworten. Und es
war an sich überfällig, da wir bereits den 11. Oktober hatten.
Ich hatte wieder einmal beschlossen, aus allem das Tempo
etwas herauszunehmen.

Jemanden zappeln lassen, das ist eigentlich eine Taktik,
die man anwendet, wenn man verliebt ist und Aufmerksamkeit will. Oder bestimmt sogar noch in einer richtigen Beziehung, wenn einer mit dem Anderen böse ist und ihn dafür
etwas foltern will. Nicht miteinander sprechen. Den Anruf
nicht erwidern.

Es kann wiederum auch reine Professionalität sein.
Beschäftigt aussehen. Niemals vermitteln, dass du dein
Gegenüber so brauchst, dass sie womöglich dein ganzes
Leben ist.

Oder sogar noch einfacher: schlichtweg auf Dosierung
deiner Präsenz achten. Interessant bleiben. „Willst du was
gelten, mach dich selten."

Schon irre, wenn ich mir vorstelle, dass in der realen Welt
da draußen so eine taktische Funkstille eher eine Sache von
Stunden ist, als von Wochen. Die haben schließlich alle diese
sogenannten „Handys", und sind permanent miteinander
vernetzt. Das, was ich gerade mache, wäre da draußen ein
Kinderspiel für mich. Ich würde die Weiber so richtig fertig-
machen mit meinem Zen.

Schade.

Jedenfalls war ich damals, im Jahr 2013, nicht so cool und emotional unabhängig, wie man dafür sein müsste, um sich aus diesen genannten Gründen rar zu machen. Liberty war alles, was ich hatte. Und sie war bildhübsch. Ich empfand etwas für sie, vielleicht auch nur für die Vorstellung von ihr. Ich war eifersüchtig, und besitzergreifend.

Die Blöße, sie das erfahren zu lassen, wollte ich mir auf keinen Fall geben. Ich wollte mich nicht verwundbar zeigen. Ich wollte ihr nicht diese Macht über mich geben.

Aber ich glaube, Liberty war schlau genug, um zwischen den Zeilen zu lesen.

Ich zeigte mich so cool, wie es mir unter diesen einge-schränkten Umständen möglich war. Ich versuchte zum Level des Flirtens zurückzufinden – und dort zu bleiben. Ich versuchte, interessant zu bleiben.

Und glücklicherweise hatte ich nun ein regelrechtes Hobby mit dem Malen. Auch wenn die Motive, die auf meinen kleinen Keilrahmen entstanden, noch nicht besonders fröhlich waren. Es war trotzdem eine gute Ablenkung und ließ die Zeit schneller vergehen. Das ist in der Todeszelle natürlich nicht immer etwas Gutes.

~

Über weite Zeitstrecken stellte ich mir diverse Situationen mit Liberty vor. Das erste Mal miteinander essen gehen, die Gespräche dabei. Ich stellte mir vor, wie sie mir beim Zeichnen irgendeines Portraits zusah und mein Talent lobte. Das erste Mal mit ihr zu schlafen. Ein Familienausflug mit ihren Töchtern zu machen. Den Jungs, die Mary-Ann und Jane das Herz brechen, eine deftige Lektion zu erteilen und die Mädels trösten.

Ich sah mich mit Liberty alt werden. Ich sah uns Seite an

Seite auf einer Terrasse sitzen und den Sonnenuntergang über dem Atlantischen Ozean betrachten, ein Fläschchen Bier dabei trinken. Das war mein eigenes kleines Happy End.

Und dann fiel mir immer wieder ein, dass dieser Ausblick niemals in diesem Leben existieren könnte. Denn die Sonne geht im Westen unter, über dem Pazifischen Ozean, wie ich während meiner aufgeholten Schulbildung hinter Gittern verinnerlicht habe. Und hier in Florida blickt man nach Westen, wenn man das Meer sehen möchte.

Niemals wird also in diesem Leben dieser Moment so zustande kommen, wie ich ihn mir immer und immer wieder vorgestellt hatte. Niemals auf dieser Welt. Und da spielen diese Gitter keine Rolle.

Nun ja, viele unserer Konversationen, die sich bis Valentinstag im Jahr 2015 erstreckt hatten, stellte ich mir immer wieder als Dialog zwischen zwei Menschen vor, die sich immer näher kamen. Physisch, sowie auch geistig.

Es war wie ein Drehbuch für einen Liebesfilm, das mit extremer Langsamkeit geschrieben wurde.

Würde ich jemals in diesem Leben zu dem Teil kommen, in dem man das Geschriebene im echten Leben umsetzt? In dem man sein Gegenüber sehen, anfassen, riechen und schmecken kann. Würde ich mein Drehbuch „verfilmt" bekommen?

Oder etwa nicht?

Ach ja, und wie sollte ich, wenn ich verliebt war, auch jemals das Thema Geld ansprechen? Welche Frau findet es sexy, wenn man sie anpumpt?

Florida State Prison, 11. Oktober 2013

…

Ich werde wohl nie etwas mit euren Mobiltelefonen anfangen können. Egal.

Wie ich die Frage meine? Ganz easy, ganz entspannt. Ich bin halt nur so ein neugieriger Mensch. Auf der einen Seite gibt es die, für die Todeskandidaten wie ich etwas Ähnliches sind wie eine Zirkusattraktion. Sie interessieren sich nicht so für die Umstände, unter denen wir leben. Sie stellen viele Fragen, vor allem fragen sie, wie uns zumute ist. Wie es denn so ist zu wissen, dass man bald sterben wird, all diese Dinge. Damit sie es sich einfach so zum Spaß vorstellen können, wie es denn sein muss, zum Tode verurteilt zu sein. Sie wollen sich hineinversetzen, aber nur zu ihrem eigenen Entertainment. Nicht weil es ihnen irgendwas fürs Leben bringt. Schadenfrohe Voyeure eben.

Ich hatte ein wenig die Befürchtung, dass du irgendwie so ein Mensch bist. Aber ich habe mich getäuscht.

Und der Punkt, auf den ich hinauswollte: Ich selber bin so neugierig, wie solche Voyeure. Aber ich bin jedem Menschen gegenüber neugierig, denn wir alle sind zum Tode verurteilt. Auch du. Mich interessiert also nicht deine Sterblichkeit, mich interessierst du als Mensch. Ich finde Menschen generell interessant. Ihre Frisuren, ihre Kleidung, ihre Hände, das alles erzählt irgendeine Geschichte. Ich frage mich oft, zu was für Haushalten die Wärter, die hier arbeiten, nach dem Feierabend gehen. Was sie privat so treiben. Das habe ich mich früher auch häufig gefragt, als ich die vielen Autos auf der Schnellstraße außerhalb von Orlando sah.

Ich wieder mit meinen Ausschweifungen. Sorry. Jedenfalls, wenn ich dich frage, mit wem du noch so schreibst, was ich für dich bin, was deine Töchter so machen, das ist alles aus einem einzigen Grund: Du machst mich neugierig.

Keine Sorge also, das Schreiben mit dir tut mir in keinster Weise schlecht. Sorry, wenn ich ab und zu etwas patzig rüberkomme. Es kann höchstens der Stress meines Alltags sein, der ab und zu mit rein schwappt.

Sollte es umgekehrt auch mal vorkommen, keine Angst. Ich werde nicht böse sein.

…

…

*B*eaumont, du hast gesagt, du würdest es komisch finden, wenn ich mit anderen Männern schreiben würde, die im Gefängnis sitzen.

…

Florida State Prison, 31. Oktober 2013

…

*K*omisch war nicht negativ gemeint. Komisch im Sinne von „lustig". Ich stellte mir vor, wie du da so als regelrechte Nanny für Todeskandidaten dasitzt, und dich wie eine

Henne um alle kümmerst. Bis in den Tod betreust, wie in einem Altersheim. Ich fand die Vorstellung komisch.

Aber kann sein, dass du das anders aufgeschnappt hast. Auf Papier macht kein Ton die Musik.

Ach, und Happy Halloween, Baby.

...

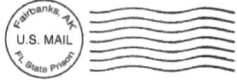

Fairbanks, 4. November 2013

...

*O*kay, ich werde das einfach mal als Antwort akzeptieren. Auch wenn sich das überhaupt nicht so gelesen hat.

...

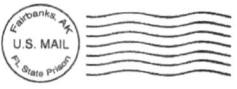

Florida State Prison, 23. November 2013

...

*W*äre dir eine andere Erklärung lieber? So etwas wie Eifersucht? So etwas wie die Behauptung, ich würde dich nur für mich ganz allein besitzen wollen, mit niemandem teilen wollen?

...

Fairbanks, 27. November 2013

...

*omöglich. Vielleicht wäre mir das lieber gewesen.
So hatte ich es nämlich auch gelesen, um ehrlich
zu sein. Und was soll ich sagen, irgendwie gefiel mir die Vorstellung,
dass es dir nicht gefallen hätte zu hören, dass ich mit anderen Insassen
schreiben würde. Von denen einige, wenn nicht alle, sicherlich „echte"
Mörder wären. Nicht so wie du.
Es war irgendwie ein reizendes Gefühl in meinem Bauch. Es war
eine kleine Spinnerei.
Spinnen darf man ja.
Wie läuft es eigentlich mit deinem Fall? Kommt dein Anwalt
voran?
Kann man irgendwie helfen?*

...

Florida State Prison, 12. Dezember 2013

...

*ber sowas spinnst du rum, ja? Das ist ja interessant. Tut
mir leid, dass mein Papier nur nach Papier riecht und nicht*

nach mir. Ich benutze ewig kein Parfüm oder Aftershave mehr. Sonst hätte ich dir ein bisschen davon aufs Papier gesprüht. Alles, was du jetzt zu riechen bekommst, sind meine schwitzigen Finger.

*J*a, was meinen Anwalt angeht, das ist so eine Sache. Also, letzter Stand ist, dass er eigentlich etwas Geld braucht, hat er mir gesagt. Problem ist, dass ich ihm da nicht helfen kann. Hier im Knast verdient man nicht die fette Kohle.

Edward Dickinson – so heißt er, beziehungsweise „Eddie" – arbeitet schon ewig „Pro Bono" an meinem Fall und hat jetzt ein paar heiße Spuren. Aber um diese nicht zu verkacken, würde er gern einen Privatdetektiv losschicken. Da wären einige Klinken zu putzen, ein Tattoo-Studio in Gainesville müsste besucht werden, und so weiter. Da ist auch eine konkrete Spur, die Eddie nicht verprellen möchte, indem er da falsch herangeht.

Zur Spur selbst möchte ich nicht allzu Konkretes sagen. Nicht hier, nicht auf Papier. Ich weiß nicht, wie schlau das von mir wäre. Denn alles, was wir uns schreiben, lesen Andere mit. Das muss man im Hinterkopf behalten.

Lange Rede, kurzer Sinn: Es wäre Arbeit. Und ein Profi muss ran.

Die einzige Möglichkeit, die ich so auf Anhieb wüsste, wäre meine Mutter. Aber wie du ja weißt, ist unser Verhältnis nicht gerade das Entspannteste. Davon abgesehen, schwimmt sie auch nicht im Geld.

Von daher ist da in letzter Zeit ein wenig Stillstand. Ich bin da noch dran, wie ich das löse. Mal schauen. Noch ist kein neuer Termin zum Sterben reingekommen, also ist der Druck nicht besonders hoch.

…

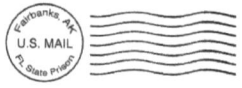

94

...

*E*rst einmal: Frohe Weihnachten!
Ich bin mit Mary-Ann und Jane zu meiner Mutter nach
Anchorage gefahren, um hier die Festtage zu verbringen. Anchorage
liegt in Alaska. Wahnsinn, draußen liegt meterdicker Schnee. Es ist
idyllisch. Alles funkelt in Weiß, sogar bei Nacht. Und der Duft ist
einfach nur toll.

Ich hoffe, der Duft des Papiers gefällt dir. Das ist der, den ich
momentan fast ausschließlich Trage. Er nennt sich „Indian Summer".
Ich habe den Brief damit etwas eingesprüht und hoffe, dass sie das so
durch die Zensur winken.

∾

*B*eaumont, dein Leben steht hier auf dem Spiel! Wie kann
das angehen, dass das jetzt an etwas Geld scheitert?!
Dass du nicht konkret über die „heiße Spur" schreiben kannst,
kann ich natürlich nachvollziehen. Auch wenn ich neugierig gewesen
wäre.

Das tut mir leid zu hören, dass du da momentan keine Möglichkeiten hast. Aber genau da hake ich ein und sage dir, dass du auch
mich hast. Ich „schwimme" zwar nicht in Geld, aber ich habe ein
wenig auf der hohen Kante liegen und würde dir mehr als gern helfen.

Also, sag mir, was du wann und wo brauchst, und ich kann etwas
in die Wege leiten.

Und scheue dich in Zukunft nicht, einfach zu fragen.

...

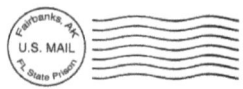

*U*nd so kam es, dass ich am 3. Januar 2014 einen würzigen, frischen Duft der Weiblichkeit in meiner Zelle roch, als ich diesen Umschlag öffnete. Dies war ein besonderes Geschenk. Es brachte mir Liberty so nah, dass ich ihre Anwesenheit spüren konnte.

Diesen Brief behielt ich für eine längere Weile bei mir. Ich versenkte immer wieder meine Nase im Papier, behielt es beim Schlafengehen unter meinem Kopfkissen.

Nun hatte mir Liberty so ziemlich offiziell finanzielle Unterstützung angeboten. Und es war eigentlich eine gute Nachricht zum Neujahr, aber es fühlte sich andererseits auch irgendwie schäbig an. Von der Frau, auf die man ein Auge geworfen hat, Almosen zu bekommen, das ist nicht unbedingt der Ego-Booster schlechthin.

Ich ließ mich vom Wärter zum „Telefonkäfig" bringen und rief Eddie an, zu dem ich zwar noch regelmäßigen Kontakt hatte, der aber aufgrund des Geldmangels für eine erhebliche Weile „mit angezogener Handbremse" unterwegs war.

„Was gibt's, Beau?"

„Hör mal, du, es hat sich was ergeben. So, wie es aussieht, könnte ich an etwas Geld kommen. Sag mir bitte, wie viel du für deinen Schnüffler brauchst."

„Du kommst an Geld ran? Darf ich fragen, was für Geld? Du gehst nicht anschaffen, oder?"

„Sehr witzig, Eddie. Nein, meine Brieffreundin Liberty, sie hat mir gesagt, dass sie mir was schießen würde."

„Das hat sie dir gesagt?"

„Na ja, nicht gesagt, sondern geschrieben. Deswegen

wollte ich dich mal fragen, worüber wir da reden. 50 Dollar, 500 Dollar, was ist die Hausnummer?"

Eddie pausierte.

„Puh. Wie sage ich dir das? Ich hatte eher an etwas wie 5.000 Dollar gedacht."

Ich schluckte.

„Alter. Eddie, wieso denn so viel?"

„Na ja, ich würde den Privatdetektiv richtig rumschicken. Er würde regelrecht an deinem Fall arbeiten. Mit Zeugen sprechen, Beschattung, Recherche, das volle Programm. Die Spur mit dem Tätowierer Clive einmal vernünftig abarbeiten. Das hatten wir doch besprochen. Beaumont, das wäre für dich großartig. Eine bezahlte professionelle Arbeitskraft, die sich komplett deinem Fall widmet. Jemand, der sich festbeißt und nicht lockerlässt, bis er etwas findet, was deine Unschuld beweist. Das hier sollten wir ordentlich machen, uns keine Fehler erlauben, keine schlafenden Hunde wecken. Kannst du nachvollziehen, dass das hier der richtige Weg ist?"

„Ja, in einer perfekten Welt, in der jeder Kohle hat, ja."

„In einer perfekten Welt hättest du ein ganzes Team von Anwälten, so wie O.J. Simpson. Aber wir reden von dieser Welt, und von der Frage, ob es sich lohnt, jetzt etwas Geld in die Hand zu nehmen und dich aus dem Todestrakt zu holen. Leuchtet das ein?"

„Ja, Mann, ist ja gut", raunte ich.

~

*W*ieder einmal schoss mir durch den Kopf, wie man die Todesstrafe hierzulande im Englischen auch die „Kapitalstrafe" genannt. Ohne Kapital entkommt man nicht der Strafe.

Eddie rieb sich die Stirn und fuhr fort: „Da musst du auch

97

halt alles Mögliche bedenken, wenn wir so jemanden hinstellen. Sein Tagessatz, Spritgeld, Spesen, sonstige Unkosten. So ist es nun mal, Beau."

„Hast du gerade ‚Bro' gesagt?"

„Nein, Beau."

Ich biss mir auf die Lippe. Dann wurmte mich eine Frage, die ich mich nicht traute zu stellen. Aber wenn ich dort bereits eine Sache von Liberty gelernt hatte, dann war es, dass man immer offen Probleme ansprechen sollte.

„Was ist da für dich mit bei?", fragte ich verspannt.

„Wie meinst du das?"

„Wenn du jetzt willst, dass ich fünf Riesen auftreibe, was hast du da für dich mit eingeplant?"

Eddie stockte. Ich konnte es hören.

„Na ja. Was willst du jetzt andeuten? Wäre es verkehrt von mir, nach all diesen Jahren Gratis-Arbeit, da einen kleinen Obolus mit reinzupacken, damit ich auch wieder ein bisschen geradeaus gucken kann?"

„Du arbeitest doch für den Staat."

„Ja, das ist schon richtig, aber…"

„Der gleiche Staat, der mich tot sehen will. Er zahlt dir doch Gehalt, oder?"

„Mensch, Beaumont, wir hatten dieses Thema schon so oft! Du kommst da noch drauf, ich habe immer wieder nach dem Feierabend an deinem Fall gearbeitet, die Extrarunden gedreht. Ich kriege das doch nicht alles bezahlt. Und wie kann ich dir das sagen, ohne dir das Gefühl zu geben, wertlos zu sein?"

„Das ist es, Eddie. Gar nicht."

Und damit sorgte ich für einen langen Augenblick betretener Stille.

Dann seufzte Eddie, und fing wieder an: „Hör mal. Du weißt, dass ich das nicht böse meine. Oder?"

Ich nahm mir einen Augenblick, aber dann bejahte ich.

„Pass auf", sagte er dann, „ich spreche mal mit dem Detektiv, an den ich gerade denke. Ich hole mir die Infos etwas genauer und frage ihn konkret, was er braucht, um erst mal loszulegen. Ich streiche mich raus, und du kannst deine Perle mal ganz vorsichtig nach 1.000 Dollar fragen. Damit könnten wir wenigstens den Ball ins Rollen bringen."

„Okay. Ich werde sie fragen."

„Super. Dann halt mich mal auf dem Laufenden."

„Jo, wird gemacht. Bis bald."

„Mach's gut."

~

*I*ch saß in meiner Zelle, den Kugelschreiber in der Hand, das blanke, liniierte Blatt Papier vor mir. Und ich hatte keine Ahnung, wie ich diesen Brief schreiben sollte. Meine Hand war wie gelähmt. Meine Gedanken waren blockiert.

Für mich waren 1.000 Dollar eine ganz schöne Menge Geld. Na ja, heute ja auch noch. Liberty um so einen Betrag zu bitten, das war für mich eine ganz schwere Aufgabe. Und dabei musste ich nur in den richtigen Formen die Tinte auf das Papier bringen, die richtigen Buchstaben aneinanderreihen. So leicht, und doch so schwer. Und mein ganzes Leben könnte daran hängen. Dies war eine richtige Chance.

Ich brauchte mehrere Anläufe. Dies hatte einige zerknüllte Blätter in meinem Papierkorb zur Folge. Und normalerweise war ich mit Papier so sparsam, wie ein Schiffbrüchiger mit Trinkwasser.

Aber das hier musste sitzen. Die Frage musste feinfühlig gestellt sein, und ich wollte dabei nicht mein Gesicht verlieren. Was waren also die richtigen Worte?

Ich kratzte mir die kurzen Locken auf dem Kopf. Dann kratzte ich mir den Nacken. Dann unterm Kinn. Alles juckte, als wäre ich am ganzen Körper von tausend Brennnesseln gestreift worden.

Ich fluchte immer wieder, und versuchte mich an eine neue Formulierung…

~

Hey Liberty,

du hattest angeboten, mit etwas Geld zu unterstützen, wenn ich dich nicht falsch verstanden habe. Ich habe mit meinem Anwalt gesprochen, und er würde etwa 1.000 Dollar brauchen, um Ermittlungen anzustellen. Die habe ich gerade vorne und hinten nicht. Kannst du dir vorstellen, sie mir zu leihen? Du würdest sie auch hundertprozentig wiederbekommen.

~

*I*ch brach den Schreibvorgang abrupt wieder ab, und zerknüllte den Zettel.

„Du Trottel", schimpfte ich zu mir selbst, „am besten noch mit Indianerehrenwort. Volltrottel!"

Neuer Anlauf. Kürzer. Keine Eierei.

~

Hör mal, nur wenn du wirklich willst, also, 1.000 Dollar könnten gerade wirklich helfen. Ich hab sie momentan nicht zur Verfügung. Mein „Job" hier im Knast bezahlt mir gerade mal die Briefmarken, Zigaretten und gelegentliche Magazine. Und ich stehe für diesen Fernseher noch etwas in der Kreide, den habe ich für 70 Dollar bekommen. Ich arbeite da noch einen kleinen Rest ab. Man verdient hier drin nicht wirklich viel.

Aber ich kümmere mich wirklich darum, dass du das Geld wieder-

bekommst. Ich würde nur etwas länger dafür brauchen, als mir noch
an Zeit bleibt, wenn ich nicht jetzt alles tue, um hier rauszukommen.

~

 $\mathcal{U}$ nd wieder machte ich ein falsches Versprechen.
Wie zur Hölle sollte ich aus dem Gefängnis
Schulden abbezahlen, sollte sich nichts von Eddies Bemü-
hungen eine Begnadigung erwirken? Dann wäre ich nicht nur
ein toter Mann, sondern ein verschuldeter toter Mann.
Verschuldet bei einer Frau, für die ich Gefühle hatte.

Ich legte den Stift beiseite und dachte nach. Ich nahm mir
Zeit und versuchte mir vorzustellen, wie *ich* reagieren würde,
wäre die Situation anders herum gewesen. Etwas, was ich
laut den Vorwürfen meiner Mutter nicht genug in meinem
Leben getan hätte.

Ich dachte nach, wie hätte ich es nicht als unangenehm
empfunden, wenn mich eine Frau um Geld gebeten hätte.

Und das war schwierig. Denn ich kannte es nur, dass man
sich früher im Ghetto gegenseitig um kleine Beträge ange-
pumpt hatte. Ein paar Dollar für Kippen oder Weed. Aber
niemals auch nur annähernd ein kompletter Tausender. Ein
Tausender bedeutete Verantwortung. Ein ernstzunehmender
Schuldbetrag.

Also versuchte ich, auch hier charmant zu bleiben, und
den bestmöglichen Geschäftsmann abzugeben, den ich mit
meinen Kenntnissen aus dem Fach „Wirtschaft und Politik"
zusammenbauen konnte. Aber mit der richtigen Spur von
Ehrlichkeit.

Und es fiel mir immer noch schwer, was mich langsam
anfing zu nerven.

„Hör auf, dir in die Hose zu machen", sagte ich mir selbst.
„Willst du hier drin sterben oder nicht? Das sind nur Kritze-

leien auf einem Blatt Papier, was ist denn eigentlich dein Problem?"

Und dann schien sich meine Schreibblockade zu lösen. Es schrieb sich so von der Hand...

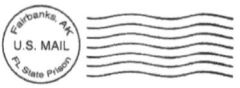

Florida State Prison, 3. Januar 2014

L iebe Liberty,
dir auch nachträglich frohe Weihnachten, und ein fröhliches neues Jahr 2014.

Also, zu deiner einen Frage, ob du denn mit Geld aushelfen kannst. Dass du überhaupt fragst, das schätze ich sehr. Und was soll ich sagen, natürlich kann man mit Geld aushelfen. Ich möchte nur, dass du um die Risiken weißt. Du bist ja Buchhalterin, und daher mit Sicherheit realistisch.

Es kann das Szenario dabei herauskommen, dass ich die aktuelle Berufung trotzdem wieder verliere, und irgendwann auf dem elektrischen Stuhl sitze. Dann würdest du leer ausgehen. Das musst du einfach wissen.

Deswegen wäre es mir lieber, du sammelst Spenden oder was auch immer, wenn du helfen willst. Deine Ersparnisse würde ich ungern in Gefahr bringen, wenn du verstehst, was ich meine. Du hast zwei Kinder durchzufüttern.

Mein Anwalt Eddie hat schon einiges an Budget am Start, wir haben ein paar Sachen regeln können. Und es fehlt ihm momentan nur noch ein Tausender, damit er mit Puffer arbeiten kann.

Es könnte später mehr werden, aber das wäre jetzt erst mal Phase. Falls dir ein Weg einfällt, wie du diesen Tausender hinkriegst, ohne dabei selbst ins Risiko zu gehen, dann kannst du Eddie direkt kontaktieren, mit einem Gruß von mir. Seine Kontaktdaten stehen am Ende des Briefes.

Wenn dir das zu hoch ist, keine Sorge. Ich schätze sehr, dass du es überhaupt in Erwägung gezogen hast.

Bitte verstehe, dass es mir sehr schwer fällt, dir so einen Ball zurückzuspielen und über Geld zu sprechen. Ich hätte mich nicht einmal getraut, dich zu fragen, ob du für mich „GQ" abonnieren würdest. Umso schwerer fällt es mir, über solche Beträge zu sprechen. Aber du hast gefragt, und in der Tat haben wir eine kleine Knappheit.

$\mathcal{W}$ie geht's den Mädels? Was macht die Arbeit?

$\mathcal{W}$ollen wir sonst auch einfach mal telefonieren? Es wäre schön, deine Stimme zu hören. Für den Fall, dass du darauf Lust hast, werde ich dir die Durchwahl vom Büro in diesem Trakt geben. Da kannst du einfach anrufen und darum bitten, mit mir zu sprechen. Meine Zellennummer ist 27.

Aber kein Stress. Alles kann, nichts muss. Ich würde mich natürlich sehr freuen.

...

$\mathcal{D}$iese Frage zu stellen, fiel mir alles Andere als leicht. Das wäre das nächste Level unserer Brieffreundschaft gewesen. Und ehrlich gesagt, hatte ich diese Frage schon länger im Kopf gehabt. Allein schon die Vorstellung, Libertys Stimme zu hören, löste bei mir Bauchkribbeln aus.

War es vielleicht zu früh für sie?

Oder vielleicht im Gegenteil? Wartete sie womöglich schon lange auf eine Einladung, mich hier zu besuchen? Immerhin schrieben wir bereits seit fast einem Jahr.

Hatte sie ähnliche Gefühle wie ich?

Der glatzköpfige Wärter Smith hatte an diesem Tag die Schicht mit dem Austeilen und der Abholung der Post. Als er meine Zelle erreichte, gab es die Standardfrage, ob ich denn etwas für ihn hätte.

„Mañana", das wäre am liebsten meine Antwort gewesen.

Aber da musste ich jetzt durch. Ich nickte und gab ihm den Brief durch den horizontalen Schlitz in der Gittertür. Dieses eine Mal klebten meine Finger aber noch dran, als er den Umschlag entgegennahm.

„Willst du den noch loslassen?", fragte mich der Glatzkopf mit den strengen Gesichtszügen, die diesem Mann aber zwischendurch nicht seine Menschlichkeit nahmen.

„Ja, gleich", scherzte ich.

„Was steht da drin, eine Beichte?", fragte er trocken.

Und dies ließ mich den Brief sofort loslassen. Ich hatte nichts zu beichten.

Die nächsten zwei Wochen vergingen wie zwei Jahre. Reinste Seelenfolter. Hatte ich Liberty endgültig verschreckt?

Oder machte ich mir zu viele Sorgen? Sie hatte schließlich ziemlich konkret ihre Hilfe angeboten.

War dies wiederum nur eine Höflichkeit gewesen, auf die ich mit einem höflichen „Nein, Danke" hätte reagieren müssen?

Wie machte man etwas richtig?

Ich zermarterte mir über meine Formulierungen jeden

Tag, jede Stunde den Kopf, immer und immer wieder. Und ich musste selbst fast darüber lachen, dass ich als Todeskandidat bisher recht standhaft geblieben war, aber nun erst an eine Frau den Verstand zu verlieren schien.

„Weiber", sagte ich mir. Aber dabei war ich selbst das Problem, und nicht Liberty. Bei jedem zweiten Satz, den ich schrieb, stand ich mir selbst grundsätzlich im Weg.

Aber nun war die Post auf dem Weg zu ihr. Und ich konnte nichts mehr dagegen tun. Ich war ausgeliefert und musste es einfach hinnehmen, dass diese Worte so geschrieben waren. Ich musste einfach loslassen.

~

*A*m 18. Januar 2014 kam am Nachmittag die gute alte „Hasstonne" Teddy Loomis mit seinen feuerroten Haaren zu meiner Zelle und rief: „Zelle 27!"

Ich war gerade dabei, mit Liegestützen und Bauchaufzügen meinen Kreislauf ein wenig in Wallung zu bringen. Das ewige Herumsitzen machte mich sehr mürbe. Ich musste meinen kalten Schweiß mit warmem Schweiß austreiben und tat etwas dafür. Danach hatte ich an mir am Aluminiumwaschbecken in meiner Zelle eine kleine Katzenwäsche vorgenommen. Man darf hier nur jeden zweiten Tag in die Dusche.

Nach der Katzenwäsche war das Malen dran. In einer Ecke meiner Zelle hatte ich inzwischen ein regelrechtes Atelier. Danke, Liberty.

Als aber mit einem lauten elektronischen Brummen die Zellentür aufgeschlossen wurde, schreckte ich auf und stand zügig auf. Meine Wellness-Pläne Bei so plötzlichen und vor allem unangemeldeten Zellenbesuchen gibt es immer den Teil eines Todeskandidaten, der sich in die Hose macht und sich fragt, ob nun doch endgültig der Termin mit dem Tod ins Haus gekommen sei.

Ich konnte nun sehen, dass er in Begleitung von Glatze Smith und Fossil Badham war. Ein regelrechtes Gefolge stand vor meiner offenen Zellentür. Das alles war nicht förderlich gegen den Angstschweiß, den ich wieder im Nacken spürte.

„Brown", schmatzte Loomis, wieder einmal mit einem Kaugummi im Mund, „da will jemand in zehn Minuten mit dir telefonieren. Auf geht's."

Zunächst verwirrt, gehorchte ich, und verließ meine Zelle. Die drei Wärter begleiteten mich durch den Korridor. Einige Häftlinge begrüßten mich, als ich vorbeilief. Einige nicht.

Ich kam zum Maschenkäfig, in dem sich das Telefon befand, und setzte mich auf den Hocker, der vorm Telefon stand. Loomis ging dann weiter, während Badham und Smith bei mir blieben.

~

*I*ch wartete gespannt. Es war einerseits möglich, dass Eddie wieder irgendetwas zu besprechen hatte, aber terminlich zu eingespannt war, um sich persönlich blicken zu lassen. Wiederum gab es andererseits die Möglichkeit, dass ich einen Überraschungsanruf von Liberty bekommen würde. Mit einem Anruf von meiner Mutter rechnete ich nicht.

Die halbe Minute Wartezeit endete, als dann das Telefon laut klingelte. Ich sah fragend zu den Wärtern auf.

„Das wird schon für dich sein", sagte Badham. „Du kannst rangehen."

Ich nahm den Hörer ab, mein Herz schlug schneller als sonst. Nach einem Augenblick sagte ich: „Hallo?"

Es folgte kurz Stille.

Dann hörte ich eine weibliche Stimme, die meinen Namen sagte. Es klang eher fragend. Und diese Stimme hörte sich für mich an wie Engelsgesang.

„Ja, ich bin's. Bist du Liberty?"

„Ja, das bin ich", antwortete die weibliche Stimme.

Und was soll ich sagen, es fühlte sich an wie ein erstes Date. Ich hatte verdammte Schmetterlinge im Bauch. Wann hat man denn so etwas im Todestrakt?

„Wow", stotterte ich nervös, „schön, deine Stimme zu hören. Vielen Dank, dass du anrufst."

„Ja, ich muss ehrlich sagen, es hat mich etwas Überwindung gekostet. Es fühlt sich schon irgendwie an wie ein großer Schritt."

„Ja, das verstehe ich."

„Schon merkwürdig aber, irgendwie habe ich das Gefühl, als würde ich dich schon kennen. Es fühlt sich nicht an, als wärst du ein Fremder."

„Obwohl ich das rein technisch bin."

„Ja", antwortete sie, und lachte.

Unbeholfen fragte ich sie dann: „Und, wie geht's?"

Sie lachte nun noch mehr. Und es war zum Lachen. Wir hatten uns bereits über so viele persönliche Dinge unterhalten, und dennoch fühlte sich dieses Telefonat wie ein kompletter Restart an.

„Ganz gut", antwortete sie. „Die Mädels sind heute auf einem Ausflug, zum Whale Watching mit der Schulklasse."

„Das ist ja schön. Ich hab mal an der Küste hier Delfine gesehen. Da war ich aber noch ein Kind."

„Delfine sind schön."

Und dann, nachdem die Banalitäten abgenascht waren, trat unbehagliche Stille ein. Wir beide wussten nicht weiter. Es war seltsam.

„Hör zu", sagte Liberty dann, „ich komme mal auf den Punkt. Sonst erröte ich noch, bis mir der Schädel explodiert.

Ich will dir helfen. Die 1.000 Dollar werde ich deinem Anwalt zukommen lassen, und wenn ich sonst irgendwie anders helfen kann, sag mir Bescheid. Ich möchte nämlich helfen."

„Wow", stotterte ich. „Danke. Was soll ich sagen, danke. Danke vielmals."

Ich war einerseits erfreut, aber andererseits war meinem Ego jede Männlichkeit genommen.

„Okay, und wie…"

Ich atmete einmal durch, und begann von vorn: „Und wie kriegst du das Geld wieder, wenn ich, also, wenn es nicht…"

Sie half mir auf die Sprünge: „Wenn es nicht klappt?"

„Genau."

„Wenn es nicht klappt, dann mach dir keine Gedanken ums Geld. Dann haben wir alles versucht."

„Okay. Okay."

„Aber ich investiere darin, dich auf freiem Fuß zu treffen. Das ist dir sicherlich klar, oder?"

„Äh, ja. Das, das ist sicher der Plan. Und nur damit du Bescheid weißt, ich bin dabei. Also, ich finde den Plan sehr gut."

Ich hörte sie dann am anderen Ende der Leitung lachen. Sie merkte sicher, dass ich gerade etwas unbeholfen war.

„Ich date gerade keine Männer", sagte sie dann aus heiterem Himmel. „Und auch keine Frauen, falls du das gerade gedacht hast. Ich weiß nicht, warum ich dir das jetzt so sage, aber…"

Mein Herz raste. Ich sagte kein Wort, sondern wartete, bis sie fortfuhr.

„Wenn ich mal mit Freundinnen draußen bin", sagte sie dann, „dann sehe ich die ganzen Kerle, und irgendwie denke ich nur an dich."

„Das ist… Das ist, äh, schön zu hören. Ich sehe hier auch überall die ganzen Kerle und denke nur an dich."

Sie lachte.

„Das freut mich zu hören. Was ich sagen will, ist: Ich glaube, dass du kein Mörder bist. Und ich würde dich wahnsinnig gern in mein Waldhaus auf ein Bier und etwas Grillfleisch einladen. Dafür muss dein Anwalt ordentlich ackern. Und da will ich helfen. Ich werde ihn anrufen und sehen, dass das Geld in seine Hände kommt, damit er Vollgas gibt."

„Danke dir, Liberty. Ich weiß nicht, was ich sagen soll. Das ist... Das ist eine Menge Input gerade."

„Ja. Ich weiß. Es hat mich auch gerade einiges an Überwindung gekostet, dir das einfach so ins Gesicht zu sagen. Na ja, ins Ohr, oder wie auch immer. Aber ich hab mir gedacht, so oft kommen wir nicht zum Sprechen."

„Das stimmt", antwortete ich.

Dann schwieg ich wieder. Ich wusste nichts mehr zu sagen. Durchgehend hatte ich ein Gefühl im Bauch, als wäre ich auf einer Achterbahn.

„Sorry", sagte ich dann, „ich muss das nur mal eben verdauen. Das ist lange her, dass ich so ein Gespräch mit jemandem hatte."

„Ja, das verstehe ich. Aber ich nehme an, dass das eine gegenseitige Sache ist."

„Ja, ja, auf jeden Fall! Ich, also, ich..."

Und schon kam ich wieder ins Stocken. Aber sie hatte Verständnis dafür, und teilte mir dann mit, dass sie sich um die Geldüberweisung kümmern wollte. Dann verabschiedeten wir uns voneinander.

～

Nachdem sie aufgelegt hatte, saß ich noch eine Minute da, elektrifiziert.

Dann hörte ich die schnarchende Stimme von Badham fragen, ob ich denn fertig sei. Ich nickte.

So brachte man mich dann zurück in meine öde Zelle, aber es konnte mir kaum egaler sein. Ich fühlte mich wie ein Schuljunge, ich schwebte auf Wolke 7. Es war einer der schönsten Tage in meinem verschwendeten Leben. Ich war zum ersten Mal beflügelt.

Ich stellte mir immer mehr vor, wirklich in die Freiheit zu kommen. Anstelle dieses muffigen Duftes von Männerschweiß und Urinstein, endlich den frischen Kiefernduft der Wälder von Alaska einzuatmen. Ich stellte mir vor, wie meine Mutter die Schlagzeilen lesen würde, dass ich doch unschuldig war. Ich stellte mir ihre Reue vor, mich so abgestempelt zu haben. Ihre Erkenntnis, mich jahrelang im Stich gelassen zu haben.

Und es tat mir gut, mir das vorzustellen. Ob ich deswegen ein Stück weit Arschloch war, das war mir herzlich egal.

Es wurde allerdings nicht zu einer häufigen Angelegenheit, dass Liberty anrief. Es blieb eine Besonderheit, und es verlieh dem Briefwechsel noch mehr Tiefe. Nun hörte ich auch immer ihre Stimme, wenn ich ihre Worte las. Sie war mir deutlich näher, als vor dem Anruf. Und viele Zweifel und Unsicherheiten fühlten sich für mich wie behoben an.

Mir war tatsächlich sogar egal, wo ich mich gerade befand. Denn ich hatte Liberty. Und niemand konnte sie mir nehmen. Zumindest konnte niemand wegnehmen, was zwischen uns war. Es war besonders. Und es gab mir das Gefühl, dass dieses Gefängnis gewissermaßen seine Macht über mich und mein Gemüt verlieren würde.

Dieses Gefühl war unbeschreiblich.

~

Später saß ich in meiner Zelle und war voller Energie und Lebenslust. Ich freute mich darüber, dass Eddie nun richtig etwas in Bewegung bringen konnte.

Aber was sollte ich nun mit meiner Energie anstellen?

Und Moment, wer war denn nun mit Schreiben dran? Liberty oder ich? Der Anruf hatte unseren gewohnten „Flow" nun durcheinandergebracht. Viele Fragen fühlten sich beantwortet an. Und dass es nun nichts auf Papier zu sagen gab, das wollte ich nicht hinnehmen.

So plante ich zum ersten Mal seit meiner Inhaftierung einen restlichen Tagesablauf – so albern das auch klingt. Ich nahm mir vor, erst einmal einen neuen Brief aufzusetzen, und dabei auch einige neue Themen aufzumachen. Dann hatte ich einige Ideen für eine Umgestaltung meiner Zelle. Und dazu würde ich mein Malzeug benötigen, und möglichst viel Ruhe. Am besten nach dem Abendessen.

Erst einmal aufs Bett legen, die Hände hinter den Kopf, den Blick zur Decke. Zeit für etwas Kino. Na ja, Kopfkino. Ich hatte gerade meinen eigenen kleinen Liebesfilm geschaut, und konnte ihn jetzt immer wieder zurückspulen und in meinem Kopf durchgehen.

Ich ging jeden Moment durch, jedes Wort. Ich rekonstruierte das gesamte Telefonat in meinem Kopf, spielte es immer wieder ab. Und es war wundervoll. Es war romantisch. Und es machte diese eintönige, stickige Zelle zu einem Hotelzimmer in der Karibik.

Na ja, zumindest für mich in jenem Moment.

~

Zum Abendbrot gab es „Stew", pünktlich um 16:00 Uhr. Also olivgrünen Eintopf mit Erbsen, gewürfelten Kartoffeln, Möhren und zerfaserten Fleischbrocken, die darin herum schwammen. Irgendetwas darin schmeckte verwest. Ich vermutete, dass es das Fleisch war. So ließ ich es weg.

Ich löffelte die lauwarme Suppe aus der Plastikschüssel,

während ich mich in der Zelle umsah und mir Gedanken um eine kleine Renovierung machte. Ich wollte frischen Wind in meiner Zelle, und an jenem Abend waren mir die eventuellen Konsequenzen egal.

Ich meine, was wollten die schon machen? Mich dafür umbringen?

Ich hatte auch seinerzeit im Ghetto nie verstanden, warum ich immer wieder vor der Polizei wegrennen musste, weil sie mich beim Verschönern von irgendwelchen trostlosen, hässlichen Mauern erwischt hatten. Wieso war es verboten, etwas Farbe in die Hölle zu bringen? Wenn man sieht, was ein paar Dosen Graffiti-Spray in den trostlosesten Ecken der Stadt so anstellen können, ist es eigentlich Zauberei.

Aber nein, der böse schwarze Mann „verunstaltet" ja das schöne Stadtbild. Wie kann er nur?

∼

*A*ls die Lichter pünktlich zur Nachtruhe gedimmt wurden, ging ich zu den Gittern und sah in den Korridor, um mich zu vergewissern, dass die Lage ruhig war.

Dann drehte ich mich zu meiner kleinen Malerecke um und ging mein Layout im Kopf zu Ende durch. Die Lichtverhältnisse waren nicht optimal, aber es musste reichen. Entscheidend war, dass sämtliche Untergründe schneeweiß waren. So musste ich die Farben nur korrekt mischen.

Schwarz würde ich kaum brauchen.

Je mehr ich über meine Pläne nachdachte, auf verbotene Weise mit frischen Farben zu hantieren, desto mehr dachte ich mir, dass ein Brief an Liberty dann doch warten konnte. Ich hatte nun Lust auf etwas Neues. Und auf diese wenigen Stunden, die mich diese Aktion kosten würde, kam es bei einem Brief nun auch nicht darauf an.

Außerdem war Vorfreude in dieser Zelle auch immer

wieder etwas Schönes. Während da draußen in der freien Welt das sofortige Erledigen von Dingen sicherlich eine Tugend ist, kann es hier im Knast manchmal einen ganzen Tag versüßen, etwas auf die lange Bank zu schieben.

Nun wollte ich ein wenig herumsauen, mich austoben, meine Gefühle mit einem Pinsel zum Ausdruck bringen.

„Auf geht's."

~

*J*ch füllte meine Plastikschale mit Wasser, suchte mir einige Pinsel in den nötigen Stärken aus und steckte sie ins Wasser. Dann nahm ich einige der Acrylfarben und verteilte auf meiner Mischpalette mehrere verschiedenfarbige Häufchen.

Ich begann dann zu mischen, und mir dabei gründlich zu überlegen, was denn meine ersten Striche sein würden. Sobald diese an der Wand waren, würde es kein Zurück mehr geben. Das Konzept musste also stimmen.

Dann legte ich los und trug Farbe an die Wand. Immer mehr. Kurze, breite Striche. Lange Striche. Große Flächen, die mit Hellblau einheitlich ausgemalt sein mussten.

Und so vergingen dann die ersten Minuten.

Dann Stunden.

Eine Wand wurde komplett zu einem atemberaubenden Ausblick auf einen karibischen Strand mit weißem Sand und türkisfarbener Brandung. Eine große Palme ließ ich schräg übers Wasser ragen, diagonal über die ganze Wand. Die Pflanze wurde größer als ich. Mit langen, schwungvollen Strichen malte ich die saftig grünen Palmenblätter über den hellblauen Untergrund, der inzwischen bereits angetrocknet war.

Mit etwas Grau ließ ich einige Delfine aus dem Wasser auftauchen. Ich malte dann eine Strandliege auf den Sand. Einzelne Muscheln.

Die Ränder der Wand verzierte ich mit einem riesengroßen hölzernen Fensterrahmen und seidenen Vorhängen. Diese Wand sah tatsächlich aus wie ein großes Fenster. Die Illusion war perfekt gelungen.

Aber warum jetzt aufhören? Mit diesen Farben konnte ich alles anstellen.

Die Wand über meinem Bett beschloss ich dann in einen völlig anderen Ausblick umzuwandeln. Hier wurde der Innenraum von meinem imaginären hölzernen Bungalow erweitert, ein weiteres großes Fenster wurde gemalt. Dafür musste ich erst einmal alle Fotos, die mir Liberty über die Zeit zugeschickt hatte, von der Wand entfernen.

Dieser Ausblick sollte der auf eine große Tundra werden, mit großen Schneebergen im Hintergrund. Hier brauchte ich sehr viel Grün. Die Schneeberge waren mit wenigen hellblauen und grauen Strichen gemalt, da spielte der weiße Untergrund in die Karten. Außen herum die gleichen Vorhänge wie beim benachbarten Fenster.

Aber zwei Ausblicke, die man im echten Leben nie nebeneinander sehen würde.

Hier schon. In meiner Welt war alles möglich.

~

*E*s war bereits 2:30 Uhr morgens. Und ich war immer noch nicht müde. Ich fühlte mich so, als könnte ich mit dieser Aktion meiner Realität entkommen. Es war beflügelnd.

Meine Zelle ließ im Halbdunkel bereits erahnen, was für eine Farbenpracht hier leuchten würde, sobald die Lichter in drei Stunden anspringen würden.

Eine Wand blieb noch weiß. Und ich war noch motiviert. Hier waren der Tisch, das Waschbecken samt Spiegel sowie die Aluminiumtoilette an die Wand gebolzt. Die hässlichste Wand von allen.

Ich hatte dann eine Idee, die so verrückt war, dass ich darüber schmunzeln musste. Ich begann die gesamte Toilette Ocker zu streichen, und Holzmaserungen darauf zu malen. Danach war das Waschbecken dran. Und es sah verblüffend echt aus, als wären beide Aluminiumkörper komplett aus einem hübschen Eichenholz.

Um den Spiegel herum malte ich einen Bambusrahmen. Daneben malte ich eine Korkwand. Dafür tupfte ich mit dem breiten Pinsel überall darauf herum, um das Muster von Kork zu simulieren. Hier würde ich dann meine vielen Fotos hinhängen. Nun gab es einen vernünftigen Platz für sie.

Die hässliche weiße Wand bekam dann eine Wüstenkulisse als Hintergrund. Da ich Blau und Grün ordentlich verbraucht hatte, musste ich bei den wärmeren Farben etwas kreativer werden. So malte ich einen Horizont aus rotem Sand, und einen wolkenlosen orangefarbenen Himmel. Eine gelbe Sonne, vereinzelte Kakteen. Und das alles war natürlich auch ein Ausblick aus einem übergroßen Fenster.

~

*I*ch wurde gegen 4:20 Uhr mit allem fertig, und das Ergebnis war atemberaubend. Drei Ausblicke auf wunderschöne Landschaften, die kaum verschiedener sein könnten.

Bei einem Blick auf den schwarzen Zellenboden sah ich, dass ich überall ordentlich gekleckert hatte. So nahm ich mir einen Putzlappen und machte ihn nass. Dann ging ich in die Knie und versuchte die Farbflecken wegzuwischen. Aber es war teilweise nicht mehr so einfach.

So dachte ich mir, anstatt die nächste Stunde auf dem Boden zu schrubben, lieber hier auch etwas Kunst zu improvisieren. Ich rührte Ocker, Braun und einen kleinen Schuss Schwarz an, und ich malte mit schnellen, langen Pinselstrichen den Effekt von Holzdielen auf den Fußboden. Dieser wurde dadurch viel hübscher, und alle Klecksereien wurden hierdurch komplett kaschiert.

Nur noch 40 Minuten, bis die Lichter angehen würden, und bis irgendwer an meiner Zelle vorbeilaufen würde und entweder staunen oder laut schimpfen würde. Ich fühlte mich wie ein Teenager, der Papas Auto zerkratzt hatte. Irgendeine Form des Ärgers war garantiert.

Wenn man aber eh zum Tode verurteilt ist, gibt es kaum eine Strafe, vor der ich Angst hatte.

Obendrein war ich unschuldig. Fickt euch doch alle.

Zufrieden legte ich mich aufs Bett meines neuen Bungalows und genoss die drei verschiedenen Ausblicke. Was für ein frischer Wind! Nach 16 Jahren Knast endlich mal ein neuer Ausblick. Und das alles nur mit etwas Farbe!

༄

*E*in Blick nach vorne zur Gitterwand, wo ich in den Korridor schauen konnte, zerstörte aber die Illusion und erinnerte mich an meine Realität. Diese hässlichen Gitter!

Doch dann bekam ich wieder eine Idee und musste erneut lächeln...

Sofort sprang ich auf und begann zu mischen, denn ich hatte kaum noch Zeit, bis die Lichter angehen würden. Ocker, Gelb, Braun, und vor allem Giftgrün, alles wurde gemischt. Dann begann ich die Gitter zu streichen und wie Bambusstäbe aussehen zu lassen. Alle 20 Zentimeter malte ich eine Furche um die Stäbe herum, trennte sozusagen die einzelnen Glieder der Bambusstäbe. Und in der Tat sahen diese hässlichen, weiß gestrichenen Eisenstäbe nach und nach wie eine einladende Gitterwand aus Bambus aus.

Die letzten Striche waren die anstrengendsten, da mir schlichtweg die Zeit langsam davonlief. Mein rechter Arm brannte bereits vor Muskelkater, und mein Nacken war ganz versteift. Aber ich wollte fertig werden.

Zwei Gitter noch...

Bald würde jemand kommen. In jenem Moment ging mir komischerweise nicht durch den Kopf, dass dieses stressige Gefühl der auslaufenden Sanduhr in dieser Zelle irgendwann deutlich schlechtere Nachrichten bedeuten könnte.

Eine Gitter noch...

Fertig.

Schnell die Pinsel wegbringen und in Urlauberhaltung hinlegen...

„Lichter an!", rief eine heisere, männliche Stimme am Ende des Ganges.

Ich wusste zwar nicht, was mich nun erwarten würde, aber ich war innerlich zufrieden. Wie ein Straßenkünstler, der einen kräftigen Applaus erntete.

Es war... magnifico.

4

CARRY ON

*W*umms! Die Lichter sprangen an.

Meine Augen wurden dann vom grellen Licht geblendet. Sie hatten sich die ganze Nacht an die Dunkelheit gewöhnt, und waren ordentlich beansprucht worden.

Ich konnte erst nicht gucken. Doch dann, als ich allmählich die Augen öffnen konnte, begann ich zu erkennen, was für ein buntes, trotziges Lebenswerk ich soeben an die Wände meiner Zelle gezaubert hatte. Es war der blanke Wahnsinn. Ich war um die Welt unterwegs, unaufhaltsam, unauffindbar. Ich war frei wie ein Geist. Schwerelos.

Und das alles wegen einiger Acrylfarben. Verrückt.

Nun galt es, diese stillen Augenblicke zu genießen, die ich noch als alleiniger Betrachter meines Kunstwerks hatte. Ich hörte in der Ferne des Korridors das übliche Geklimper und Gepolter, sowie die tiefen, grummeligen Stimmen der Wärter. Geräusper. Ich hörte in anderen Zellen das leise Geraschel von Betten. Ich hörte jemanden husten. Ich hörte jemanden vor sich hin fluchen.

Dann hörte ich Schritte immer lauter werden. Irgendeiner der Wärter drehte seine Morgenrunde. Und in wenigen Sekunden würde er den wahrscheinlich absurdesten Moment seiner Karriere erleben. Ein Teil von mir betete, dass es nicht dieser nervtötende, misslungene Mensch war, der auf den Namen Teddy Loomis hörte.

Die Schritte wurden lauter...

Ich blieb entspannt liegen, aber mein Herz raste. Ich wollte diesen Ausflug so lange wie möglich genießen. Und langsam merkte ich, wie müde ich war. Ich hatte mal eben die Nacht durchgeackert.

Was würde ein Kunstmaler da draußen in der freien Welt für eine Gage verlangen, wenn jemand ihn mit dieser Malerei beauftragt hätte?

Egal, ich würde nie von der Malerei leben.

*D*ie Schritte wurden dann langsamer...
Dann hielten sie an.

„Heilige Scheiße." Das war die Stimme von Grady. Mit dem Mann hatte ich mich immer am meisten verstanden. Der große, schwarze Mann war in dieser Situation zweifelsohne das geringste Übel. Das exakte Gegenteil von Loomis.

Dann hörte ich einige Sekunden nichts.

„Rembrandt", rief er mich dann. „Hast wohl heute Nacht nicht viel geschlafen."

Ich drehte mich zu ihm um und antwortete: „Nicht wirklich, nein. Und ehrlich gesagt, bin ich ganz schön müde."

„Das wundert mich nicht", antwortete er.

Dann kam er einige Schritte näher und sah durch die Gitter in die Zelle. Er schaute sich alle Wandmalereien genau an.

„Ein ungewöhnlicher Ausblick", merkte er an. „Wüste, Schneeberge, Strand. Das hast du alles aus dem Kopf gemalt, Brown?"

„Nein, ich bin über Nacht um die Welt gereist, und hab mir ein paar Vorlagen angesehen."

„Willkommen zurück. Dass das hier Konsequenzen haben wird, ist dir sicherlich bewusst, oder?"

Ich seufzte und gähnte. Natürlich war mir das bewusst. Wie langweilig.

„Soll ich raten, oder werden Sie mehr sagen?", fragte ich Grady dann.

„Ich weiß es selber nicht so genau. Man blickt in diesen heiligen Hallen nicht häufig plötzlich um 5:00 Uhr morgens in ein buntes Reisebüro."

„Das kann ich mir vorstellen", gähnte ich, während ich mich zudeckte. „Dann würde ich vorschlagen, Sie gehen das klären, und ich schlafe in der Zeit meinen Jetlag aus."

„Du bist mir echt eine Schachtel Pralinen, Beaumont", seufzte Grady und ging weiter.

In wenigen Augenblicken würde das Frühstück verteilt werden. In der Regel schnodderiges Rührei mit einem fettigen, krustigen Lappen Bacon und einem trockenen Stück Brot.

Bis dahin erst einmal schlafen.

～

*K*eine halbe Stunde später bekam ich Besuch vom weißhaarigen Gefängnisdirektor, Mr. Talbot, und seinem aufdringlichen Aftershave. Mit verschränkten Armen stand er in meiner Zelle und sah sich alles genau an.

„Ein Mix aus Expressionismus und naiver Malerei", sagte er, und saugte sich mit einem lauten Zischen einen Zahn. „Wärst wohl ein großer Künstler geworden, Beaumont. Schade, dass du dieser Frau den Rücken zerstochen hast. Das war kein besonders schönes Kunstwerk."

Eine direktere Provokation hätte ich mir nicht vorstellen können. Und damit hatte ich auch nicht gerechnet. Da musste ich einmal kurz schlucken.

„Das passt gerade gut, dass ich gerufen wurde. Wir haben eine Kleinigkeit zu besprechen. Aber erst einmal zu dieser Nummer der Selbstverwirklichung hier. Also, die Zelle wird der Hausmeister neu streichen müssen. Die Gitter und den Boden wirst du abschrubben müssen. Bleiben danach noch Spuren von diesem... Vandalismus zurück, dann müssen wir schauen, was wir machen. Hat dir der Fernseher nicht mehr gereicht oder wie?"

Ich hatte keine Antwort darauf.

Dann nahm er auf meinem Hocker Platz und pausierte. Ich sah ihn ausdruckslos an.

„Aber", fuhr er dann fort, „das hat jetzt keine besonders hohe Priorität. Das hat Zeit."

Seine Augen sagten mir, dass dies als noble Geste seinerseits zu verstehen war. Er hatte mir soeben damit gesagt, dass ich eine längere Weile in meiner kleinen, bunten Oase verbringen durfte. Und die große Bestrafung schien auszubleiben – wenn man die bevorstehende Putzerei nicht unbedingt als Strafe bezeichnen würde.

„Gern geschehen", hängte er heran. Nun war er deutlicher.

„Man dankt", seufzte ich.

„So, Beaumont", wechselte er dann das Thema, „ab einem gewissen Stadium fallen langsam ein paar Gespräche an, die ich einfach mit dir führen muss. Das ist meine Pflicht. Also, ich habe mir deine Berufungen angesehen, und du bist hier schon langsam ein alter Hase – also, wenn man sich die Relationen zum Fall ansieht und so."

„Sie können gern zum Punkt kommen. Ist nicht respektlos gemeint, aber…"

Mit einer Handgeste bat ich um Klartext. Ich war hundemüde, und meine Augen brannten fürchterlich.

„Ich möchte einfach nur, dass du dir in erster Linie einfach Gedanken darum machst, dass es bald tatsächlich passieren könnte. Verstehst du, was ich meine?"

Diese Worte waren wie zehn Kaffee. Ein kleiner Adrenalinschub, und ich war hellwach. Aber das ließ ich Mr. Talbot natürlich nicht wissen.

„Wie du sicher weißt, ist es uns gesetzlich vorgeschrieben, auf eine ganz präzise und kontrollierte Art zu exekutieren. Letale Injektion ist hier unser Standard. Es ist meine Pflicht, dich darauf hinzuweisen, dass du im Staat Florida immer noch theoretisch die Option hast, den Stromtod zu wählen."

„Theoretisch?"

„Ja. Theoretisch."

„Und wenn ich das wählen würde, dann auch praktisch?"

„Dann auch praktisch", sagte er in Zeitlupe, und überlegte sich wahrscheinlich dabei, was so ein Wunsch für logistische Folgen hätte.

Und das gefiel mir.

Aber ich hasse Spritzen. Allein die Vorstellung, von einer Nadel durchstochen zu werden, dreht mir den Magen um. Ich bin da ein totales Weichei.

Und das sollte Mr. Talbot auch nicht erfahren. Das hatte ihn auch nicht zu interessieren.

„Wenn Sie mir das schon so anbieten, Mr. Talbot, dann möchte ich sagen, ich würde lieber den Strom... Also, ich wäre für den Strom."

„Den Stromtod?"

„Ja."

Eine kurze Stille.

„Ich möchte, dass du dich ausführlich mit beiden Methoden auseinandersetzt. Wir können dir darüber was zukommen lassen, oder du kannst auch mit einem Kollegen sprechen, er geht das alles ‚step by step' mit dir durch."

„Wird gemacht."

„Sehr gut, Beaumont."

Wir beide hörten dann gleichzeitig Schritte im Korridor und sahen hin. Dem Klang nach zu schließen, waren es Herrenschuhe.

Und siehe da, Eddie kam um die Ecke, wie immer im Anzug, den Koffer in der Hand.

„Störe ich?", fragte er uns.

„Nein, Mr. Dickinson, wir sind hier eigentlich fertig. Ich nehme an, Sie sind angemeldet?"

„Selbstverständlich."

„Gut. Ich bin dann weg."

Grady, der draußen im Korridor stand, rief: „Zelle 27!"

Irgendwer drückte am Ende des Ganges einen Knopf. Darauf folgte ein lautes Brummen, und die Zellentür rollte beiseite, so dass sich Mr. Talbot und Eddie quasi die Klinke geben konnten. Mr. Talbot verschwand rasch wieder.

*A*ls Eddie die Zelle betrat, ging hinter ihm die Tür dann per Knopfdruck wieder zu, und wir waren allein.

„Du machst Sachen, Beaumont", sagte er kopfschüttelnd, und konnte sich dabei das Schmunzeln nicht verkneifen. Er sah sich die Malereien an den Wänden genau an. Besonders die Gitter mit Bambus-Look fand er besonders beeindruckend. „Kreativ, mein Junge. Aber ich weiß nicht, ob dir das unbedingt Pluspunkte hier beim Personal bringt."

Eddie bemerkte nicht, dass ich inzwischen auf meinem Bett saß und langsam hyperventilierte. Dass Mr. Talbot nun zum ersten Mal zu mir gekommen war, um über die Wahl meiner Todesart zu sprechen, das war für meine Gefühlswelt ein enormer Rückschlag.

Ich hätte eigentlich langsam damit rechnen müssen, mit diesem Thema konfrontiert zu werden, da ich nicht gerade ein Neuling im Todestrakt war. Sämtliche Standardinstanzen des Berufungsverfahrens waren bereits abgelaufen, und nun ging es langsam um die Wurst.

Dennoch war die erste richtige Berührung mit dem Thema Hinrichtung eine eklige Erfahrung. Es fühlte sich so an, als wäre bereits eine Schlinge um meinen Hals und würde sich allmählich zuziehen und mir langsam die Luft wegnehmen. Ich spürte plötzlich auf neue Art die Klemme, in der ich saß. Menschen sind ja Gewohnheitstiere und können sich an so ziemlich jede Situation anpassen, die eine gewisse Konstanz mit sich bringt. Jahrelang in der Todeszelle herumzuhocken, immer wieder die gleichen Tagesabläufe zu erleben, all das hat Konstanz.

Es war aber nicht regelmäßig an der Tagesordnung, konkreter über die Hinrichtung zu sprechen. Viele Todeskandidaten hier drin setzen jahrelang auf eine Begnadigung und kämpfen darum – meine Person eingeschlossen.

Nun saß ich da und hatte eine regelrechte Panikattacke. Jede Freude war wieder im Nu verflogen. Ich war zwar nicht besonders religiös, aber ich flehte das Universum nach einem Wunder an, das mir den Arsch retten würde.

~

*B*eaumont! Geht's dir gut?"
„   Ich konnte nicht antworten. Meine Sicht war trüb, mein Herz flatterte, meine Haut juckte, mein Magen brodelte wie ein Vulkan.

Eddie setzte sich zu mir und legte die Hand auf meine Schulter. Ich zuckte vor Schreck.

„Beaumont, was ist los?" „Die wollen... Die wollen mich töten."

„Shh, entspann dich. Einatmen, ausatmen. Alles wird gut. Ruhig Blut."

„Das sagst du so. Scheiße, ich werde hier drinnen sterben. Ich werde hier sterben."

„Nein, das wirst du nicht. Nun hör' mir mal zu. Ich bin ja auch hier, weil ich Updates für dich habe."

Ich atmete tief durch, lehnte mich zurück und sah Eddie fragend an.

„Deine Freundin Liberty hat sich bei mir gemeldet. Sie weist heute von ihrem Sparfonds 1.000 Dollar in meine Richtung an, das sind gute Nachrichten. Damit kann ich schon was anstellen, zumindest für den Anfang."

„Steckst du dir die Kohle ein?", fragte ich trocken.

Die Frage war insofern berechtigt, dass Eddie an mir schon lange Minusgeschäft machte. Zumindest hatte er mir das mehrfach unter die Nase gerieben.

„Nein", beruhigte er mich, „du kannst dich noch bei mir revanchieren, wenn du ein freier Mann bist. Das heißt aber wiederum, dass mein Investment verloren ist, wenn du hier sterben solltest. Liberty und ich haben länger gesprochen, sie will mich sogar mit ihrem Steuerberater verbinden und langfristiger helfen. Du kleiner Charmeur, das hast du ganz schön geschickt eingefädelt, das muss ich dir lassen."

„Ich habe nicht um Geld gebeten", antwortete ich. „Das hat sie mir von sich aus angeboten."

„Dann wusstest du nicht, dass sie eine ziemlich saftige Witwenrente kassiert, oder?"

„Davon hat sie mir nie erzählt. Wie gesagt, wir unterhalten uns auf einem anderen Level. Da sind Gefühle im Spiel und so. Das ist für mich kein Geschäft."

„Da täusch' dich mal nicht, Beaumont, spätestens die Ehe ist reines Geschäft. Egal, jedenfalls will sie unsere Operation mit etwas Liquidität ankurbeln, und das könnte wirklich was bringen. Der Tausender ist schon mal ein guter Anfang. Gut, wir lassen ihn wirklich erst mal ankommen, bevor wir da irgendwas glauben. Aber es gibt einfach mal jetzt einen konkreten Hoffnungsschimmer. Und der heißt ironischerweise ,Liberty'."

Ich schwieg, immer noch innerlich aufgewühlt. So schnell war ich nicht zu trösten.

„Na, was sagst du denn dazu?"

„Wie du selbst schon sagst, Eddie. Lass erst mal die Kohle wirklich ankommen. Was passiert dann?"

„Na ja, ich werde dann wie besprochen den Privatdetektiv mal hochschicken, damit er sich um die Tattoo-Sache mit diesem Clive kümmert. Wir schauen da mal, ob wir eine Spur finden. Außerdem will ich das gefundene Taschenmesser zurückverfolgen lassen. Wo wurde es gekauft, wo bekommt man das Modell, und so weiter. Vielleicht konkretisiert sich dann auch eine Spur."

„Solange du nicht das falsche Taschenmesser zurückverfolgst", antwortete ich, demoralisiert und müde.

„Ach, Beaumont. Komm schon, lass jetzt nicht den Kopf

hängen. Du warst doch immer einer von denen, für die das Glas halb voll ist."

„Wie, halb voll?"

„Das sagt man so. Entweder ist das Glas halb voll, oder halb leer. Je nach dem, was man für ein Typ ist."

„Ach so, dieser Spruch. Völliger Quatsch", sagte ich gähnend, während ich mich hinlegte und zudeckte.

„Was ist Quatsch?"

„Na, der Spruch. Weil das nichts damit zu tun hat, was für ein Typ man ist. Ob ein Glas in diesem Moment halb voll oder halb leer ist, das hängt davon ab, was gerade mit dem Glas passiert. Ob's gerade gefüllt oder geleert wird. Steht das Scheißding unterm Wasserhahn, dann ist es halb voll. Trinkt gerade einer draus, dann ist es halb leer. Logisch eigentlich."

„Hm. Darüber muss ich jetzt ernsthaft nachdenken. Das liebe ich an dir."

„Und ich fühle mich wie ein Glas in der Hand von einem ganz, ganz durstigen Säufer."

Es herrschte kurz Stille.

„Das verstehe ich", sagte Eddie, nun betretener als vor wenigen Sekunden. „Ich gehe dann mal Wasser holen."

Er drehte sich zur Tür um und nickte zu Grady.

„Zelle 27!", rief dieser.

Ein Brummen, ein Rasseln, Schritte. Meine Augen waren längst geschlossen. Wieder ein Rasseln, ein Klicken und ein dumpfer Knall.

Mir war schon schwindelig vor Müdigkeit. Alles, was ich nun wollte, war einzuschlafen. Diese vielen Informationen auf einmal, das war ein wenig „Overkill" – kein Wortspiel beabsichtigt.

$\mathcal{F}$ür die darauffolgenden Tage fiel ich in ein tiefes Loch der Depression, und ich versuchte mich abzuhärten, indem ich mir sagte, alles sei egal. Nichts sei von Bedeutung. Der Wind würde willkürlich blasen, das Schicksal würde willkürlich zuschlagen. Ich versuchte apathisch zu werden.

Aber in meinem Kern war ich es nicht. Ich war ein Kämpfer und weigerte mich, mich einfach tot zu stellen und darauf zu warten, den Tod nur noch offiziell bestätigt zu bekommen. Deswegen war das Gefühl, einfach ausgeliefert zu sein, für mich fürchterlich. Ich konnte es nicht ertragen, keine Kontrolle über die Dinge zu haben.

Erst nach etwa einer Woche dachte ich daran, dass ich mir eigentlich vor dem Malen vorgenommen hatte, einen Brief an Liberty zu schreiben. Denn nach dem Telefonat war nicht so richtig klar, wer eigentlich dran war. Und bislang hatte ich noch kein Ergebnis einer Initiative auf Libertys Seite durch den Türschlitz gereicht bekommen.

Früher hätte ich mich sicherlich deutlicher hineingesteigert, mich verrückt gemacht, Spielchen getrieben. Aber das war, bevor Mr. Talbot mich dann am 19. Januar 2014 besuchte und mich an meine Realität erinnerte, indem er mich sozusagen vor eine Gabelung stellte. Spritze oder Stuhl?

Wiederum muss ich ihm, beziehungsweise dem ganzen Staat von Florida, immerhin lassen, dass man hier überhaupt eine Wahl bekommt. Es gibt einem ein kleines Gefühl des Mitspracherechts. Es gibt einem einen Hauch von Kontrolle – wenn auch einen winzigen.

Ich setzte mich an den Tisch, der nach einer Woche immer noch so aussehen durfte wie aus Holz und in einer roten Wüste. Ich schnappte mir Stift und Zettel, ging in mich und begann zu schreiben…

Florida State Prison, 27. Januar 2014

*H*ey Liberty,

vielen Dank nochmals für das tolle Telefonat. Ich war mir nicht sicher, wer dran war mit Schreiben, da habe ich einfach mal die Initiative ergriffen.

Danke auch für deine Hilfe. Du weißt, was ich meine. Das ist wirklich unbeschreiblich lieb von dir. Du hast das Herz am rechten Fleck.

Sorry, dass ich mich so spät melde. Ich hatte eine kleine Depressionsphase oder Sinnkrise – falls das überhaupt das richtige Wort dafür ist. Der Gefängnisdirektor hat es bei mir inzwischen für angemessen gehalten, mit mir über die Hinrichtungsmethode zu sprechen. Und sollte es tatsächlich soweit kommen, dass ich von den Leuten hier getötet werden soll, dann will ich nicht die Spritze kriegen.

Das wiederum würde heißen, dass sie den elektrischen Stuhl wieder auspacken müssen. Und sie haben damit seit Jahren niemanden mehr umgebracht.

Inzwischen habe ich mich auch etwas gründlicher damit auseinandergesetzt. Die meisten Leute würden wahrscheinlich eher eine Vollnarkose nehmen, anstatt bei lebendigem Leib gegrillt zu werden.

Das würde man auf die Schnelle meinen.

Aber ganz abgesehen davon, dass ich Nadeln hasse, ist die Hinrichtung per Giftspritze echt nicht ohne. Erst einmal kann es ganz schön kompliziert werden, bei einem Insassen, der unter so viel Stress steht, eine zugängliche Vene zu finden. Immer wieder hat es Berichte darüber gegeben, dass das ewig gedauert hat. Einige Insassen wurden irgend-

wann am ganzen Körper zerstochen, und der Erfolg blieb trotzdem aus, so dass man abbrechen und vertagen musste.

Die Vorstellung davon allein ist ein reiner Albtraum für mich.

Nein, danke!

Dann gibt es schon seit einer Weile Probleme mit dem Giftcocktail. Die ganzen Chemikalien kommen ja aus der Medizin. Ich glaube, dass zum Beispiel das Narkosemittel aus Europa bestellt wird, wo es hergestellt wird. Und dort drüben haben sie nicht nur keine Todesstrafe, sondern sind ganz deutlich dagegen. So will man die hiesigen Gefängnisse nicht mehr beliefern.

～

Soweit ich korrekt informiert bin, wollen die hier künftig statt Pentobarbital ein Gemisch aus Midazolam und Hydromorphon benutzen. Das soll angeblich zum schnellen Einschafen führen und alle Schmerzen weghalten.

Angeblich.

Am 16. Januar haben sie das Zeug an einem Insassen namens Dennis McGuire in Ohio benutzt. Es gab da Zweifel, ob das alles so unkompliziert klappen würde. Aber da hat tatsächlich das Gericht gesagt, dass eventuelle Risiken von der Verfassung gedeckt seien. Obendrein sagte der Vize-Justizminister dort, dass Insassen sowieso keinen Anspruch auf eine schmerzlose Hinrichtung hätten. Na, herzlichen Glückwunsch. Das sind ja die Gönner des Jahres. Der liebe Gott hat für sie sicher ein besonderes Plätzchen im Paradies reserviert.

Na ja, was kam dabei raus? Die Hinrichtung dauerte fast eine halbe Stunde. Fast historisch. Alles diskutiert wieder wie wild darüber, ob sie dort nicht lieber doch den Stuhl benutzen wollen, oder gar ein Erschießungskommando, bla, bla, bla. Und für diese ganzen schwachsinnigen Diskussionen werden Gehälter bezahlt, das muss man sich zwischendurch mal auf der Zunge zergehen lassen.

Na ja, ich jedenfalls werde mir den Stress gar nicht erst machen. Sich Starkstrom durch den Körper jagen zu lassen, ist nicht gerade

eine besonders schönere Alternative, aber ich möchte am Glauben fest-
halten, dass 2.300 Volt durchs Gehirn dann doch schnell zur Bewusst-
losigkeit führen – auch wenn ich da immer wieder gelesen habe, dass
die Insassen alle unterschiedlich Elektrizität leiten. Die Einen sterben
schnell, die Anderen brauchen mehrere minutenlange Stromschläge, bis
sie tot sind.

Aber gut, das ist eben so.

…

Fairbanks, 14. Februar 2014

…

as tut mir leid, dass du dich mit solchen Themen
herumschlägst. Das schlägt sicher ordentlich aufs Gemüt.
Aber dein Anwalt, mein Steuerberater und ich haben uns mal telefo-
nisch zusammengetan, und wir wollen jetzt Gas geben, damit diese
Themen für dich niemals relevant werden. Also, aufatmen, nicht die
Hoffnung aufgeben, wir sind dran.

Aber genug davon jetzt. Denn heute ist Valentinstag. Auch wenn
dieser Brief dich wohl erst in einer Woche erreichen wird. Also: Alles
Gute zum Valentinstag, Baby.

Ich habe diesen Brief nicht nur mit etwas Parfüm besprüht, ich
habe ihn mit mir ins Bett genommen, bevor ich ihn zu dir geschickt
habe. Dazu auch die Briefe von dir. Sie waren quasi mit mir nackt im
Bett. Da ich nun deine Stimme kenne, die zugegebenermaßen sehr sexy
klingt, konnte ich nun alle bisherigen Briefe neu lesen und mir dabei
deine Stimme vorstellen.

Und es hat mich angetörnt.

Verdammt, ich laufe beim Schreiben rot an. Ich hoffe, ich bringe dich nicht in Verlegenheit.

Du solltest mal den Garten hier sehen. Die ganzen Maiglöckchen sind dieses Jahr außerordentlich früh. Es ist irgendwie romantisch. Ich habe heute hinterm Haus gestanden und sie angesehen, und dabei musste ich nur an dich denken.

Meine Töchter sind in fünf Jahren erwachsen und werden ihren Weg gehen. Dann bin ich wieder komplett allein. Ich hoffe, wir schaffen das. Ich hoffe, dass du da rauskommst. Ich werde auf dich warten.

∼

*D*iesen Teil bitte erst am 22. Februar lesen!
Herzlichen Glückwunsch zum 39. Geburtstag, Beaumont! Das beigefügte Foto habe ich mit den Mädels extra für dich gemacht. Wir sind dafür in ein Fotostudio. Ich hoffe, es gefällt dir! Außerdem habe ich dir das „GQ" Magazin abonniert, damit du zwischendurch etwas Banales zum Lesen hast.

∼

*D*u bist vom Sternzeichen Fisch, deswegen bin ich sehr zuversichtlich, dass du in deiner eigenen Realität schwimmst, bis sie dir die Pforte zur Freiheit öffnen. Sie können dir nichts. Du schwimmst einfach.

…

Florida State Prison, 22. Februar 2014

...

*H*a, brauchst nicht rot werden. Das kannst du immer noch, wenn wir in Wirklichkeit mal intim werden. Allein die Vorstellung davon lässt mich jetzt rot werden.

Genug von Rot.

Danke übrigens für's tolle Foto! Ihr drei seid so bildhübsch! Eine perfekte Familie. Na ja, fast perfekt, denn es fehlt ja der Mann.

*H*ey, Eddie scheint einen ersten Erfolg gelandet zu haben. Er hat diesen Privatdetektiv angeheuert, der nach Gainesville gefahren ist und dort die „heiße Spur" verfolgt. Ich hoffe, dass er mit guten Nachrichten zurückkommt.

*I*ch habe heute den Wärter Loomis um die Ecke gehört, er sprach über einen der Gefangenen, der bald hingerichtet wird. Er nannte ihn die ganze Zeit „den Toten". Obwohl der noch lebt. Was für ein Zyniker! Er meinte es todernst, mit einer Selbstverständlichkeit, die mir echt den Magen umgedreht hat.

Was würde ich dafür geben, Loomis mal in einer Bar zu begegnen! Wenn man sich so einen Beruf schon aussucht, muss man nicht obendrein ein Arschloch sein!

...

Fairbanks, 28. Februar 2014

...

*D*as hoffe ich auch! Halte mich auf dem Laufenden, bitte! Ich hoffe, der Typ ist sein Geld wert.

❧

*J*a, das stimmt. Der Mann fehlt hier total.

❧

*D*ass du irgendwann Loomis in der Bar treffen kannst, das ist mehr oder minder der Plan, Beaumont. Aber bring ihn dann nicht um, sonst landest du wieder dort, wo du jetzt bist.

...

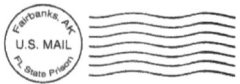

Florida State Prison, 7. März 2014

...

*N*un fühle ich mich ein wenig unter Druck gesetzt. Wenn der Typ nicht gut ist, haben wir dein Geld verbrannt. Ich weiß nicht, was ich von Eddies Kontakten halten soll. Eddie ist immerhin ein Anwalt vom Staat und kein privater, der in Geld schwimmt. Ich hoffe, sein „Typ" ist Bombe.

...

Fairbanks, 15. März 2014

...

So war das nicht gemeint, Beaumont. Wenn der Typ nicht gut ist, dann geht es hier um dein Leben!

~

Ich explodiere hier noch irgendwann. Meine Töchter machen mich gerade verrückt. Sie haben gerade eine fürchterlich zickige Phase. Alles macht sie wütend, und sie kriegen sich immer wieder gegenseitig in die Haare. Die werden im August erst 13, wie soll denn noch die Pubertät werden? Es fehlt hier eindeutig der Mann im Haus.

~

Gibt es da inzwischen schon eine Rückmeldung? Das ist jetzt schon ein Weilchen her. Hat der Mann Ergebnisse mitgebracht?

...

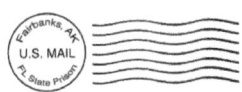

Zur gleichen Zeit, als Liberty in ihrem Waldhaus in Alaska diese Frage an mich schrieb, bekam ich tatsächlich Besuch von Eddie mit seinen dunkelblonden Haaren, die er inzwischen nicht mehr wie Unkraut trug, sondern mit einer anständigen Frisur gepflegt aussehen ließ. Er brachte ebenso seinen Privatdetektiv, Mr. Fluckey, mit. Ein stämmiger Mann, bestimmt Anfang 60. Dicker Schnauzer, kurze weiße Haare, eine tiefe und müde Stimme. Aber der Mann schien viel Scharfsinn zu haben. Und seine Augen durchbohrten jeden. Ihm konnte sicherlich niemand etwas vormachen.

„Fluckey mein Name", stellte er sich vor und reichte mir seine große, feste Pranke zum Schütteln.

„Ich bin Beaumont."

„So eine bunte Zelle habe ich noch nie gesehen."

„Ich auch nicht", antwortete ich trocken.

„Das hat man dir erlaubt?"

„Na ja, ich hatte nicht gefragt."

Eddie lachte auf und fügte hinzu: „Lieber hinterher entschuldigen, als vorher verboten bekommen. Was, Beaumont?"

„Spätestens wenn ich ausziehe, denke ich, dass sie mich die Bude wieder weiß streichen lassen werden."

„Dann wollen wir mal hoffen, dass du bald streichen musst", sagte Eddie. „Mr. Fluckey hier war in unserem heißen Tattoo-Studio in Gainesville, und hat einige Bilder für dich mit. Guck sie dir genau an und sag uns etwas dazu."

Gespannt saß ich aufrecht auf meinem Bett, während Mr. Fluckey seinen Koffer öffnete und darin herumwühlte. Dann zog er einen Stapel Fotos heraus und reichte ihn mir. Sie zeigten verschiedene Nahaufnahmen von Rednecks und Skinheads mit Tätowierungen am Hals und am Kopf.

SS-Zeichen, Hakenkreuze, Reichsadler, Keltenkreuze, das brennende Feuerkreuz des Ku-Klux-Klans.

„Das sind einige der stolzen inoffiziellen Meisterwerke von Clive Rigby", erklärte Mr. Fluckey mit seiner schläfrigen Stimme, „alle vor 1998 gemacht."

„Wie sind Sie denn da rangekommen?", fragte ich.

„Hab einen Maulwurf als Kunden reingeschickt, der sich inspirieren lassen wollte und mit großen Geldscheinen geködert hat. Das ganze Thema war natürlich ziemlich heikel und feinfühlig, denn deine Beteuerungen, dass ein tätowierter Skinhead die gute Señorita Hernandez ermordet haben soll, sind reichlich durch die Medien gegangen. Und was wir ganz sicher nicht wollen, ist ein Tätowierer, der spitze Ohren bekommt. Aber wie du siehst, hat mein Maulwurf guten Job gemacht."

Sorgfältig sah ich die vielen Tattoos an. Noch war nichts dabei, was mich sofort in jene Nacht zurückwarf. Eddie und Mr. Fluckey sahen mir schweigend zu.

~

*D*ann gab es ein Bild, das mein Blut in den Adern gefrieren ließ. Ein frisch rasierter und erröteter Hinterkopf, einige Haarwurzeln leicht blutig. Ein glänzendes Tattoo von einem deutschen Reichsadler, der auf einem Hakenkreuz saß, die Klauen fest darum gekrallt.

„Großer Gott", rutschte mir über die Lippen, während ich aufstand.

Eddie hob die Augenbrauen.

„Volltreffer?"

„Scheiße, ja! Das ist er!"

Mein Herz begann wie wild zu pumpen. Das fühlte sich an wie das Wunder, das ich so verzweifelt suchte. Dem

Wunder, das mir vielleicht endlich das Leben retten würde. Ich ging in der Zelle hin und her.

„Und da bist du dir sicher?", fragte Eddie. „Ich meine, es war ja dunkel, und du warst in einem Busch versteckt. Und es ist inzwischen 16 Jahre her."

„Ich bin mir sicher, genau so sah das aus!"

„Ja, ich hatte mir gedacht, dass dir dieses Foto besonders gefallen würde", gähnte Mr. Fluckey. „Bei all den Fotos handelt es sich um Unikate, die hat unser Freund Clive jeweils nur einmal so gestochen. Er macht kein Motiv zweimal."

Plötzlich spielte alles in mir verrückt. Einerseits verspürte ich Erleichterung, dass so eine heiße Spur da war. Andererseits kochte Verzweiflung in mir, dass ich so lange zu Unrecht im Gefängnis gesessen hatte. All diese Jahre hatte ich jede Art von extremen Emotionen verdrängt, um nicht den Verstand zu verlieren. Und nun spürte ich, wie sich diese Emotionen von ihren Leinen losrissen. Ebenso tobte in mir Handlungsdrang. Es musste jetzt schnell etwas passieren. Ich wollte nicht in die Nähe eines Hinrichtungstermins.

„Warum hast du dieses Bild nicht damals gefunden, Eddie?", fragte ich, während ich versuchte, meine Gefühle unter Kontrolle zu halten. „Das hätte... Das hätte vielleicht..."

„Beaumont, ich hatte damals noch Eierschale am Arsch. Das weißt du doch. Ich hatte auch eingeplant, dass wir in der Berufungsphase noch tiefer buddeln."

„Ich hab die ganze Zeit hier drin gesessen! Die reden mit mir schon darüber, ob ich die Spritze oder den Stuhl kriegen möchte! Ihr müsst diesen Mann finden!"

„Immer langsam mit den jungen Pferden", mischte sich Mr. Fluckey ein. „Wir hätten da ein paar Problemchen zu lösen. Zunächst einmal hat Clive Rigby keine Bücher über diese Arbeiten geführt, das war komplette Schwarzarbeit.

Keine Quittungen, keine Kundendatenbank, nichts. Allerhöchstens könnte er die Kunden noch persönlich kennen, aber da sind wir wieder beim Thema ‚feinfühlig‘. Reicht dieses Foto zusammen mit deiner Aussage, um Rigby vorzuladen? Könnte schwierig werden."

„Aber Sie kriegen da was hin, oder?"

„Wenn ihr mich beauftragt, an der Sache dranzubleiben, dann findet sich eine Strategie."

„Ja, das muss ich noch mit Beaumont unter vier Augen klären", sagte Eddie. „Oder aber ich spreche direkt mit Liberty. Das musst du mir sagen."

Ah, ja. Der Mann brauchte mehr Geld.

~

*I*nnerlich war ich schon längst wieder am Schreien. Die Freiheit fühlte sich an wie zum Greifen nah, und schon wieder standen Kerle in Anzügen da und sprachen mit mir über Geld. Gab es irgendetwas auf der Welt, was nicht mit Geld zu beziffern war? Selbst mein Leben schien mir in Dollar messbar. Es war frustrierend.

Ich mochte Klartext. Also sprach ich es direkt an.

„Sie arbeiten nicht weiter, es sei denn, Sie kriegen mehr Geld. Habe ich das hier richtig verstanden?"

„Na ja, ein Mann muss essen", antwortete Eddie.

„Zu essen hab ich genug", korrigierte Mr. Fluckey. „Ich bin keine Stiftung, darum geht's."

Ich war von seiner Direktheit überrascht.

„Wie wäre es, wenn Sie weitermachen, und Sie bekommen noch richtig Kohle? Ich meine, auf freiem Fuß bin ich viel mehr wert."

„Ein Kreditinstitut bin ich auch nicht."

Was für ein Arsch! Am liebsten hätte ich ihm die Fresse poliert.

Wiederum musste ich mich fragen, wieso dieser Mann ein Interesse an meinem Überleben haben sollte. Wir kannten uns nicht. Er sah aus wie jemand, der sicherlich irgendwo eine Enkelin hatte, die er gern am Kamin auf dem Schoß sitzen hatte, wenn er gerade nicht seine Brötchen verdiente.

„Wollen wir das nicht lieber wirklich unter vier Augen besprechen, Beaumont?", fragte mich Eddie.

„Ich glaube, wir sollten unter sechs Augen einen Weg finden, damit Mr. Fluckey keine Zeit mehr verliert, aber nicht gratis arbeiten muss."

„Okay", seufzte Eddie, „wir machen das so: Ich werde Liberty am Telefon diese Schlagzeilen servieren und von unserem Dilemma erzählen. Mr. Fluckey ist wie ein Rennwagen: Er macht seinen Job und bringt uns ans Ziel, aber der Tank muss voll sein."

„Und wir reden auch wirklich nur über ein Minimum", betonte Mr. Fluckey. „Ich bin schon ordentlich entgegengekommen. Aber gut, bevor wir darüber debattieren, wie wir Schiffe bauen, wie viele Nieten und Bolzen wir brauchen und all dass, lass uns lieber einmal übers Meer sprechen. Wenn ich mich hier reinhänge, dann finde ich diesen Mann. So jemand ist definitiv auffindbar. Mr. Dickinson hier reicht diesen neuen Erkenntnisstand beim Obersten Bundesgericht und beim Gouverneur ein, auch wenn Sie sich da nicht zu viel versprechen sollten. Denn noch haben wir nichts außer Ihrer Aussage. Sie könnten dieses Tattoo genauso gut an irgendeinem Passanten gesehen und dann einfach ein Märchen erzählt haben, dass dieser Passant den Mord begangen hätte. Es sollte eine Verbindung zwischen diesem Mann und dem Mordopfer hergestellt werden, es sollten Beweise gesucht und dingfest gemacht werden, und das alles leise, unterm Radar. Das wäre mein Job. Bringen wir dann einen hieb- und stichfesten Case hierher und knallen das den Behörden auf den Tisch, dann kommen sie nicht nur hier raus, sondern in großem Stil. Mit Pauken und Trompeten. Verstehen Sie mich?"

Ich musste daraufhin kurz durchatmen und mir dieses Szenario vorstellen. Es klang verdammt gut.

Daraus musste ich nun die Kraft schöpfen, um erneut nach Geld zu fragen. Denn ich wollte nicht, dass Eddie sich mehr als nötig mit Liberty in Verbindung setzte. Ich schätze, die Gefangenschaft macht einen etwas verrückt, denn allein die Vorstellung, dass die Zwei nachts länger telefonieren würden, oder sich sogar treffen würden, machte mich wahnsinnig eifersüchtig. Und das ist überwiegend der Tatsache geschuldet, dass ich zu so etwas einfach nicht geschaffen war. Ich wollte Liberty für mich. Sie war meins.

~

*I*ch beantwortete Libertys letzten Brief, insbesondere die Frage, ob der Ermittler, den ich nun als Mr. Fluckey kannte, denn irgendwelche Ergebnisse mitgebracht hätte. Und nun konnte ich die Frage eindeutig mit einem „Ja" beantworten.

Ich schrieb ihr, dass ich ein Foto des Hinterkopfes des wahren Mörders von Mrs. Hernandez in den Händen hielt, und dass ich wieder „Münzen in den Hinterkopf von diesem Automaten namens Mr. Fluckey stecken" müsste, damit er sich weiterbewegte und das Gesicht zu diesem tätowierten Hinterkopf suchte. Ich versuchte, meine Bitte um mehr Geld so cool und lässig wie möglich klingen zu lassen. Denn es war mir immer noch unangenehm, zu betteln. Meine Todesangst war nicht groß genug, um mir meinen Stolz zu nehmen. Das würde sich bestimmt noch irgendwann ändern, dachte ich mir in diesem Augenblick beim Schreiben. Noch fühlte es sich ein wenig wie Russisch Roulette an, etwas so

Überlebenswichtiges auf so flapsige Art zu formulieren. Es war irgendwie ein Zocken.

Aber ich setzte darauf, dass Liberty den Wink verstehen würde, und daraufhin direkt tätig werden würde. Aber die Möglichkeit war natürlich auch da, dass sie antworten würde: „Was soll das jetzt heißen? Brauchst du mehr Geld?"

Diese Frage würde mir vielleicht zwei Wochen meines Lebens kosten, die ich mir womöglich nicht einmal leisten könnte zu entbehren – noch bevor nur ein einziger Dollar den Privatdetektiv Mr. Fluckey in die Gänge bringen würde.

Aber ich hatte meine Prinzipien. Cool umschreiben, charmant bleiben. Punkt.

Es würde sicherlich nicht auf diese zwei Wochen ankommen, so dachte ich.

Und dieses Risiko war mir lieber als zuzulassen, dass Eddie und Liberty irgendeine neue Seelenverwandtschaft miteinander entdecken. Oder schlimmer.

Nur hörte ich dann eine gefühlte Ewigkeit nicht von Liberty. Der ganze März 2014 verstrich zu Ende, und ich wartete sehnsüchtig auf Post. Oder eine Meldung von Eddie, dass Geld eingegangen war, und dass Mr. Fluckey deswegen bereits auf der Suche nach dem tätowierten Mann war.

~

Und dann bekam ich deutlich zu spüren, wie wichtig jeder Tag sein könnte. Am 10. April 2014 besuchte mich Eddie ohne Ankündigung. Und er hatte diesen Blick in den Augen wie damals, als er noch mein Reh im Scheinwerferlicht war. Mein Bambi mit den erschrockenen Knopfaugen.

„Eddie, was gibt's?", fragte ich neugierig, als er in meine Zelle gelassen wurde.

Er setzte sich niedergeschlagen neben mich aufs Bett.

Und eigentlich hatte ich erwartet, dass er womöglich bereits Geld von Liberty bekommen hatte – ob nun durch eine eigenständige Kontaktaufnahme zu ihr oder durch meine Anspielung im letzten Brief.

Aber nichts davon traf zu. Er war mit anderen Nachrichten da. Und diese waren nicht gut. Gar nicht gut.

„Beaumont, du hast es sicherlich ein bisschen geahnt. Ich meine, wenn der alte Sack schon hier reinkommt und anfängt, dich über die Sache aufzuklären. Also, über den… Du weißt schon."

„Eddie, Klartext. Was ist los?"

Eddie pausierte, seufzte und sah mich an.

„Du hast einen Termin bekommen."

Ich schluckte.

„Einen Termin?"

„Ja. Und zwar sollst du am 29. Mai…"

Eddie bekam den Satz nicht zu Ende gebracht. Natürlich wusste ein Teil von mir verdammt genau, was seine nächsten Worte sein würden. Aber ich wollte nicht wahrhaben, dass ich diese Worte jemals hören würde.

„Na ja, du weißt schon", stotterte Eddie.

„Sag es. Ich will, dass du es sagst."

„Du hast einen Hinrichtungstermin. Am 29. Mai sollst du hingerichtet werden."

Boom. Stille. Ironischerweise wäre dieser Termin der Jahrestag meines Briefwechsels mit Liberty gewesen. Das war der Tag gewesen, an dem ich ihr zurückgeschrieben hatte.

Diese vernichtenden Worte aus heiterem Himmel zu hören, das war ein unbeschreiblich grausames Gefühl. Als würde ich in Höchstgeschwindigkeit auf eine Mauer zu rasen. Innerhalb von Sekunden stellte ich alles in Frage. Was bedeutete schon Leben? Was war der Sinn und Zweck von allem? Was war denn die Bedeutung von auch nur irgendetwas? Nichts fühlte sich auch nur irgendwie relevant an.

Ich biss mir auf die Zunge und versuchte, meine Atmung unter Kontrolle zu halten. Zugleich fragte ich mich innerlich, wozu ich überhaupt noch atmete. Warum nicht einfach damit aufhören? So würde ich mir noch jede Menge Psychoterror ersparen, jede Menge Warterei, und womöglich jede Menge Schmerz.

„Fuck. Ich muss telefonieren."

„Was?"

„Ich muss Liberty anrufen. Ich brauche mehr Geld."

„Hast du sie nicht schon längst gefragt?"

„Sie hat noch nicht geantwortet."

„Du hast sie nur über Brief gefragt? Beaumont, du bist ja entspannt. Das dauert doch ewig."

„Sie hat mir keine Nummer von sich gegeben. Wir telefonieren nicht ständig."

„Alter, ich hab mich schon gewundert, warum ich noch nichts von dir gehört habe."

„Hast *du* denn ihre Nummer?

„Ich habe eine Mobilnummer von ihrem Steuerberater bekommen."

„Dann gib sie mir. Ich erledige es selbst. Du kriegst schon dein Geld."

Irgendwie wurmte es mich sehr, dass Liberty noch nicht ihre Nummer rausgerückt hatte. Aber ich musste es auch respektieren. Schließlich waren wir technisch gesehen nur Brieffreunde, und ich bin ein vermeintlicher Mörder. Damit muss man irgendwie leben.

~

*E*ddie schrieb mir die Nummer des Steuerberaters von Liberty auf und fuhr fort: „Ich werde Mr. Fluckey schon mal buchen, so oder so. Wir können keine Zeit verlieren. Zur Not lege ich das aus, ja? Aber bitte geh die

Kohle auftreiben. Mach vorsichtshalber nochmals zwei Riesen."

„Zwei Riesen?"

„Sicher ist sicher. Wir wollen, dass er auch Ergebnisse bringt. Ich werde heute noch beim Gericht und beim Gouverneur reinplatzen und den Fall darlegen, an dem wir gerade arbeiten. Wir verlieren jetzt keine Sekunde mehr. Da neue Hinweise auf dem Tisch liegen, dürfte das locker für mindestens einen Aufschub reichen, das kauft uns dann noch mehr Zeit."

„Aufschub? Aufgeschoben ist aber nicht aufgehoben."

„Das stimmt. Aber die Aufhebung des Urteils müssen wir erst noch hinkriegen. Eines nach dem Anderen."

„Okay, was genau passiert denn jetzt?"

„Wie gesagt, ich latsche alles ab. Zuerst starte ich beim Bezirksgericht. Ich denke, nach einigen Tagen bin ich da wieder raus, ihre Reaktion wird relativ absehbar sein. Mal schauen, wie weit wir kommen. So oder so werde ich irgendwann Habeas Corpus beantragen, eine Haftprüfung. Da werden wir auf den Prüfstand stellen, ob die Ordnungshüter, die dich hierher gebracht haben, auch alles korrekt gemacht haben. Wenn uns die Optionen ausgehen, beantrage ich zum richtigen Zeitpunkt beim Gouverneur sogenannte ‚exekutive Gnade'. Die kann er übrigens bis zur letzten Minute gewähren."

Das klang gut. Hoffnung bis ganz zuletzt, das ist immer gut. Allein die Tatsache, dass diese Möglichkeit existierte, tat mir trotz der ganzen Situation irgendwie wohl.

„Natürlich ist das dann sicher eine fiese Erfahrung, so nah heranzukommen an die… Na ja, du weißt schon. Aber gut, da das Berufungsgericht jährlich nur eine Handvoll Fälle bearbeitet, setze ich mein Geld auf den Gouverneur. Er muss überzeugt werden, dann bekommst du entweder einen sofortigen Aufschub oder eine Anhörung. Beim Berufungsgericht habe ich teilweise schon Ablehnungen aus dem Drucker kommen sehen, bevor ich überhaupt Platz nehmen konnte."

„Das ist doch Kacke."

„Ja. Wie gesagt, der Gouverneur ist unser Plan."

„Und hast du das alles schon mal geschafft? Also, auch so richtig mit Erfolg?"

„Na klar. Meine letzten beiden Fälle sogar, wo ein Termin reinkam. Einer bekam sofort einen Aufschub, und beim Anderen wurde das Urteil sogar in Lebenslänglich ohne Bewährung umgewandelt. Immerhin. Gut, da ging es auch um Geisteskrankheit und all so ein Zeugs."

„Also glaubst du wirklich, dass du mich hier rausbekommen kannst?", fragte ich Eddie direkt. Ich brauchte an diesem Tag klare Worte.

„Na klar. Beaumont, ich habe seit deinem Urteil 16 Jahre Berufspraxis, ich hab inzwischen so einiges auf dem Kasten. Und außerdem musst du wissen: Obwohl es hierzulande die Todesstrafe gibt, werden hier die Leute nicht einfach getötet. Die Verantwortung ist sehr hoch. Um hingerichtet zu werden, musst du über jeden Zweifel hinaus schuldig des vorsätzlichen Mordes sein. Sonst keine Hinrichtung. Also, Kopf hoch. Wir kriegen das hin."

„Okay."

„Also, ich haue jetzt wieder ab. Mr. Fluckey macht sich auf die Suche nach deinem Mann, und ich kümmere mich um die Behördengänge. Du rufst Liberty an und fragst sie nach einer zweiten Finanzspritze. Und du bewahrst die Ruhe, du verlierst nicht den Kopf, ja?"

„Ich hab sie nicht getötet."

„Das verstehe ich."

„Ich hab ihr nichts getan. Dieser Typ war es."

„Ich verstehe."

„Sag, dass du mir *glaubst*, Eddie! Sag, dass du es *weißt*, dass ich unschuldig bin!"

Eddie stockte.

Und ich merkte es. Ich kochte innerlich.

„Raus hier", bellte ich.

„Eddie, was hast du?"

„Ich will dich nicht hier drin bei mir! Du glaubst einfach nicht, dass ich wirklich unschuldig bin, Eddie! Wie sollst du derjenige sein, der mich hier rausholt, wenn du mir nicht glaubst?"

„Beaumont, ganz ehrlich: Wie soll ich *wissen,* dass du die Wahrheit sagst? Ich kann es nicht wissen, denn ich war an dem Abend schlichtweg nicht dabei. Der Einzige, der es am besten weiß, bist du. Und womöglich dieser Skinhead. Aber ob ich dir glaube oder nicht, ist doch egal. Ich bin dein Anwalt. Es geht am Ende des Tages nicht darum, was ich als Anwalt glaube, sondern darum, was ich in einem Gerichtssaal oder im Büro des Gouverneurs beweisen kann. Darauf sollte es übrigens auch dir ankommen. Und nun behalte einen kühlen Kopf, Beaumont. Du willst mich hier drin nicht haben, weil ich dir nichts glaube? Vergiss nicht, dass ich mich hier reinstelle. Das tut man auch nicht, wenn man dich für einen Killer hält."

„Also betrittst du nur die Zellen von Mandanten, die du definitiv für unschuldig hältst? Willst du mich verarschen? Wir sind hier bewacht."

„Glaub über mich, was du willst, Beau."

„Dito, Eddie."

～

*E*ddie stand auf und ließ sich aus der Zelle holen. Dann drehte er sich zu mir um und sah mich schweigend an. Ich sah fragend zurück.

„Hast du mich eigentlich einmal nach meinem Privatleben

gefragt?", fragte er mich dann. „Ich habe einen kleinen Sohn. Hast du das schon gewusst?"

Ich schüttelte verneinend den Kopf.

„Das ist es, Beaumont. Was wir voneinander halten, spielt keine Rolle. Ich habe einen Auftrag, und das war's. Du bist mein Mandant. Wir sind keine Freunde."

„Und dennoch bist du mein bester Freund. Mein einziger Freund."

Dazu konnte er nichts sagen. Er sah schweigend auf den Boden und zuckte mit dem Mundwinkel. Dann ging er den Korridor hoch und ließ sich aus dem Gebäude bringen. Ausgerechnet von Teddy Loomis, dem sadistischen Wärter mit den roten Haaren. Dieser blickte mich beim Weggehen prüfend an, als hätte ich irgendeine Scheiße gebaut.

„Was ist?", fragte ich gereizt.

Und schon drehte er seinen Kopf wieder weg.

Ich blieb zurück, allein und verängstigt in meiner bunt bemalten Zelle, mit einem Datum im Kopf, an dem ich nun im Alter von 39 Jahren sterben sollte. Was sollte mich denn nun davon ablenken, dass die Uhr gegen mich tickte? Die Luft roch anders, ich schmeckte Magensäure, meine Haut fühlte sich taub an. Es war, wie so viele andere Tage in dieser Zelle, reinste Seelenfolter.

Wann würde sie aufhören?

War der Tod der einzige Ausweg?

~

*I*ch ließ mich in den kleinen Maschenkäfig setzen, wo das Telefon für unsere Anrufe zur Verfügung stand. Unter strenger Aufsicht wählte ich die Mobilnummer, die Eddie mir aufgeschrieben hatte.

„Hallo, mein Name ist Beaumont Brown, ich bin ein

Bekannter von Liberty Mitchell", erklärte ich der männlichen Stimme, die ans Telefon ging.

„Oh. Hallo, Mr. Brown. Was kann ich für Sie tun?"

„Ähm, also, ich… Sie hat mir angeboten, dass sie mich bei meiner Sache finanziell unterstützt."

„Sie sind der Gefängnisinsasse."

„Genau."

„Ah, ich verstehe. Wie geht es Ihnen?"

„Na ja. Wie es einem hier drin so geht."

„Und Sie brauchen Geld von ihr?"

„Äh, ja."

„Wie viel denn?"

„Na ja. Eddie, also mein Anwalt, er hat gesagt, dass zwei gut wären."

„Zwei was? Tausend?"

„Ja. Dollar."

„Wow, das ist ja mal eine Summe. Wofür braucht er denn so viel Geld?"

Ich war etwas verunsichert.

„Also, er hat eine heiße Spur. Und sie könnte mir das Leben retten."

„Eine heiße Spur?", fragte der Steuerberater mit interessierter Stimme.

„Ja. Ich hab ein Foto vom Hinterkopf, also, von dem Mann, den ich am Tatort gesehen habe und so."

„Aus dem Tattoo-Studio das Foto?"

„Genau. Sie wissen davon?"

„Ja, Mr. Dickinson hat mir von dem Mann erzählt, den Sie suchen. Von dem Mörder."

„Ach so. Jedenfalls will er seinen Privatdetektiv losschicken, damit er den Typen findet und so. Das könnte mir wirklich den Arsch retten."

„Ja, das könnte es."

„Na ja, nur habe ich keine Kohle. Also, mein Anwalt, der ist halt nur…"

„Pflichtverteidiger, schon klar. Ja, die machen nur das nötigste Zeug. Die betreiben Viehhandel. Da wären Sie mit einem privat beauftragten Anwalt deutlich besser dran als mit einem, der für den Staat arbeitet. So einer hat ja ganz andere Möglichkeiten."

Das zu hören, machte nicht besonders viel Mut. Und es war nichts Neues für mich.

Ich bat den Steuerberater darum, Liberty zu fragen, ob sie mich denn einfach anrufen könnte, damit ich es ihr persönlich erklären könnte. Aber dann geschah etwas, was mich sehr überraschte.

„Wenn Sie mich fragen, Beaumont, sollten wir keine Sekunde verlieren. Ich überweise das Geld sofort an Mr. Dickinson."

Ich stockte perplex.

„Wie bitte?"

„Mrs. Mitchell hat mir in Ihrer Sache die volle Gewalt gegeben, falls irgendetwas dringlich werden sollte. Und wenn das hier nicht dringlich ist, weiß ich auch nicht. Ich verwalte ihre Konten und habe Vollmacht bei ihren Ersparnissen. Deswegen bekommt Mr. Dickinson sofort das, was er braucht. Ich rufe ihn auch gleich an."

„Das ist… Das ist großartig, Sir."

„Das ist das Mindeste", sagte mir die Stimme freundlich. „Ich drücke Ihnen die Daumen, dass das klappt."

„Danke, Sir."

„Also, Liberty ist sowieso momentan ordentlich durch den Wind, ihre Töchter haben in der Schule mächtig Scheiße gebaut, und da ist Krisenstimmung."

„Oh. Das tut mir leid zu hören. Ja, sie muss allein zwei Töchter großziehen."

„Da fehlt der Mann im Haus, ganz klar. Aber gut, ich mache jetzt mal die Überweisung fertig."

„Geht das denn schnell?"

„Wie ein Blitz, das mache ich hier online."

„Oh. Davon verstehe ich nichts. Sie schicken mit dem Internet echtes Geld zu Eddie?"

„Genau."

„Das ist abgefahren."

„Ja, es ist praktisch."

~

Eddie bekam relativ schnell das Geld, und Mr. Fluckey begann ordentlich zu graben. Jeden Stein drehte er um. Die gesamte rechte Szene von Florida wurde durchforscht, insbesondere die Freunde und Verbündeten von Ronny Lee Parker, gegen den Anita Hernandez vor Gericht war, als sie starb. Er befragte auf clevere Art Zeugen und Aussteiger, sammelte Informationen und Bilder, erstellte Listen und einen Zeitstrahl, wo er die Ereignisse chronologisch rekonstruierte – und zwar nicht nur die Ereignisse um mich, sondern viel eher um das Mordopfer, und um Parker.

Was nur ein Problem darstellte: Viele Aussagen waren inoffiziell. Denn die Leute hatten Angst, gegen einen Rechtsradikalen auszusagen.

In der Zwischenzeit konnte ich nichts tun außer warten, und mir die Zeit mit Malerei vertreiben. Ich hatte noch keine Antwort von Liberty erhalten, aber das Telefonat mit dem Steuerberater war sehr beruhigend. Nicht nur wurde die Geldangelegenheit geregelt, sondern ich wusste dann auch, dass Liberty gerade mit ihren Töchtern die Hände voll hatte. So brauchte ich nicht in irgendeine krankhafte Eifersucht zu verfallen.

Aber meine Güte, dauerte es ewig, bis Liberty die Zeit

fand, mir einen Brief zurückzuschreiben. Und natürlich gab es den Teufel auf meiner Schulter, der mir böse Gedanken einflößte und mir einredete, dass Liberty mich sowieso nur verarschen würde. Immer wieder fiel es mir schwer, diesen kleinen Teufel zu verscheuchen. Er fühlte sich wie eine lästige Fliege an. Vertrieb ich ihn, kam er nur wieder.

$\sim$

*A*m 1. Mai 2014 bekam ich am frühen Morgen Besuch von Mr. Talbot und seinem Gefolge. Ich wusste, dass dies kein schöner Besuch werden würde. Er betrat meine Zelle, sah sich die bunten Kunstmalereien an und blieb vor mir stehen, die Hände in den Hosentaschen.

„Guten Morgen, Beaumont."

Nach einem Augenblick erwiderte ich seine Begrüßung.

„Wie du sicher von Mr. Dickinson weißt, haben wir jetzt einen Vollstreckungstermin. Am 29. Mai ist es soweit. Natürlich kann es zu einem Aufschub oder sonst etwas kommen. Aber wir müssen uns alle, allen voran du selber, ein wenig vorbereiten. Geistig, logistisch, all das. Verstehst du, was ich dir sagen will?"

Ich nickte.

„Also, ich möchte mit dir gemeinsam brainstormen, wie wir deine Zelle wieder in einen schlichten Zustand bekommen, so dass nach dir kein Anderer gegenüber dem Rest bevorteilt wird mit diesem Ausblick. Wie wir es schon einmal angerissen hatten, muss der Hausmeister hier einmal streichen, und du musst die Gitter und den Boden schrubben. Ich denke, Mitte Mai starten wir das Projekt in aller Ruhe. Und da möchte ich, dass du gewissenhaft anpackst, damit die Zelle dann wieder sauber übergeben werden kann."

Innerlich lachte ich Mr. Talbot aus. Was für eine lächerliche Belanglosigkeit! Für mich war die Zelle keine heilige

Leihgabe, die eine respektvolle Behandlung verdiente. Sie war Einwegware zum Wegwerfen, wie bald auch mein Körper. Alles war mir egal. Aber das sagte ich Mr. Talbot natürlich nicht ins Gesicht, sondern ich schwieg und nickte.

„Dann habe ich in Erinnerung, dass du kein besonderer Freund von Spritzen bist. Und da muss ich nochmals nachfragen: Ist dem noch so, dass du dich für den Stuhl entscheiden würdest?"

Wieder nickte ich. Dem war so.

„Okay. Dann haben wir da einiges in die Wege zu leiten. Es kommen dann noch einige weitere Themen auf dich zu, wie zum Beispiel ein letztes Statement, falls du eines machen möchtest, oder die letzte Mahlzeit. Innerhalb eines gesunden Rahmens können wir dir so ziemlich alles besorgen, was du essen möchtest. Dann muss ich wissen, wer dich alles besuchen will, wer dann auf deinen Leichnam Anspruch nehmen würde. Sedativum, Priester, ja, nein, vielleicht, all dieses Zeug."

Ich schwieg. Diese vielen Gedanken fühlten sich an wie eine Lawine, in der ich erstickte.

„Ich brauche auch nicht gleich heute auf alles eine Antwort. Ich will nur diese Themen schon mal anwärmen. Im Laufe der nächsten Wochen gehen wir sie in Ruhe durch, ja? Jetzt weißt du einfach schon mal Bescheid."

„Ja. Jetzt weiß ich Bescheid."

„Gut. Dann bis demnächst. Und wenn du zwischendurch irgendetwas brauchst, dann sag Bescheid."

„Eine Begnadigung wäre nett", sagte ich trocken.

Unter den Wärtern konnte ich ein leichtes Schmunzeln verzeichnen. Aber man schwieg und verließ meine Zelle.

Wieder einmal saß ich allein da, ohne jegliche Hilfe, und musste ganz allein mit dem Stress klarkommen. Ich versuchte, nicht in Panik zu verfallen. Alles fühlte sich an wie ein unglaublich realer Traum, aus dem ich bald mit dem Tod aufwachen würde. Ich versuchte, meine Atmung unter Kontrolle zu halten und nicht zu hyperventilieren.

Ach, scheiß drauf!

Ich rastete aus und schrie los, auf dem Bett liegend. Ich trat und schlug um mich. Die Verzweiflung fraß mich von innen auf wie ein Krebs.

Für einen Augenblick sah ich meinen Kugelschreiber an, der auf meinem Blechtisch lag. Anstatt damit irgendeinen verzweifelten Brief zu schreiben, überlegte ich ernsthaft, mir diesen Stift irgendwo in den Hals oder in die Brust zu rammen, um selber über meinen Tod zu entscheiden. Aber würde das auch erfolgreich funktionieren? Denn ich hatte keine Lust auf einen Aufenthalt in der Krankenstation. Außerdem würde man mich sicher nach einem Selbstmordversuch deutlich strenger überwachen.

Ich sah zur Steckdose hinter dem Fernseher an der Wand. Dann überlegte ich, ob der Kugelschreiber auch Strom leiten würde. Ob es denn eine bessere Methode wäre, den Kugelschreiber mit bloßen Händen in die Steckdose zu jagen. Würde die Stromstärke auch reichen, um mich schnell zu töten?

Dann musste ich plötzlich lachen. Der Kugelschreiber war wohl der wichtigste Gegenstand für mich in dieser Zelle. Immerhin führte ich mit seiner Hilfe die einzige Beziehung, die sich einigermaßen normal und menschlich anfühlte.

Und ja, dich, liebes Tagebuch, schreibe ich ja auch mit seiner Hilfe.

Nun saß ich da und überlegte, ob ich den Kugelschreiber

wie eine Spritze in meine Körper jagen wollte, oder ob ich ihn zu einem „Thunderbolt" machen wollte. Spritze oder Strom?

Aber wollte ich denn wirklich riskieren, dass der Versuch schiefgehen würde? Nicht nur würde ich strenger überwacht werden: Ich ging felsenfest davon aus, dass man mir auch ohne jeden Zweifel den Kugelschreiber nach so etwas wegnehmen würde. Und dann könnte ich keine Briefe mehr schreiben. Kein Tagebuch schreiben. Dann wäre ich ganz sicher aufgeschmissen gewesen.

So entschied ich mich, keine Dummheiten anzustellen. Immerhin war der Kampf noch nicht verloren. Das Warten tat zwar weh, aber die Aussicht war da, dass Eddie mit der Hilfe von Mr. Fluckey den wahren Mörder finden würde.

~

*E*s folgten mehrere Nächte, in denen ich miserabel schlief und düstere, böse Träume hatte. Immer wieder tauchte der Skinhead auf, dessen Gesicht ich nicht kannte, stand im Dunkeln da und lachte mich aus. In einem der Träume kam Liberty mit einem Schlüsselring, um mich zu befreien – nur um vom gesichtslosen Skinhead brutal niedergestochen zu werden. Hilflos schrie ich durch die Gitter meines Käfigs, aber ich konnte nicht helfen.

Ab und zu wachte ich zuckend auf, das Herz am Rasen. Ich fühlte mich zunehmend vom gesichtslosen Skinhead beobachtet – was eigentlich unmöglich war. Es fühlte sich aber so an, als wären irgendwo da draußen schlafende Hunde geweckt worden. Als wüsste der Mörder schon längst, dass ich hier drin saß und seine Strafe verbüßte, aber als würde er sich nun bedroht fühlen, da ich einen Schnüffler darauf angesetzt hatte, ihn zu finden.

Ich sagte mir immer wieder, dass all diese Ängste bloß

Spinnereien waren. Es war an und für sich albern, Angst zu haben. Denn ich war schließlich nicht irgendwo im Ghetto von Orlando, sondern im Todestrakt des Staatsgefängnisses, das würde so mancher als einen der sichersten Orte Amerikas bezeichnen.

An einem Morgen Anfang Mai flackerten in meiner Zelle die Lichter. Ich sah auf und wurde stutzig. Irgendwo im Gebäude war plötzlich eine Menge Strom in Gebrauch.

Ich schluckte. Konnte dies ein Testlauf des elektrischen Stuhls gewesen sein?

Oh, nein. Sie bereiteten sich auf den 29. Mai vor.

Und so war es: Während ich mit den Ängsten und Albträumen kämpfte, wurde der ehemalige Hinrichtungsraum wieder in Schuss gebracht, der alte Eichenstuhl „Thunderbolt" mittig im Raum an den schwarzen Linoleumboden gebolzt, dem gegenüberliegenden Zeugenraum zugerichtet.

Alles wurde neu angeschlossen und gründlich getestet – zum ersten Mal seit langem. Hinter dem Stuhl befand sich an der Wand der Stromgenerator, mit Blech ummantelt und in Ocker gestrichen. Daraus kamen zwei dicke Kabel, an deren Spitzen sich Kupferösen befanden. Wie ein Nadelöhr wurden diese auf die Schraubgewinde der Elektroden gesteckt und befestigt. Eine Elektrode für den Kopf, eine für die rechte Wade. Nun war die Himmelspforte – oder die Höllenpforte – einen Hebel entfernt.

Beim Test wurde der Hebel umgelegt, nachdem beide Kabelenden in einen Wassereimer gesteckt worden waren. Dann wurde das Wasser regelrecht aufgekocht. Wenn dies glückte, so wusste man, dass die Verbindung gut war und der Strom optimal floss.

Das Anschnallen des Insassen musste geübt werden. Es waren viele Gürtelriemen, die innerhalb von Sekunden gleichzeitig befestigt werden mussten. Man musste mit gewaltsamem Widerstand des Insassen rechnen. Es war für alle ein sehr gefährlicher Moment, den man komplett unter Kontrolle haben musste.

~

*P*arallel wurde ich mehrfach mit dem Gefängnispsychologen verabredet. Er stellte mir alle möglichen Fragen über meine Vergangenheit, meine Haltung zum Sterben, Religion, Gott und die Welt. Einerseits war es nervenzerreißend, andererseits irgendwie auch wohltuend. Denn ich führte in dieser Zelle nicht viele menschliche Gespräche. Ich hatte generell selten im Leben Zuhörer, die sich ernsthaft für mich interessierten.

Auffällig war mir, dass der Psychologe versuchte herauszufinden, ob ich Selbstmordgedanken hätte oder noch nicht bereit war zu gehen. Er war wahrscheinlich beauftragt abzuchecken, ob ich den Wärtern bei meinem letzten Gang Probleme bereiten würde.

Ebenfalls wurde ich einmal gründlich von einem Arzt untersucht, als wäre ich bei einer Musterung des Militärs. Als würde man mich auf einen Krieg vorbereiten. Immer wieder fragte ich mich, warum man mir nicht einfach eine klassische Kugel durch den Kopf jagen würde.

Wiederum spielte es mir in die Karten, dass man aus einer Hinrichtung so ein Ritual macht, dass aufwendig vorbereitet werden muss. Es verschaffte mir Zeit.

Neben all diesen Schikanen quälte mich das Warten auf einen Brief von Liberty. Nun hatte ich noch mehr Geld von ihr bekommen, aber ich hörte nichts von ihr. Und es machte mich immer wahnsinniger. Hatte ich sie verschreckt? Hatte sie gerade wichtigere Probleme als mich, den sie nicht einmal richtig kannte? Was für einen Anspruch hatte ich überhaupt? Wer war ich denn schon?

Die erste Maiwoche rauschte in doppelter Geschwindigkeit an mir vorbei. Im Handumdrehen war wieder Sonntag. Und es machte mir immer mehr Angst. Der letzte Sand im Stundenglas ist der schnellste.

Stand ich kurz vor meinem Ende auf diesem Planeten?

Ich fragte mich zwischendurch, ob ich denn vielleicht von Jamal Besuch bekommen würde – oder gar von meiner Mutter. Wie würde ich da reagieren. Wann war es an der Zeit, alle Kriegsbeile zu begraben?

Dann wurde am 8. Mai die Seelenfolter des Wartens endlich beendet, als der Wärter Smith einen Brief in meine Zelle reichte. Das war ein unfassbar erleichterndes Gefühl. Aber in meinem Hinterkopf rechnete ich aus, wie viele Briefe ich überhaupt noch bis zum 29. Mai mit Liberty austauschen konnte.

Fuck, warum trat man hier plötzlich so aufs Gas? All diese Jahre gammelte man hier herum, und dann plötzlich diese recht kurzfristige Vorwarnung, dass der Sensenmann zur Abholung meiner Seele bestellt war. Was für ein beschissener Psychoterror!

Konnte mich ein Brief von Liberty von meinen Sorgen ablenken? Konnte sie mir vielleicht sogar meine Sorgen nehmen?

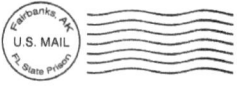

Fairbanks, 2. Mai 2014

H ey Beaumont,

dass ich mich so lange nicht gemeldet habe, tut mir leid. Hier geht es in letzter Zeit drunter und drüber.

Mary-Ann und Jane waren in letzter Zeit sehr anstrengend. Sie haben sich viel angeschrien und auch mir Vorwürfe gemacht. Ich weiß nicht, ob ich wirklich zu streng bin. Aber sie werfen mir vor, ich würde ihnen das Leben schwermachen. Dabei möchte ich einfach aufpassen, dass sie nicht unnötig in Fettnäpfchen treten. In der Schule wird heimlich geraucht, und beide wurden beim Mitmachen gesehen. Und ich habe einen leichten Verdacht, dass Jane keine Jungfrau mehr ist, obwohl sie es abstreitet. Bei der Vorstellung dreht sich mir der Magen um. Sie ist nicht einmal 13, um Himmels Willen. In dem Alter dachte ich nicht einmal annähernd an Sex.

Egal, Themenwechsel...

～

*D*u hast also mit meinem Steuerberater gesprochen? Er ist ein netter Typ, oder? Ich hatte ihm über gewisse Angelegenheiten Vollmacht gegeben. Zwischendurch müssen die Dinge schnell gehen. Ich hoffe, es ist umgekehrt auch okay, wenn ich ab und zu den direkten Kontakt zu deinem Anwalt habe.

～

*I*ch habe von deinem Termin gehört, aber auch von dem Foto, das dein Privatdetektiv aufgetrieben hat. Ich kann mir nicht im Traum vorstellen, wie es dir gerade gehen muss. Aber ich bin irgendwie zuversichtlich, dass dieses Datum nicht auf deinem Grabstein stehen wird. Ich weiß nicht, ich spüre es einfach. Es wird nicht passieren.

Klar, das hilft dir jetzt gerade überhaupt nicht, dass ich dir das sage. Aber ich wäre nicht ehrlich, wenn ich dir nicht meine echten Gefühle mitteilen würde.

Wenn du mich fragst, wird sich irgendwer, der etwas zu

entscheiden hat, diesen Fall genauer ansehen und merken, dass da etwas nicht stimmt. Die Details, die ich gehört habe, überzeugen mich davon.

Deswegen werde ich dir kein Lebewohl schreiben. Wir machen ganz normal weiter. Und du glaubst auch fest daran, dass ich mit meinem Gefühl richtig liege. Es sei denn, du hast etwas Anderes vor. Aber was bringt es, dich verrückt zu machen?

Ich habe außerdem eine kleine Überraschung für dich, die ich dir aber erst im Juni geben kann. Also ist Sterben jetzt keine Option für dich.

Gehst du mit? Oder geht dir das zu weit?

…

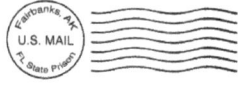

Florida State Prison, 8. Mai 2014

…

*D*anke für deine aufbauenden Worte. Und um da gleich auf den Punkt zu kommen: Ja, ich bin dabei! Ich freue mich auf deine Überraschung und werde stark bleiben, um diesen Termin weggeboxt zu bekommen und im Juni die Überraschung – was auch immer es sein mag – zu empfangen.

Es gibt nämlich inzwischen Neuigkeiten. Ich glaube dir. Der Privatdetektiv hat einen Namen herausgefunden. Das zu hören, das war für mich wie ein fettes Weihnachtsgeschenk. Die Freude fühlte sich zumindest verdammt ähnlich wie die an, die ich als Kleinkind am Heiligabend vorm Tannenbaum verspürte.

Nun ist Mr. Fluckey an diesem Typen dran und wird hoffentlich sehr bald meinen schwarzen Arsch hier rausbekommen. Was sagst du dazu?

Ich kann dir keine Einzelheiten nennen, denn ich vermute stark, dass die Leute bei der Zensur den Brief abfangen. Und das wäre unverzeihlich.

Jedenfalls freue ich mich sehr. Vielleicht gibt es doch Gerechtigkeit auf diesem Planeten.

~

*D*u kannst reden, mit wem du willst, das kann ich dir doch nicht verbieten. Du bist ein freier Mensch. Und du willst helfen. Aber ich kann nur hoffen, dass in deinem Leben keiner meinen Platz einnimmt. Mehr kann ich nicht dazu sagen.

~

*S*ag mal, hast du eigentlich in deinem Leben lustige Zigaretten geraucht? Ich hoffe, ich kann dich das einfach so fragen.

Ich hätte echt große Lust, mit dir einen kinderfreien Abend am See zu machen. Du, ich, ein offenes Lagerfeuer, warme Decken, Grillfleisch, eine lustige Zigarette. Und gute Musik. Nicht lachen, aber als Kind hörte ich gern Queen. Ich hatte einen Schulfreund, der weiß war. Seine Eltern hatten von Queen alle Alben, und sie spielten sie rauf und runter. Ich fand solche Musik irgendwie schöner als Hip-Hop – auch wenn ich gerne Hip-Hop hörte. Meinen Freunden hätte ich nie gebeichtet, dass ich mehr auf die 80er stand.

Wenn du keine lustigen Zigaretten magst, kann man die auch weglassen.

...

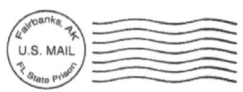

*D*aniel Mills.

Was für ein schlichter, unschuldig klingender Name. Und doch war er auf einmal der wichtigste Name in meinem Leben.

Das war laut den Ermittlungen von Mr. Fluckey der Name des jungen Mannes mit dem Reichsadler auf dem Hinterkopf. Ein Stammkunde im Tattoo-Studio kannte ihn flüchtig, und Mr. Fluckey gelang es, ihm den Namen zu entlocken. Ich war sehr beeindruckt.

Und wie du, liebes Tagebuch, dir höchstwahrscheinlich ausrechnen könntest, wenn du ein Gehirn hättest: Mein Hinrichtungstermin wurde am 14. Mai vorläufig aufgehoben, damit man sich meinen Fall genauer ansehen konnte.

Vor Freude war mir danach, sofort einen weiteren Brief hinterherzuschicken, um Liberty die frohe Botschaft zu verkünden. Eine Briefmarke zu verschwenden, sozusagen. Die Todeskandidaten-Version davon, Geld in der Kneipe zu verprassen und es am nächsten Tag nicht zu bereuen. Was kostet schon die Welt?

Ich schrieb ihr in fetten Buchstaben schräg über den Zettel, dass Libertys Gefühl richtig war. Dass ich weiterleben würde. Und mehr schrieb ich nicht. Ich frankierte den Umschlag und gab ihn ab. Das musste sein.

So fühlte es sich sogar so an, als würde Libertys nächster Brief in Lichtgeschwindigkeit ankommen, da ich statt zwei Wochen nur eine Woche warten musste. Ich bekam meinen nächsten Brief von ihr am 20. Mai. Natürlich war es die Antwort auf den Brief vom 8. Mai, aber mir ging dann durch den Kopf, dass wir uns eigentlich versetzt Briefe schicken sollten, einmal die Woche. Das würde die Kommunikationsdichte erhöhen. Jede Woche würde jeder von uns Post bekommen, und nicht alle 14 Tage. Man müsste immer nur auf den jeweiligen Brief die Antworten schreiben und später nicht durcheinander kommen.

Aber gut, diesen Vorschlag machte ich nicht. Ich wollte mich Liberty nicht zu sehr aufdrängen.

Wie schön wäre es, wenn ich dieses Internet nutzen könnte! Liberty hat mir zu irgendeinem Zeitpunkt erzählt, dass die sogenannten Chat-Verläufe da gespeichert bleiben, so dass man immer sehen kann, was früher gesagt oder gefragt wurde. Wie praktisch ist das denn?

Was habe ich bloß alles noch da draußen verpasst, während ich hier drin herumgesessen habe?

Fairbanks, 15. Mai 2014

...

*D*ein Ernst, Beaumont? Wir kämpfen hier um dein Leben, ich erwische meine fast 13-jährige Tochter beim Rauchen, und du denkst ernsthaft ans Kiffen? Das hast du sicher nicht böse gemeint, aber es fühlte sich nicht besonders schön an zu lesen. Tut mir leid. So ehrlich muss ich sein.

Nein, jegliche Drogen sind für mich tabu. Man kann auch Spaß haben, ohne sich abzuschießen. Das habe ich hinter mir gelassen. Zu Schulzeiten habe ich mich mehrfach so richtig blamiert, weil ich nicht wusste, nach welchem Gläschen Schluss ist. So habe ich inzwischen eine klare Philosophie: Schluss ist vor dem ersten Glas, ganz einfach. Gut, Ausnahmen bestätigen die Regel. Wenn wir dich da rausbekommen, stoße ich gerne mit dir an.

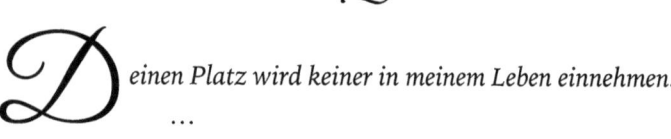

*D*einen Platz wird keiner in meinem Leben einnehmen.

...

Florida State Prison, 28. Mai 2014

...

*I*ch wollte dir nicht auf den Schlips treten oder wie auch immer, Frauen tragen keine Schlipse. Aber du weißt, wie ich es meine, hoffentlich.

Alles klar, keine lustige Zigarette, Botschaft angekommen. So wichtig war mir das ja auch nicht. Ich fand die Vorstellung nur irgendwie schön.

Aber was soll ich sagen, irgendwo hast du recht. Ich war früher drogensüchtig – auch wenn Gras nicht annähernd das Problem war. Das Zeug wird ja mächtig überbewertet, wenn du mich fragst. Egal, jedenfalls ist meine Drogensucht von damals ganz bestimmt mit schuld daran, dass ich heute hier drin sitze. Wäre ich an dem Abend nicht losgezogen, um irgendwie an Stoff zu kommen, wäre ich nie zur falschen Zeit an diesen falschen Ort gekommen.

ch warte immer noch sehnsüchtig auf irgendeine Entwicklung in den Recherchen von Mr. Fluckey. Hab wieder ewig nichts von ihm gehört. Das nervt total.

Aber gut, er muss ja seine Arbeit machen. Und die Hauptsache ist gerade irgendwo auch, dass ich heute um Mitternacht nicht zum elektrischen Stuhl gehen werde. Man könnte sagen, dass der 29. Mai mein zweiter Geburtstag ist. Man müsste also insgesamt drei Daten auf meinen Grabstein schreiben. Irgendwann. Weit weg in der Zukunft, versteht sich.

Apropos Geburtstag, ich freue mich auf meine Überraschung. Im Juni, hattest du gesagt, ja? Na ja, der Mai ist fast um. Große Freude.

…

*a*m 29. Mai ging für mich die Sonne auf, auch wenn ich sie nur durch ein kleines, hohes Fenster im langen Korridor sehen konnte, wo überwiegend klinisches Kunstlicht die Stimmung ausmachte.

Ich wachte auf und sah mich um. Ich war noch am Leben, und es war kein Traum.

Außerdem hatte man mir meine Wandmalereien gelassen. Das war auch ein Grund zur Freude. Neue Farben bekam ich aber irgendwann nicht mehr. Es hieß, ich sollte mich auch ein wenig an Bleistiftzeichnungen versuchen.

Mein Frühstück, das wieder einmal aus schnodderigem Rührei, einem öligen und krustigen Streifen Bacon und einem trockenen Stück Brot bestand, ließ ich an diesem Morgen zunächst eine Weile stehen. Obwohl ich schon sehr lange im Gefängnis war, gab es immer wieder Tage, an denen mir um 5:00 morgens einfach noch nicht nach Essen zumute war. Ich aß an diesem Tag erst um 9:00 Uhr und bekam dabei unangekündigten Besuch von Eddie – worüber ich im ersten Augenblick sehr erfreut war.

„Eddie, ich dachte schon, du lebst nicht mehr! Schön, dich zu sehen."

„Das hast du mir noch nie gesagt", antwortete er betreten, während der muffige Wärter Badham die Zellennummer 27 aufrief und Eddie hereinließ.

Ich stellte mein Frühstückstablett auf den Boden, damit Eddie den Tisch benutzen konnte. Aber er setzte sich heute nicht an den Tisch.

~

*D*ann fiel mir auf, dass er nicht einmal seinen Koffer dabei hatte. Er stand da, an die Wand gelehnt, die Hände in den Hosentaschen. Nun bemerkte ich, dass er sehr nachdenklich aussah, und irgendwie auch niedergeschlagen.

„Ist was los, Eddie? Du wirkst irgendwie…"

Eddie sah mich an, ohne zu sprechen.

„Ist jemand gestorben?", fragte ich sarkastisch.

Aber an seinem Gesichtsausdruck sah ich, dass ich mit diesem Spruch richtiger lag, als mir lieb sein würde.

„Da triffst du leider ins Schwarze, Beaumont."

„Wie meinst du das?"

„Na ja. Mr. Fluckey hat gründliche Arbeit geleistet, und er hat deinen Daniel Mills gefunden. Na ja, mehr oder weniger."

„Oh nein. Bitte sag mir nicht, dass er tot ist."

Eddie schwieg, auf eine sehr bejahende Art und Weise.

„Nein. Du machst Scherze. Das kann nicht sein!"

„Oh doch, Beaumont, Menschen sterben. Und bei Menschen mit einem Hakenkreuz auf dem Kopf wundert es mich leider nicht, wenn ihre Lebenserwartung dann doch kürzer ausfällt. Das suchen sie sich irgendwie so aus."

Genau wie damals, als ich frisch eingesperrt war, trat nun eine Phase des Unglaubens ein.

„Das glaube ich dir nicht! Erzähl es mir, erzähl alles! Wie bist du dir so sicher, dass er gestorben ist?"

„Ein Jahr nach dem Mord. Ja. Hast du noch nie vom ‚Grove Park Barbecue' gehört?"

Ich stockte kurz. Den Namen hatte ich irgendwann gehört, ob im Fernsehen oder in irgendeinem Gespräch zwischen den Wärtern. Ich war mir nicht mehr sicher.

„Das musst du mir beweisen."

„Nun ja, Mr. Fluckey hat sich ein ziemlich detailliertes Bild von den verschiedenen Netzwerken in Florida gemacht. Skinheads, Klan, Aryan Brotherhood, wer kennt wen, wer hat was auf dem Kerbholz, wer war wann wo, und so weiter. Und es stellt sich heraus, dass unser tätowierter Daniel Mills eine längere Zeit untergetaucht war. Dann hatte er sich 1999 nach langer Zeit bei einigen Bekannten gemeldet und gesagt, dass er mit vier Kameraden, oder Kollegen, oder wie auch immer man sie nennen will, eine kleine Sumpfhütte im Grove Park bei Gainesville besuchen würde, wo sie geheime Treffen und Partys veranstalteten. Es gab da wohl klärende Gespräche zu führen, bla, bla, wichtiges Skinhead-Getue. Fluckey konnte einige Fotos von diesem Schuppen ausgraben, ein ranziges Drecksloch, ich sag's dir. Eine kleine Bandecke mit Schlagzeug und billigen Verstärkern für ihre beschissene Hassmusik, Konföderiertenflaggen und Reichskriegsflaggen quasi als Tapeten überall. Und selbstverständlich jede Menge Alkohol, die wichtigste Nahrung für diese Kerle."

„Eine Nazi-Bude mitten im Sumpf."

„Genau. Und es gab dort einen Brand, bei dem drei Menschen ums Leben kamen. Obwohl dieser Brand in der Öffentlichkeit den zynischen Spitznamen ‚Grove Park Barbecue' bekam, wohl weil niemand besonders traurig über den Tod einiger Skinheads war, wurde das Ereignis innerhalb der rechten Szene eher beschrieben als ein satanisches Attentat. Wohl wegen der umgedrehten 666 in der Jahreszahl 1999, was auch immer. Verschwörungstheorien, zum Lachen. Egal, wer war dahinter: Zwei illegale Einwanderer aus Mexiko, sie gestanden sogar die Tat und wurden eingebuchtet oder deportiert, was auch immer dabei herauskam. Sie hatten den Schuppen ausfindig gemacht und beschlossen, ihn dem Erdboden gleich zu machen. Wie es sich herausstellt, waren viele Flaschen Hochprozentiges offen, und das wird sicher nicht unbedingt der beste Feuerlöscher gewesen sein. Barbecue."

All die hochinteressanten Details interessierten mich nicht. Ich wusste schon längst, was Eddie mir sagen wollte.

„Du willst mir also nun berichten, dass Daniel Mills einer der Toten war."

„Na ja, vielleicht muss ich da ein wenig ausholen. Und es gab mehrere Gründe zur starken Annahme, dass Mills am Abend des Brandes vor Ort war. Er hatte es einigen Bekannten telefonisch gesagt. Da sollte irgendeine Krisenbesprechung stattfinden."

„Krisenbesprechung?"

„Ja, so hat es der Spitzel genannt. Ronny Lee Parker saß noch in Untersuchungshaft und war vor Gericht. Er war für jene Clique eine Art Mentor, so zumindest die vagen Aussagen von diesen Leuten, die sich nicht trauen, dazu irgendetwas unter Eid zu sagen. Na ja, der Mann wurde verurteilt und sollte eine Weile sitzen, und anscheinend hatte man da bei seinem Ausfall irgendwelche Dinge zu besprechen. Daniel hatte auch angeblich irgendeine Sinneskrise. Nun ja, es gab in der Ruine drei verkohlte Leichen, von denen nur eine klar identifiziert werden konnte, anhand von zahnärztlichen Unterlagen, die er als Einziger von den Dreien hatte. Die anderen beiden Leichen wurden später Mills und einem anderen ‚Vorzeigebürger' namens Cooper zugeordnet, der sogar unter FBI-Beobachtung stand. Beide wurden seit diesem Brand nie wieder gesehen. Sie waren weg."

„Das heißt aber nicht, dass sie die Leichen waren."

„Na ja, am 11. September gab es vier verschwundene entführte Flugzeuge und vier Crashs. Natürlich wird immer gerne abgestritten, dass die Flugzeuge die Crashs verursacht haben, aber manchmal ergeben Zwei und Zwei einfach Vier."

„Und genau dann winken die Leute irgendeine Lüge durch, nur weil man glaubt, dass das Offensichtliche die Wahrheit ist. Das ist faul, Eddie! Was ist, wenn der Typ untergetaucht ist und sich irgendeine Leiche geholt hat, die man dann für ihn halten würde?"

„Beaumont, das ist etwas weit hergeholt. Es war ein stinknormales Feuer, verursacht durch ein paar Mexikaner, die es den Rednecks heimzahlen wollten. So einfach ist das. Es tut mir leid, dass dir diese Fakten nicht gefallen. Ich kann es sogar verstehen. Aber ich würde jetzt nicht mit irgendwelchen Verschwörungstheorien anfangen. Du solltest dich damit auseinandersetzen, dass Daniel Mills tot ist. Und er hat letztendlich das bekommen, was er verdient hat. Auch wenn es dir gerade wenig nützt."

∼

*M*ir wurde schlecht vom Zuhören. Ich wäre am liebsten aufgesprungen und hätte Eddie so lange auf seine Fresse geschlagen, bis sein Kopf explodiert wäre. Dieser faule, inkompetente, minimalistisch denkende Wichser! Es ging hier um meinen Arsch, und er stand tatsächlich da und erzählte mir irgendwelche Halbwahrheiten! War ihm die Kohle wieder ausgegangen? Hatte er keine Lust mehr?

Ich biss mir auf die Zunge und überlegte mir meine nächsten Worte gut. Selbstverständlich war ich nicht dazu bereit, diese Tatsachen einfach so hinzunehmen.

Einatmen, ausatmen. Ruhig bleiben.

„Eddie. Gab es eine Beerdigung? Hat irgendwer die Leiche wirklich als Daniel Mills... Du weißt, was ich meine."

„Mills hatte keine Familie. Er war in einem Waisenheim großgeworden. Eine richtige Trauerfeier gab es nicht. Aber die Leiche wurde ihm zugeordnet und der Fall geschlossen."

„Was ist, wenn es ein Mexikaner war?"

„Es waren sogar *zwei* Mexikaner, wie ich es bereits gesagt hatte."

„Nein, das meine ich nicht. Was ist, wenn die eine Leiche ein illegaler Mexikaner war? Vielleicht hat er sich irgendwen geholt und getötet, den er dann da als seine eigene Leiche zurückließ. Und die Flaschen, wieso waren sie alle auf? Das muss er selbst gewesen sein, das war ein Insider-Job. Er wollte, dass das Feuer heißer brennt."

Eddie musste kurz loslachen. Aber mein scharfer Blick sorgte schnell wieder für Stille.

„Ich meine es ernst, Eddie."

„Ja, genau das beunruhigt mich."

„Verdammt, Eddie! Ich meine, schließlich war der Mann ein Mörder. Ein Mörder! Er hatte eine verdammte Staatsanwältin abgestochen! Vielleicht wollte er untertauchen und hat das alles inszeniert, damit man ihn für tot erklärt und nicht mehr nach ihm sucht."

„Beaumont, Skinheads ermorden Menschen zum Frühstück. Ich glaube, du greifst da nach Strohhalmen. Niemand suchte nach Daniel Mills."

„Moment, wieso werden Leute nicht gesucht, die zum Frühstück morden? Jetzt verwirrst du mich, Eddie."

„Niemand suchte ihn in Verbindung mit dem Mord an Hernandez, das meinte ich."

„Und wessen Schuld ist das eigentlich?", fragte ich meinen Anwalt rhetorisch.

Darauf hatte Eddie selbstverständlich keine Antwort. Und ich ließ nicht locker.

„Verfluchte Scheiße, Eddie! Ich habe jahrelang tauben Ohren gepredigt, dass ich unschuldig bin! Dass ein Skinhead mit einem scheiß Adler auf dem Hinterkopf den Mord begangen hat! Und niemand hat mir geglaubt, obwohl es wirklich diesen Mann da draußen gegeben hat! Obwohl er sogar eine Verbindung zum Mann hatte, gegen den die Frau vor Gericht vorging! Aber der böse schwarze Junkie labert nur! Was war meine Aussage denn schon wert, wenn man mich eh für den Mörder gehalten hat? Du, der Richter, die Jury, alle Wärter hier, ihr solltet euch alle schämen! An euren Händen ist auch Blut!"

„Beaumont…"

„Nein, komm mir nicht mit ‚Beaumont'! Ich habe eine Erwartung an dich, Eddie! Und ich glaube, es ist nicht zu viel verlangt! Ich möchte, dass ihr weitermacht! Dass dieser Typ tot ist, glaube ich dir nicht!"

„Beaumont, Menschen sterben."

„Danke, Herr Doktor, dass Sie mir das noch einmal bewusst machen. Haben Sie noch weitere Weisheiten für mich?"

„Bist du mit deinem Sarkasmus fertig?"

„Der Mann hat eine mexikanische Staatsanwältin getötet! Das war nicht mal eben irgendein Raubüberfall an der Tankstelle, bei der jemand zufällig draufging! Das war ein geplanter Mord! Als die Frau im Dreck lag, sagte der Typ zu ihr, sie hätte den Fandango zurück nach Mexiko tanzen müssen! Er kannte sie, Mann!"

„Na ja, einem Mexikaner kann man durchaus ansehen, dass er einer ist. Oder hat er sie etwa beim Namen genannt?"

Ich wurde zunehmend wütender.

„Du bist mir ein genialer weißer Amerikaner, Eddie, weißt du das? Sie hätte Italienerin oder Araberin sein können, und du glaubst, jeden Mexikaner auf Anhieb zu erkennen? Ich hätte es wissen sollen! Deckst du diesen Mörder? Ist er ein Freund von dir? Versuchst du mich hier töten zu lassen?"

„Das geht zu weit."

„Ach, tut es das?"

„Wir sind für heute fertig."

～

*E*ddie stand auf und rief nach einem Wärter. Badham, der wieder einmal aussah wie im Halbschlaf, kam zu meiner Zelle und ließ leidenschaftslos die Zellentür per Knopfdruck öffnen.

„Ich habe recht, oder? Du *willst,* dass ich draufgehe, damit der Fall für immer geschlossen wird! War Hernandez auch eine Feindin von dir? Hast du diesen Parker vertreten?"

Eddie drehte sich langsam zu mir um und sah mich kopfschüttelnd an.

„Pass auf, was du da sagst, Beaumont. Ich habe mir jahrelang für dich den Arsch aufgerissen. Dein Verstand geht offenbar langsam mit dir durch, und das nehme ich dir nicht übel. Aber ich glaube, keine Verschwörungstheorie wäre dir momentan zu abwegig. Daniel Mills ist in einem Brand gestorben."

Die Gitter schlossen sich zwischen uns. Ich wollte diese Tatsache immer noch nicht wahrhaben.

„Also sind wir jetzt fertig, oder? Du wirst mich jetzt wie einen alten Mann im Sterbebett zu Ende bringen? Oder gar komplett im Stich lassen, damit dein Gewissen nicht täglich gequält wird?"

Eddie schwieg. Ich blickte ihn streng und erwartungsvoll an. Na, was würde er sich jetzt zu sagen trauen?

„Beaumont, ich werde natürlich weitermachen. Vielleicht findet sich unter den Zeugen irgendjemand, der uns etwas zum Abend des Mordes sagen kann. Aber deine ganze Verschwörungstheorie ist mir etwas zu aus der Luft gegriffen. Nichtsdestotrotz steht mir das gerade vielleicht nicht zu, darüber zu urteilen. Ich werde das mal mit Mr. Fluckey besprechen und schauen, was er dazu sagt."

„Hör auf mich zu verarschen, Edward. Das wirst du doch nicht. Nach all diesen Jahren kann ich doch sehen, wann du die Wahrheit sagst, und wann du herumeierst."

„Wenn wir uns nicht vertrauen können, dann solltest du vielleicht über einen neuen Rechtsbeistand nachdenken", antwortete er.

Dann ging er.

Ich blieb aufgewühlt zurück, meine Augen wurden glasig. An meinen Händen stellte ich fest, dass ich stark zitterte.

Scheiße, was würde jetzt mit mir passieren?

Wie hoch war die Wahrscheinlichkeit, dass ich nun tatsächlich hier rauskomme?

Würde ich in Bälde einen neuen Hinrichtungstermin bekommen?

Nun war wieder das quälende Warten angesagt. Ungewissheit. Albträume und Schlaflosigkeit. Kalter Schweiß. Ein ständiges Kribbeln in der Wirbelsäule. Überall Körperschmerzen.

Egal. Was nützt es zu jammern.

Carry on.

5

MAMA

*H*i Beau,

da du das hier liest, hast du es geschafft weiterzule-
ben. Und damit lag ich mit meinem Bauchgefühl richtig. Also ist der
29. Mai 2014 dein zweiter Geburtstag. Der Tag, an dem dein neues
Leben beginnt.

Deswegen muss ich dir natürlich etwas Neues schenken. Etwas für
Erwachsene.

Das beigefügte Foto soll dich in den einsamen Stunden begleiten.

Ich habe mich nicht ganz getraut, dir meine volle Nacktheit zu zeigen. Stück für Stück ist besser. Gefällt dir das Bild?

~

ie geht es mit deinem Fall weiter? Du hattest gesagt, es gibt einen Namen und sogar ein Foto. Das ist doch gut, oder? Gibt es da schon News? Wenn du etwas brauchst, hoffe ich, dass du auch rechtzeitig Bescheid sagst. Egal, über welchen Kanal. Hauptsache, nichts kommt zum Stillstand.

Keine Zeit verlieren!

~

ass Gras überbewertet wird, das muss ich dir widersprechen. Irgendwann wird das Zeug in ganz USA legalisiert sein, wir sind bereits auf dem besten Weg dorthin. Ich glaube, die Behörden sehen nicht das eigentliche Problem von Gras – außer der Frage, wie es dann mit dem Autofahren gesetzlich zu behandeln ist:

Marihuana ist eine Einstiegsdroge. Klar wirkt das Zeug auf einige vielleicht beruhigend oder bloß etwas betäubend, wie auch immer. Aber in unserer Gesellschaft ist das Zeug schlichtweg eine Droge. Und wenn sich meine Töchter auf dem Schulhof eine Zigarette geben lassen, dann frage ich mich, ob sie zu einem Joint „nein" sagen würden. Und wenn sie erst mal mit dem Kiffen angefangen haben, frage ich mich, wann der Rausch ihnen irgendwann nicht groß genug ist. Ein Merkmal von jeder Droge: Die Dosis muss mit der Zeit immer höher werden. Und wer sagt mir dann, dass meine Töchter irgendwann nicht zu Pillen oder Pulver greifen.

So weit muss man als Elternteil denken.

...

Florida State Prison, 20. Juni 2014

...

*D*anke fürs heiße Geschenk. Es zaubert mir immerhin ein halbes Lächeln ins Gesicht, zu diesen schweren Zeiten. Ich weiß nicht, ob mein „zweiter Geburtstag" so richtig einer sein wird. Ich ahne, dass ich irgendwann bald einen neuen Todestag angekündigt bekommen werde.

Eddie hat zwar einen Aufschub hinbekommen, aber laut seinem Privatschnüffler ist der Mörder, für dessen Tat ich hier sitze, ein Jahr nach dem Opfer gestorben. Zwar hat Eddie mir versichert, dass sie trotzdem nicht aufgeben werden und weiter nach Beweisen suchen werden, dass der Tote der Mörder war, aber es ist einfach zum Kotzen. Wie beweist man, dass jemand, der vor 16 Jahren gestorben ist, einen Mord begangen hat?

Vielleicht findet sich irgendetwas wie durch ein Wunder. Irgendeine Zeugenaussage, irgendeine Tonaufnahme, was auch immer. Aber meine Hoffnung ist nicht mehr allzu groß. Ich kann mir einfach nicht vorstellen, dass dieser Detektiv etwas findet.

Aber vielleicht bin ich einfach zu matschig im Kopf.

Nach mehr Geld hat Eddie bislang noch nicht gefragt. Keine Ahnung, ob er versorgt ist. Vielleicht seid ihr aber schon im Gespräch, das kann ich eh nicht kontrollieren.

~

amals vor fast 17 Jahren, als ich 1998 hier eingesperrt wurde, kam ich in diese Zelle und sah mich um. Ich sah mir dieses unbequeme Bett an, diese hässliche Blechdose, wo ich mich künftig waschen und erleichtern würde. Ich fragte mich, ob's das war. Game over?

Ich litt stark unter kaltem Entzug, und tausend Dinge schossen mir durch den Kopf, tausend fiese Erkenntnisse über meine Situation. Dieser Raum war der Rest meines Lebens. Ich würde nie wieder unter freiem Himmel schlafen, überhaupt ein Lagerfeuer oder einen Sternenhimmel sehen, außer vielleicht im Fernsehen. Ich würde nie wieder schwimmen gehen. Mit einer Frau schlafen. Dieses Bett würde bis zum Tag meines Todes mein einziges sein – höchstens würde es einen Zellenwechsel geben. Und so weiter, und so fort.

Ich kämpfte hart gegen diese vielen Gedanken, ich wollte nichts davon wahrhaben. Aufgeben war für mich keine Option.

Nun sind viele, viele Jahre vergangen. Immer wieder fühlte es sich so an, als könnte ich mein letztes Lebensjahr angetreten sein. Immer wieder wurde meine Psyche auf eine Art angegriffen, die du dir nie im Leben vorstellen könntest. Nichts für ungut.

Langsam bin ich aber müde von dem Stress. Ich bin enttäuscht, dass mein Anwalt am Anfang keinen Plan hatte und jetzt erst in der Lage zu denken ist. Ich habe so viel kostbare Zeit verloren. Und ich weiß nicht, ob jetzt die große Wendung kommen wird.

Wir werden sehen.

...

Fairbanks, 4. Juli 2014

...

Heute ist Independence Day. *Meine Töchter und ich wollen noch bei Bekannten grillen. Ich freue mich darüber, dass ich mich heute Nacht nicht mit Abwaschen und Putzen herumschlagen muss. Das ist das Schöne, wenn man zu Gast ist. Man hat keine Arbeit.*

~

Ja, ich habe mit Mr. Dickinson inzwischen Kontakt über Emails, und ich habe ihm etwas Geld hinterhergeschickt. Wenn es dir recht ist, hole ich mir sonst bei ihm zwischendurch direkt Updates ab und kläre mit ihm, was ich von hier aus für dich tun kann.

Hätte ich nicht zwei Kinder und meinen Job, auf den ich schon angewiesen bin, dann hätte ich dich schon längst besucht und vor Ort versucht zu helfen. Aber wahrscheinlich wäre ich keine besonders große Hilfe, da ich von dem ganzen Jura-Zeugs nichts verstehe.

~

Halte durch, Beaumont! *Wir werden alles tun, damit du nicht im Gefängnis stirbst. Ich weiß, dass es schrecklich ist, hilflos ausgeliefert zu sein, keine Kontrolle zu haben. Aber so ist es manchmal im Leben.*

Als bei mir die Wehen losgingen und ich die Aufgabe vor mir hatte, zwei Babys auf die Welt zu bringen, hatte ich auch große Angst vor den Schmerzen und davor, keine Kontrolle über die Situation zu haben. Ich musste mich einfach fallenlassen und der Situation hingeben. Und was soll ich dir sagen, ich bin durchgekommen. Ich habe es überstanden. Und jeden Tag freue ich mich darüber.

~

Ich versuche gerade, fünf Kilo abzunehmen. Mal schauen, ob das klappt. Aber ich esse so wahnsinnig gerne. Die Leute sagen mir, dass ich spinne und kein Gewichtsproblem habe. Und es stimmt auch, fett bin ich nicht. Ich bin nur pummelig. Und meine Oberschenkel sind mir eine Spur zu kräftig. Das Problem ist nur, dass ich zu faul für Sport bin. Und wie gesagt, nur Tütensuppe essen, das kriege ich nicht hin.

...

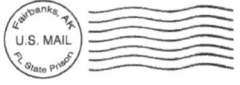

Florida State Prison, 11. Juli 2014

...

Das klingt eher so, als würdest du mich auf die Hinrichtung vorbereiten, wie ein Priester. Aber ich nehme an, das war nicht so gemeint.

Egal. Klar, ich halte durch. Was bleibt mir?

~

Inzwischen waren wieder die zwei Kerle da, in deren Händen mein Leben gerade liegt.

Neueste Erkenntnis: Der rechtsradikale Knastvogel, der angeblich so eine Art Mentor für den Mörder war, ist seit 2008 auf freiem Fuß und konnte von Mr. Fluckey aufgespürt werden. Dieser verlogene Typ streitet ab, auch nur irgendwas mit ihm zu tun gehabt zu haben. Ich bin fest davon überzeugt, dass er lügt. Aber alles, was ich von Eddie und Mr. Fluckey zu hören bekomme, ist, dass es vollkommen egal ist, was ich glaube, sondern dass es nur darauf ankommt, was in einer Anhörung und respektive in einem Gerichtssaal bewiesen werden kann.

Und das Einzige, was bewiesen werden kann, ist, dass das Mordopfer bis zu ihrem Tod gegen ihn vor Gericht gestanden hatte. Aber sonst nichts.

Ich könnte kotzen! Was zum Henker erwarten sie denn nach so vielen Jahren? Außer irgendeiner Zeugenaussage gibt es doch nichts mehr an Beweisen zu finden, dass jemand anders den Mord begangen hat. Das mit diesen beschissenen Klappmessern hatten sie vor Jahren auf dem Tisch, und trotzdem hat mir keiner geglaubt! Es gab nur Fingerabdrücke auf meinem Klappmesser, aber diese Spitze war nicht blutig! Ich hatte das blöde Ding nicht zum Töten benutzt! Ich habe niemals damit auf jemanden eingestochen!

*T*ütensuppe *ist keine gute Idee, würde ich vermuten. Da sind nämlich Nudeln drin.*

Probiere es doch mal aus, abends alle Kohlenhydrate wegzulassen. Iss Salat mit Käse und so, aber lass die Scheibe Brot weg. Das Fett ist nicht das Ding, die „Carbs" sind das Fiese. Trotzdem kannst du dir doch die Wampe mit leckeren Sachen vollhauen.

Du schaffst das.

Und ich zähle zu denen, die dich nicht einmal annähernd fett finden.

…

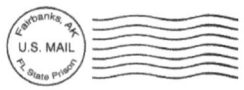

Fairbanks, 19. Juli 2014

...

eine Töchter haben Sommerferien. Ich habe ihnen aber verboten, mit ihren Freunden zum Camp zu fahren. Dafür gab es hier zu viel Stress, den ich nicht einfach mit einem fetten Urlaub belohnen will. Sie werden in den Ferien den Garten machen und den Dachboden ausmisten. Mal schauen, ob sie das wieder auf Kurs bringt.

Hatte ich dir eigentlich erzählt, dass Mary-Ann neulich auf einer Schulfeier besoffen und kotzend im Gebüsch lag? Die Mutter einer Klassenkameradin rief mich an, und ich kam sie abholen. Sie hatte einen Filmriss und konnte keinen Meter mehr laufen. Das gab den Ärger ihres Lebens! Die Klassenkameraden habe ich mir auch vorgeknöpft.

Wie kann es sein, dass meine Töchter Ende nächsten Monats erst 13 werden, aber schon auf Partys Alkohol angedreht wird? Wo bin ich hier nur gelandet? 13 Jahre, das ist doch nichts! Da trinkt man keinen Alkohol!

⌒

enn ich es also richtig verstehe, brauchst du nur eine entlastende Zeugenaussage? Ich hatte gerade kurz überlegt, ob ich dir ein Alibi verschaffen könnte, aber es ließe sich womöglich beweisen, dass wir uns erst seit letztem Jahr kennen. Es sei denn, wir vernichten die ersten Briefe. Oder? Ich weiß es nicht.

...

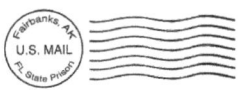

Florida State Prison, 25. Juli 2014

…

*I*ch weiß nicht, ob das mit dem Alibi aufgehen wird. *Und es wäre irgendwo auch gelogen. Wenn das auffliegen würde, dann wäre das ganz bestimmt mein Todesurteil.*

Wer einmal lügt, dem glaubt man nicht, auch wenn er mal die Wahrheit spricht.

~

*E*ddie pokert noch mit dem Gericht und dem Gouverneur. *Er und Mr. Fluckey sind diesem Ex-Knacki immer noch auf den Fersen. Sie suchen gerade nach handfesten Beweisen, dass er mit dem Mörder befreundet war. Bisher waren es immer nur lose Aussagen von Leuten, die nicht in einen Zeugenstand gehen würden. Jetzt wollen sie irgendwie hinkriegen, dass die Lüge von diesem Parker aufgeht.*

Wer einmal lügt, dem glaubt man nicht, auch wenn er mal die Wahrheit spricht.

…

Fairbanks, 1. August 2014

…

*D*a hast du recht. Die Wahrheit ist immer der bessere Weg. *Das will ich zumindest auch glauben.*

Aber ich mache mir mal Gedanken, ob ich irgendwie helfen kann. Es muss irgendetwas geben, was ich tun kann.

Ich habe inzwischen drei Kilo runter, ich bin auf einem guten Weg.

...

Florida State Prison, 9. August 2014

...

Sei einfach für mich da. Du bist mein Lichtstrahl im Dunkeln. Du bist das Einzige, was mir in diesem beschissenen Alltag eine Freude bereitet.

...

Fairbanks, 16. August 2014

...

Keine Sorge. Du kannst dich auf mich verlassen.

...

*Ü*ber den Herbst 2014 ging der Briefkontakt relativ zuverlässig weiter. Es gab mir ein Gefühl der Stabilität. Eddie spielte währenddessen auf Zeit, während Mr. Fluckey nach diesem einen felsenfesten Beweis suchte. Wie frustrierend diese Zeitphase für mich war, das wird wohl sicher nie jemand so richtig nachvollziehen.

Warum dauerte das alles nur so verflucht lange? Was machten die beiden Kerle den ganzen Tag?

Immer wieder musste ich mich daran erinnern, dass ich nicht der einzige Mandant auf dem Planeten war. Ein Trost war diese Tatsache aber nicht. Ganz im Gegenteil.

Der Winter kroch im Schneckentempo vorbei. Eddie konnte vorerst einen neuen Hinrichtungstermin abschmettern, während Mr. Fluckey weiter ermittelte. Und ich musste einfach hinnehmen, dass es der kürzere Dienstweg war, wenn Eddie direkt mit Liberty in Kontakt stand. Für krankhafte Eifersucht oder so etwas gab es einfach keine Zeit mehr.

Von Brief zu Brief wurde die Beziehung zwischen Liberty und mir – oder wie auch immer man das nennen wollte, was wir hatten – immer mehr vertieft. Es gab alle Phasen, die Bergfahrten sowie auch die Talfahrten. Aber es fühlte sich echt an. Und ohne sie hätte ich längst den Verstand verloren.

Wir gingen mehr oder weniger gemeinsam durch Weihnachten und Silvester. Sie rief zwischen den Tagen sogar wieder an. Es war wieder merkwürdig und befremdlich, aber irgendwie auch wahnsinnig vertraut und schön. Irgendwie merkte ich dies aber erst im Nachhinein und konnte wochenlang aus diesem einen Telefonat Kraft schöpfen.

Bei dem Telefonat fragte sie mich, ob ich denn endlich den Mut gefasst hätte, meine Mutter zu kontaktieren. Aber meine Antwort lautete, dass ich dies immer noch tun könnte, wenn ich endlich in der Freiheit war.

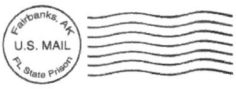

Florida State Prison, 14. Februar 2015

...

*H*eute is Valentinstag. Geh nach hinten zur Gartentür und schau hinaus. Die ganzen Maiglöckchen, die dieses Jahr angeblich so verdammt früh sind und hoffentlich überall durch den Schnee hochragen, die sind von mir geschickt, Baby. Falls sie auch angekommen sind. Vielleicht sagst du mir mal Bescheid.

Wir beide, wir haben schon so einiges auf dem Buckel. Wir sind durch dickes Papier und dünnes Papier gegangen. Du hast deine fünf Kilo abgenommen, ich treibe selber auch wieder ein bisschen Sport hier in meiner Zelle, und ich male inzwischen auch viel mit Bleistift. Wir erreichen Ziele. Und du hast mir geholfen, Eddie und seinem Privatdetektiv einen Klaps auf den Arsch zu geben, damit sie meinen Fall richtig anpacken. Auch wenn sich das echt hinzieht. Aber vielleicht will gut Ding einfach Weile haben – oder wie auch immer der Spruch geht.

Wer weiß, vielleicht vollbringen sie noch bald das Wunder, das wir ihnen abverlangt haben. Vielleicht finden sie das, wonach wir alle suchen: diesen einen Beweis meiner Unschuld. Vielleicht, nur vielleicht, kann ich eines Tages als freier Mann aus diesem Gefängnis spazieren und dir in die Arme fallen. Vielleicht können wir nach Kalifornien ziehen, wo man die Sonne über dem Wasser untergehen sieht.

Ein neues Leben anfangen.

Deinen Töchtern gemeinsam unter die Arme greifen, bis sie erwachsen sind und auf die Welt los taumeln.

Ihnen über die Jahre dabei zusehen, wie sie ihre eigenen Familien gründen.

Unseren Lebensabend auf einer Terrasse mit Meerblick verbringen.

Träumen darf man ja. Das kann einem keiner nehmen.

Du riechst heute übrigens wieder fantastisch. Und deine neue Frisur steht dir gut. Es macht dich irgendwie jünger. Hat was.

Fühl dich geküsst.

 eaumont

Florida State Prison, 12. März 2015

 ey Liberty,

ist alles OK? Ich habe noch keinen Brief von dir bekommen. Vielleicht ist er mit der Post verloren gegangen. Ich dachte nur, dass du das vielleicht wissen solltest. Hätte ich eine Nummer von dir, dann hätte ich durchgerufen.

Wenn du das hier liest, vielleicht magst du mal eben durchrufen?

...

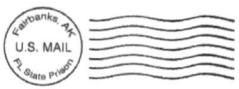

...

*L*ebst du noch, Liberty? Ist irgendwas passiert? Langsam mache ich mir echt Sorgen. So lange ohne Info hier zu sitzen, ohne zu wissen, was los ist, das ist hart.

Ich habe auch versucht, deinen Steuerberater anzurufen, aber ich habe ihn nicht erreicht.

~

*D*iese verdammten Prozesse dauern so ewig. Nun verstehe ich wirklich, warum die Leute immer Witze über Beamte machen und sie faul nennen. Sie bewegen sich echt in Zeitlupe. Aber immerhin gibt mir das gerade Lebenszeit. Solange der Fall schwebt, bekomme ich keinen Hinrichtungstermin.

Aber eigentlich sollte ich mich nicht darüber freuen, dass alles so langsam geht. Das wäre Grund zur Freude, wenn ich schuldig wäre. Da ich unschuldig bin, ist jeder Monat hier drin ein Monat, der mir da draußen genommen worden ist. Die Vereinigten Staaten von Amerika klauen mir gerade regelrecht Lebenszeit, die keiner mir jemals wiedergeben kann. Es wäre mit keiner Geldsumme zu entschädigen. Denn niemand kann mein Leben nach hinten verlängern, um mir meine Jahre zurückzugeben.

Überleg mal, ich bin bereits seit fast 17 Jahren hier drin. Wenn ich 100 Jahre alt werden würde, dann wären es 17 Prozent meines Lebens, die mir genommen worden sind. Aber nach all dem Stress wäre ich froh, überhaupt 50 zu werden. Und dann wären mir 34 Prozent meines Lebens genommen worden.

Ein Drittel weg.

Und von diesem verlorenen Drittel fühlt sich jeder Tag, an dem ich *von dir höre, so an wie ein Tag, den ich zurückgeschenkt bekommen habe. Das hast du geschafft. Und dafür bin ich dir dankbar.*

Jeder Tag, an dem ich nicht von dir höre, ist Folter. Ich kann nicht mal eben losfahren und nach dir schauen. Ich sitze hier fest und mache mir den ganzen Tag Gedanken. An nichts Anderes kann ich denken – außer zwischendurch an mein Überleben in dieser klinisch weißen Hölle.

Bitte melde dich.

…

Florida State Prison, 1. Mai 2015

…

*S*ag mir, was ich tun soll. Was würdest du an meiner Stelle machen? Von einem Tag auf den anderen Funkstille. Und ich weiß einfach nicht, warum. Ich weiß nicht mal, ob du das hier liest. Habe ich irgendwas falsch gemacht?

Bitte antworte.

…

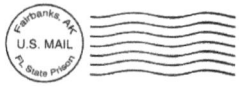

Florida State Prison, 6. Juni 2015

…

ann, Liberty! Was ist los? Bist du tot?
...

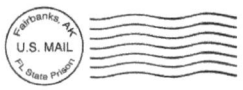

Florida State Prison, 28. Juli 2015

iebe Mary-Ann, liebe Jane,
mein Name ist Beaumont, und ich bin ein Brieffreund eurer Mutter. Ich hoffe, es ist okay, dass ich nun an euch herantrete, aber ich mache mir Sorgen um eure Mutter. Ich hoffe, irgendeiner aus eurer Familie geht regelmäßig an den Briefkasten, an den diese Post geht.

Normalerweise bekomme ich so alle zwei Wochen einen Brief von eurer Mutter. Wir unterhalten uns über ganz normales Zeug, und sie spricht sehr viel Gutes über euch.

Jedenfalls habe ich seit Anfang des Jahres nichts mehr von ihr gehört, und das ist sehr ungewöhnlich. Normalerweise hätte sie sich schon längst gemeldet.

Könntet ihr mir vielleicht irgendwie sagen, ob es ihr gut geht? Unten steht die Nummer von meinem Bekannten, Eddie. Es würde reichen, wenn ihr ihm einfach eine Nachricht schickt. Ich selber besitze kein Mobiltelefon.

Das wäre wirklich lieb von euch. Dafür sage ich schon mal Danke im Voraus. Ich hoffe, wir lernen uns irgendwann in der Zukunft kennen.

este Grüße aus dem sonnigen Florida,
Beaumont

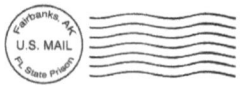

nzwischen war es ein heißer, schwüler August. In meiner Zelle konnte ich kaum Luft bekommen. Der Schweiß lief von meiner Stirn wie die Tropfen auf den Cola-Flaschen in der Werbung. Es war kaum aufzuhalten. Was hätte ich alles gegeben für einen Sprung ins frische, salzige Wasser des Atlantiks!

Eddie steckte mitten in einem nervtötenden Tauziehen mit den Behörden, da man mich langsam loswerden wollte. Nichts, was Mr. Fluckey an den Tisch brachte, überzeugte diese Penner, die über mein Leben entscheiden sollten. Aber immerhin dauerte alles, was die Beamten taten, eine gefühlte Ewigkeit. Aber da ich mir wirklich nicht mehr sicher war, ob tatsächlich irgendeiner der Entscheidungsträger eines Tages umgestimmt werden würde, überwog in mir das Gefühl, dass diese langsamen Prozesse mir Lebenszeit drauf packten, anstatt wegzunehmen.

Aber es sollte dann ein kleiner Hoffnungsschimmer erscheinen, und zwar am Nachmittag.

～

ch lag auf meinem Bett. Inzwischen war meine Zelle wieder weiß gestrichen, und ich hatte mir die Finger und Knie wundgearbeitet beim Säubern der Gitter und des Bodens. Nun war mein Zuhause eine schlichte weiße Zelle wie jede andere hier im Todesblock.

Der Fernseher lief, und ich versuchte zu dösen, da ich inzwischen keinen richtigen Schlafrhythmus mehr hatte. Ohne laufenden Fernseher legte ich mich grundsätzlich nicht mehr ins Bett, da mein Kopf zu voll war, um abzuschalten und einzuschlafen.

„Weitere News", sprach eine Nachrichtensprecherin, während ich kaum zuhörte, „Beaumont Brown, verurteilter Mörder von Anita Hernandez, die bis zu ihrem Tod am 20. April 1998 als Staatsanwältin in Florida arbeitete, beteuert seit Jahren seine Unschuld. Und jetzt könnte es nun dafür erste Hinweise geben."

Meine Augen sprangen auf. Der Moment war surreal. Sie zeigten im Fernsehen mein Haftfoto! Das war mein Gesicht, im Fernsehen! Ich hatte mich noch nie zuvor im Fernsehen gesehen, obwohl es sicher damals bei meiner Verhaftung und Verurteilung irgendwelche Berichte über den Fall im Fernsehen gab. Aber die hatte ich nicht gesehen, da ich damals noch keinen Fernseher in dieser Zelle hatte.

Es fühlte sich irgendwie krass an, im Fernsehen zu sein. Der Anlass war natürlich nicht der feierlichste. Lieber wäre ich als berühmter Künstler im Fernsehen gewesen, aber nicht als Mörder. Und das bin ich nicht einmal!

Meine Zeichnung vom Hinterkopf von Daniel Mills wurde eingeblendet. Und schon war ich doch als Künstler im Fernsehen. Aber die Nachrichtensprecherin erwähnte nicht, dass das Bild von meiner Feder war. Womöglich wusste sie es gar nicht erst.

„Wie es sich nun herausstellt, gehörte diese Tätowierung, wie sie von Brown ausführlich beschrieben wurde, einem Skinhead namens Daniel Mills, der vermutlich im Jahr 1999 im lokal bekannten ‚Barbecue von Grove Park' verstarb. Mordopfer Hernandez führte zur Zeit ihres

Mordes einen Gerichtsprozess gegen seinen Mentor, Ronny Lee Parker. Da Brown von alledem nachweislich nichts wissen konnte, besteht nun in der Nachuntersuchung seines Falls durchaus Grund zur Annahme, dass er die Wahrheit sagt. Mindestens einmal ist Brown knapp einer Hinrichtung entkommen, und bizarrerweise hatte er sich in seiner Vorbereitung darauf für den seit 2000 in den Ruhestand geschickten elektrischen Stuhl entschieden. Ob er aber jemals auf ‚Thunderbolt' Platz nehmen wird, das steht jetzt in Frage. Gesucht werden alle Hinweise zur Nacht vom 20. April 1998."

Inzwischen saß ich aufrecht auf meinem Bett. Endlich fühlte ich wieder etwas in meinem Brustkorb. Mein Herz pochte kräftig, ich war geplättet.

Was war da passiert? Wie hatte ich es auf einmal ins Fernsehen geschafft?

Das könnte mir sicher helfen! Es war etwas in Bewegung, und es fühlte sich plötzlich richtig groß an. Ich war relevant. Das war ein unbezahlbares Gefühl.

～

*D*ie Zellentür schloss sich hinter Eddie, der mich am nächsten Abend besuchen kam. Die Stimmung war wohltuend positiv. Ich sah ihn überrascht an und fragte, wie er es angestellt hätte, dass ich nach fast 17 Jahren nun gut genug für einen kompletten Fernsehbeitrag war.

„Ich muss ehrlich gesagt gestehen, dass dies auf die Kappe deiner Flamme Liberty geht", verriet er mir. „Sie lässt dich ganz lieb grüßen."

Ich war perplex.

„Eddie, ich hab von ihr seit Januar oder Februar nicht mehr gehört. Ich erreiche sie nicht."

Eddie setzte sich zu mir und hielt kurz inne.

„Ja. Ich weiß. Ich habe vor einigen Tagen mit ihr telefoniert. Sie rief mich in meinem Büro an."

„Ach, wirklich?"

„Ja."

„Dann ist sie immerhin noch am Leben und gesund, und nicht von Außerirdischen entführt oder sonst was."

„Ja, sozusagen."

„Und wieso schreibt sie mir nicht mehr?"

„Na ja, wie sage ich dir das jetzt delikat…"

Während Eddie für einen Augenblick die richtigen Worte suchte, sah ich ihn erwartungsvoll an. Nun wollte ich Antworten, und zwar schnell.

„Sie hat Geldprobleme, Beaumont. Und eine ihrer Töchter ist ihr abgehauen."

„Was?"

„Sie will nicht, dass du dir Sorgen machst. Aber sie hatte in letzter Zeit echt einige andere Probleme, und da ist unter anderem ihre Post liegengeblieben. Sie hat auch an ihren eigenen Steuerberater und an uns keine Bälle mehr zurückgespielt. Bei ihr stand alles nun etwas länger auf dem Kopf."

„Ist die Kleine denn inzwischen wieder zurück?"

„Ja. Die beiden Mädels, die sind zwar noch recht jung, aber die halten ihre Mami ganz schön auf Trab, mein lieber Mann."

„Das hat sie mir auch erzählt."

„Ich frage mich echt, wie die noch mit 16 drauf sind. Die arme Frau, sie braucht echt einen Mann im Haus."

Wie oft ich mir das schon anhören musste. Hier saß ich, mehr als bereit, diese Aufgabe zu übernehmen, aber hinter Gittern eingesperrt.

„Und was für Geldprobleme hat sie?"

„Ach, irgendwas mit dem Haus. Sie musste eine neue Hypothek aufnehmen, weil es irgendwelche Schäden gab, die die Versicherung aus irgendeinem Grund nicht übernehmen wollte. Ich hab ihr die Nummer eines Kollegen gegeben, der sich auf Wohnrecht und den ganzen Kram spezialisiert hat. Jedenfalls war Libertys Leben dieses Jahr eine ganz schöne Baustelle."

„Hm. Verstehe."

„Ich darf kein Handy hier mit reinnehmen, sonst hätte sie mir ein paar Grußworte für dich auf WhatsApp geschickt."„Was war nochmal WhatsApp?"

„Ach, alles das Gleiche. Social Media, Nachrichtendienst ohne das Papier. Jedenfalls bat sie mich, dir zu sagen, dass es nichts mit dir zu tun hatte. Sie sagte, dass sie dir so bald wie möglich wieder einen Brief schicken wird. Dafür muss sie aber einfach die Rübe frei haben. Muss man wohl einfach respektieren."

Einerseits tat ich dies und war erfreut über diese Nachrichten sowie die Tatsache, dass es ihr soweit gut ging, aber andererseits war die Erkenntnis, dass ich auf ihrer Prioritätenliste anscheinend nicht so weit oben stand wie gedacht, schon ein Fauststoß in den Bauch.

Vielleicht war ich aber nur wieder etwas zu überempfindlich. Dazu neigte ich immer wieder.

～

*E*gal. Zurück zum Geschäft. Ein Leben war zu retten.

„Und Liberty hat dir empfohlen, zum Fernsehen zu gehen?"

„Na ja, wir sprachen über deinen Fall und darüber, wie frustrierend es gerade ist, dass uns dieses eine eindeutige Puzzlestück fehlt, um im Gericht einfach für Ruhe zu sorgen. Und da kamen wir darauf, dass etwas Buzz vielleicht helfen würde."

„Buzz?"

„Ja, Hype. Mediale Aufmerksamkeit. Es könnte einige

194

dieser Beamten, die gerade deinen Fall unter die Lupe nehmen, etwas unter Druck setzen, da die Öffentlichkeit mit einer fetten Lupe mit guckt. Ich hab mir überlegt, das könnte Sinn machen."

„Und das kam dir vorher nicht in den Sinn?"

„Was soll ich sagen? Nein. Jedenfalls will ich Interviews mit dir organisieren, ich will dein Gesicht nach draußen kriegen. Das könnte mit etwas Glück etwas bringen."

„Was soll das bringen?", fragte ich. „Daniel Mills ist tot."

„Na ja, auf der einen Seite könnte irgendwer aus dem Schatten hervortreten und irgendeine hilfreiche Information rausrücken, auf der anderen Seite könnten die Richter der Sache mit den Messern gründlicher auf den Grund gehen. Es könnte wirklich etwas bringen."

Wenn ich eines über Menschen glaube, zumindest über die, die mir bisher begegnet sind: Sie handeln nur, wenn sie irgendeinen Vorteil für sich erkennen. Sogar Liberty nimmt sich aus dieser ganzen Sache etwas heraus. Vielleicht bin ich exakt ihr Typ, ihr feuchter Traum.

Eddie hatte sich vielleicht ausgemalt, ein erfolgreicher Anwalt in einem umstrittenen Mordfall zu sein. Vielleicht würde ihn so ein Karrieremoment in eine andere Liga katapultieren. Vielleicht könnte er sich dann endlich ein anständiges Auto gönnen. Wer weiß.

Aber mir war es egal. Wenn sein neuer Antrieb am Ende des Tages mein Leben rettete, war es mir sogar recht. Sollte er zum glänzenden neuen Gesicht der Anwaltskammer werden. Hauptsache, ich wurde zu einem freien Mann.

～

*D*as Jahr 2015 bekam ich mit der Hilfe von Eddie und Liberty ohne einen neuen Hinrichtungstermin überstanden. Es fühlte sich durchaus wie ein kleiner Sieg an, nur war ich immer noch hinter Gittern. Und das nervte. Schöner wäre eine Philosophie gewesen wie: „Unschuldig, bis die Schuld bewiesen ist."

Aber bei mir war es leider anders herum.

Liberty schrieb mich am 11. September 2015 wieder an, und der Briefkontakt ging dann weiter. Diese Frau löste in mir alle möglichen Gefühlsschwankungen aus. Auf der einen Seite wollte ich ihr kompliziertes Privatleben respektieren, aber auf der anderen Seite hatte ich große Sehnsucht nach ihr – mit allen Nebenwirkungen. Ein Teil von mir war darüber ordentlich angefressen, dass sie mich für eine so lange Zeit ohne Lebenszeichen hier im Ungewissen schmoren ließ. Aber ich riss mich zusammen und sagte es ihr nie.

Vielleicht irgendwann von Angesicht zu Angesicht, bei einem entspannten Rückblick, als freier Mann. Mañana.

Nun gab es neben Liberty auch andere Dinge, die meine Aufmerksamkeit benötigten.

~

*I*m März 2016 hatte ich inzwischen mein drittes Interview fürs Fernsehen gegeben. Jedes Mal, wenn mir eine Kamera ins Gesicht gerichtet war, fühlte es sich irgendwie gut an. Da muss man einfach verstehen, dass ich vorher nie in meinem Leben irgendwie das Gefühl bekommen hatte, irgendeine Bedeutung zu haben. Selbst im Gerichtssaal fiel es mir damals schwer zu glauben, dass all die Menschen nur meinetwegen anwesend waren. Ich war es eher gewohnt, ignoriert, übersehen oder gar pauschal verachtet zu werden.

Und nun kamen Reporter zu mir in den Todesblock und stellten mir Fragen über meinen Fall, über das Leben hier drin. Ich würde lügen, wenn ich abstreiten würde, dass ich den Medienwirbel genoss, der zu entstehen schien. Ich verspürte tatsächlich so etwas wie eine Vorfreude, wenn ich meinen Fernseher einschaltete und darauf wartete, mich selbst im Fernsehen zu sehen.

Die Stimmung wurde aber dann schnell wieder gekillt, wenn Bilder von beiden Hinrichtungsräumen eingeblendet wurden. Man zeigte sowohl die Pritsche als auch den Stuhl. So wusste ich exakt, was ich am Ende meines letzten Ganges zu erwarten hätte – sollte es irgendwann dazu kommen.

～

*A*nfang 2017 wurden die Dinge hässlich. Meine Mutter wurde ins Spiel gezogen, und auf sie war leider Verlass. Sie ließ kein besonders gutes Wort über mich, und sie beschrieb im Detail die Auswirkungen meiner Drogensucht auf ihr Leben.

Wieder einmal hatte es diese Frau geschafft, mich übel zu verletzen. Und ich hätte nicht gedacht, dass das noch möglich war.

Über die zwei Klappmesser wurde sich dumm und dusselig diskutiert. Aber es gab ganz klar zwei Meinungen dazu. Die Einen erkannten, wie merkwürdig es war, dass ich angeblich zwei Klappmesser in den Park geschmissen hätte. Und sie hatten ernsthafte Bedenken, was die Blutspuren und Fingerabdrücke anging. Die Anderen wiederum waren felsenfest davon überzeugt, dass ein Drogenjunkie aus ärmlichen Verhältnissen kaum genug Klappmesser bei sich tragen könnte, um sich im Ghetto zu behaupten.

Am Ende entschieden die Richter im Mai 2017 wieder einmal gegen mich. Und ein Teil von mir hatte es schon geahnt. Eddie sprang sofort in den nächsten Modus um und stürzte sich ins Habeas Corpus – darunter ist eine Haftprüfung zu verstehen, bei der grundsätzlich der Spieß umgedreht werden soll. Es wird geprüft, ob der Gefangene überhaupt zu

Recht hinter Gittern ist. Besonders die Umstände der Festnahme werden da genauer unter die Lupe genommen. Soweit ich weiß, bedeutet das lateinische „Habeas Corpus" auf Deutsch so etwas wie: „Führt den Körper vor."

~

*A*m 4. Oktober bekam ich einen neuen Hinrichtungstermin, nämlich den 20. November 2017. Damit begann meine Hoffnung stark zu schwinden, dass ich es hier raus schaffen würde. Aber die Panikattacke, die ich damals am 10. April 2014 bei der ersten Nachricht dieser Art bekommen hatte, blieb an diesem 4. Oktober aus. Der Schreck war nicht so groß wie damals der erste gewesen.

Ich schätze, dass ein Mensch sich an alles gewöhnen kann – sogar daran, mehr als einmal eine kurze und genau gemessene Restlebenszeit gesagt zu bekommen.

Ich war immer wieder etwas hart zu Eddie. Ich muss ihm lassen, dass er immer härter um mich gekämpft hat. In dieser Phase machte er bei allen zuständigen Behörden richtig Druck. Er lehnte sich nicht zurück und wartete, bis die Gegenseite sich meldete. Er blieb an allem dran und forderte regelrecht die Ergebnisse ein. Davon abgesehen, hatte ich inzwischen eine recht stabile Medienpräsenz bekommen. Die Nachrichten brachten immer wieder Beiträge zu meinem Fall. Ich bin zwar sicher nicht so berühmt wie etwa O.J. Simpson oder Stanley „Tookie" Williams, dennoch dürfte mein Gesicht da draußen bestimmt recht bekannt sein.

Aber das alles war vollkommen nutzlos, wenn es nicht mein Leben rettete, und zwar endgültig. Na ja, sterben würde ich irgendwann ja eh, aber die Vorstellung, nicht zu wissen, wann und wie ich sterben werde, ist für mich wahrscheinlich wie für einen Blinden die Vorstellung, sehen zu können. Ich kene seit 1998 nicht mehr das Gefühl, auf eine unabsehbar lange Zukunft zu blicken.

Na ja, die Phase, in der Eddie das Habeas Corpus mit in sein Programm nahm, war ähnlich langwierig und seelisch anstrengend wie die, von der ich bereits geschrieben hatte. Warterei, Tauziehen mit dem Staat, eine ewige Achterbahn der Gefühle. Es hatte etwas von Russisch Roulette.

Ich schaue gerade auf die Dicke dieses Tagebuchs und blättere durch das viele Geschriebene. Es sind gefühlt etwa 15 Prozent an blanken Seiten übrig, vielleicht 20. Ich war noch nie so gut im Schätzen, trotz des Schulabschlusses, den ich hier drin absolviert habe.

~

*E*gal, um also an dieser Stelle eine lange Geschichte etwas zu verkürzen, immer wieder schmetterten die Richter sowie der Gouverneur nach und nach alle Einwände ab, die Eddie ihnen vorlegte. Es gab keine heiße Spur bezüglich der Klappmesser, und es traten keine lebensrettenden Zeugen aus dem Dunkel. Weitere Erkenntnisse über den verstorbenen Daniel Mills blieben aus. Das Wort „frustrierend" trifft es nicht annähernd genug.

Ich bekam zwar mit Ach und Krach einen erneuten Aufschub, aber ich konnte spüren, dass man sich bereits sicher war, und jetzt nur noch einmal in Ruhe alles in Betracht ziehen wollte. Ich konnte spüren, dass man mit mir durch war.

Liberty schrieb mir tolle und gut gemeinte Worte, als ich ihr von dem Aufschub erzählte. Aber ich war inzwischen ziemlich gefühlstaub. Die Nachricht über den Aufschub hatte mich auch nicht vom Hocker gehauen. Meine Antwort darauf war eher so etwas wie ein teilnahmsloses „Aha" gewesen.

Während Eddie wieder von vorne anfing und einen neuen

Richter zu überzeugen versuchte, dass ich unschuldig war, schrieb ich weiter mit Liberty, aber hörte komplett mit dem Malen auf. Und Liberty konnte durchaus anhand der geschriebenen Worte merken, dass jedes Feuer in mir langsam erloschen schien.

Diese Zeit fühlte sich im Großen und Ganzen an wie ein letzter Sonnenuntergang. Mann, klingt das kitschig.

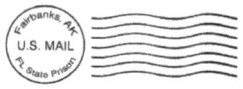

Florida State Prison, 1. Januar 2018

L iebe Liberty,
ja, was soll ich sagen. Ich befinde mich bereits in meinem 20. Jahr in diesem Käfig. 20 Jahre meines Lebens habe ich hier in diesem kleinen Käfig verbracht. Fast. Wie viele Sonnenuntergänge habe ich verpasst? Wie viele Weihnachtsbäume?

Ich frage mich, ob Zootiere, die aus der Wildnis in die Gefangenschaft geholt werden, auch darüber nachdenken, was sie alles in ihrer natürlichen Umgebung versäumen. Freiheitsentzug ist einfach nur furchtbar.

Egal, das hätten wir dann geklärt.
Neues Thema.

I ch wünsche dir ein frohes neues Jahr 2018! Ich hoffe, dass du, Mary-Ann und Jane auf eine harmonische Runde um die Sonne hinlegt. Aber die Zeichen sprechen dafür. Wenn man sich überlegt, wie verzweifelt du am Anfang ihrer Pubertät warst, als sie mit Rauchen und mit Jungs anfingen, und wie geerdet sie jetzt mit noch nicht einmal 17 Jahren geworden sind, dann kannst du dir echt drei Kreuze machen. Du erziehst sie alleine und hast in meinen Augen hervorragende Arbeit geleistet. Nächsten August sind sie erwachsen, und sie werden sich zu dir umdrehen und sich bei dir für deinen selbstlosen Einsatz bedanken. Merk dir meine Worte.

Das, was du mir neulich erzählt hast, ist außerdem ein Zeichen dafür, dass die Zwei sich gegenseitig nicht mehr als Konkurrentinnen sehen, sondern wirklich als Schwestern. Einer Konkurrentin vertraut man sich nicht so an, wenn es einem schlecht geht. Man lässt einen Konkurrenten am liebsten nicht einmal wissen, dass man geschwächt ist. Mary-Ann und Jane lieben sich, und das ist gut.

Ich bin Einzelkind, und ich bin auch ohne Vater groß geworden. Was hätte ich für einen Bruder gegeben!

Sag den Beiden aber, ich bin immer noch böse auf sie, weil sie mir damals 2015 nicht geantwortet hatten. Aber gut, ihr hattet da alle ganz andere Probleme. Ich bin froh, dass sich alles wieder beruhigt hat. Was du da auch an finanziellen Problemen ganz auf eigene Faust gelöst hast, da kann ich nur sagen: Hut ab. Auch da kannst du dir drei Kreuze machen.

Weißt du, woher diese Redewendung kommt? Ich hab hier drin irgendwann mal gehört, dass das damit zu tun hatte, dass Jesus bei seiner Kreuzigung sagte: „Es ist vollbracht." Er wurde ja mit zwei Verbrechern gekreuzigt. So vergleicht man das Vollbrachte mit drei Kreuzen.

Aber soweit ich mich erinnere, hatte ich diese Anekdote von Teddy Loomis aufgeschnappt. Und kann man dem Typen wirklich trauen?

Ich hoffe, ich muss mich nicht am Tag meiner Hinrichtung mit ihm auseinandersetzen. Das wäre wirklich der letzte Nagel. Was ist er mir über die Jahre immer wieder auf die Eier gegangen! Und mit dem Alter wird er nicht schöner, das sage ich dir.

~

ie lief eigentlich Mary-Anns Referat? Hat sie eine gute Note bekommen? War sie nervös?

Und last but not least: Wie läuft das Andere? Hast du dir das Weihnachtsgeschenk gegönnt?

üsschen,
    Beaumont

Fairbanks, 9. Januar 2018

*M*ein liebster Beaumont,

dir auch ein frohes neues Jahr! Im Mai haben wir beide unseren fünften Jahrestag! Und auch wenn du die Hoffnung scheinbar aufgegeben hast, kann ich dir nur sagen, dass wir beide später alles zusammen überstehen werden, wenn wir diese fünf Jahre geschafft haben.

Ja, ich glaube, 2018 wird ein besonderes Jahr. Ich habe es einfach im Gefühl. Du gehst auf 20 Jahre zu, die du in dieser Zelle verbracht hast, und ich glaube, genug ist genug. Das Schicksal wird jetzt den Stecker von diesem Albtraum ziehen und dich da rausholen. Das ist meine felsenfeste Überzeugung. Und ich habe Verständnis dafür, dass dein Kopf bereits müde hängt, und dass du ihn langsam in den Sand stecken willst. Aber da muss ich nicht mitmachen, oder? Sag mir Bescheid, wenn es dich nervt. Wer aber Recht bekommt, das wird die Zeit zeigen.

*M*ary-Ann sagt danke für die Tipps. Sie waren wohl sehr hilfreich. Sie hat die Note B+ bekommen. Und das war ein wirklich guter Aufschwung noch vorm Halbjahresende. Mary-Ann lässt ausrichten, sie schuldet dir ein Bier.

~

*D*as Andere…
Ja, wie komme ich darauf zu sprechen, ohne rot zu werden? Das ist wirklich irre, ich liege hier allein und halbnackt in meinem Bett und tue technisch gesehen nichts, außer Formen auf ein Blatt Papier zu malen. Und dennoch laufe ich gerade rot an. Verrückt.

Jedenfalls war es am Anfang wirklich komisch. Ich meine, ich bin einfach sehr lange ohne Mann. Und ich habe mich sehr selten angefasst, wenn du verstehst, was ich meine. Und du hast mir gleich ein XXL-Modell empfohlen. Ich habe deine Anweisungen befolgt, und mir dabei die Dinge vorgestellt, die du mir geschrieben hattest. Das erste Mal war stellenweise unangenehm, ich musste mich schon daran gewöhnen. Ich führe das jetzt mal nicht zu bildhaft aus, aber ich machte nur halbe Sachen, wenn du verstehst.

Die späteren Male wurden besser. Es war krass. Und weißt du was, wenn ich gleich mit diesem Brief fertig bin, gehörst du mir – auch wenn nur in Gedanken. Ich hoffe, ich werde mit dem Teil nicht so routiniert, dass du es später nicht überbieten kannst, hehe.

Okay, das war nur Spaß. Ich weiß, dass du in Person besser bist. Ich glaube, du weißt selber nicht, wie sexy du bist. Das macht aber nichts. Es reicht mir, wenn ich es weiß.

~

ch glaube durchaus, dass Zootiere in der Gefangenschaft über die Freiheit nachdenken. Deswegen brechen sie auch aus, wenn sie die Gelegenheit bekommen.

Und du solltest dich nicht von diesem Loomis unterkriegen lassen. Ich wette, der Typ hat nicht einmal Familie. Er klingt nicht wie einer, der nach der Arbeit zu einer liebenden Frau und glücklichen Kindern nach Hause kommt. Er klingt mir eher wie jemand, der in der Schule gehänselt wurde und nun in seinem Job seine Berufung gefunden hat. Das sind sicher die Grenzen seines Lebens. An deiner Stelle würde ich ihn eher bemitleiden. Sieh dich an: Auch wenn du da drin bist, hast du eine Frau, die dich liebt und auf dich wartet, und du kämpfst für etwas. Wofür kämpft bitte Teddy Loomis? Hat er überhaupt ein Lebensziel? Oder existiert er einfach?

Also, immer den Kopf hochhalten. Das steht dir besser, ernsthaft.

Ich beende diesen Brief mit der gleichen Aussage, mit der ich ange-fangen habe: Du kommst da dieses Jahr raus. Mein Bauchgefühl hat mich selten getäuscht.

So, nun ist es Zeit für etwas Saukram. Machst du mit?

asse Küsse,
      deine Liberty

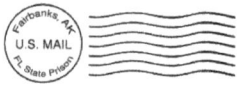

Ja, inzwischen hatten Liberty und ich eine deutlich intimere Beziehung. Das fing Ende 2017 an und brachte mich wirklich gut durch dieses erste Halbjahr 2018. Es war die beste Ablenkung von meiner niederschmetternden Lage, die ich mir unter diesen Umständen hätte wünschen können. Dank Liberty fühlte ich mich noch halbwegs wie ein Mensch. Und sogar ein wenig frei.

Das alles wurde letzten Monat wieder einmal mit lautem Krach umgeworfen, als ich am 3. Juni 2018 in meiner Zelle saß und das Klirren von Schlüsseln und Fußschritte im Korridor hörte, während ich einen Brief an Liberty schrieb.

„Tja, Brown, aller guten Dinge sind wohl drei", hörte ich Teddy Loomis sagen, als er an meiner Zelle anhielt. „Du hast einen neuen Termin, Junge."

„Hey! Wie ist Ihr Name?", fragte dann ein wütender Eddie, den Loomis gerade zu meiner Zelle brachte.

„Was wollen Sie?"

„Was fällt Ihnen ein, meinen Mandanten so zu schikanieren? Ihm so etwas einfach an den Kopf zu knallen? Ich will Ihren Namen und Ihre Dienstnummer, das werde ich Ihren Vorgesetzten melden. Das Letzte, was dieser Bereich des Gefängnisses braucht, sind unsensible Wärter!"

Loomis spielte zwar cool, aber ich konnte ihm ansehen, dass er nicht damit gerechnet hätte, von meinem Anwalt so zurechtgewiesen zu werden.

„Ach, lass ihn doch", mischte ich mich mit müder, gelassener Stimme ein. „Er hat sonst nichts, worauf er sich freuen kann. Hat wahrscheinlich als Kind kleine Tiere gequält, wer weiß das schon."

Ich hörte nebenan mindestens zwei Häftlinge in sich hineinlachen. Dies gefiel Loomis natürlich nicht.

„Willst du jetzt frech werden, Junge?", fragte er mich.

„Tote können nicht frech werden", lautete meine trockene Antwort. Loomis rief meine Zellennummer auf und ließ Eddie zu mir herein. Dann verschwand er.

„Schöne Scheiße, Beau, was soll ich sagen. Es gibt eigentlich keine schonende Art, dir diese Info zu vermitteln, und dieser Glanztyp mit den roten Haaren hat es vorweggenommen: Du hast einen neuen Termin bekommen. Der 15. Juli soll's diesmal werden."

~

*M*üde fragte ich, was bei den Klappmessern herausgekommen war.

„Es war unmöglich, einen klaren Besitzer für das eine Messer herauszubekommen. Dass beide Messer vom gleichen Hersteller kommen, war auch generell für dich nie besonders förderlich. Aber die Dinger hat jeder Zweite im Ghetto, und nicht jedes Klappmesser wird gegen Quittung in einem Waffenladen gekauft. Glaub mir, Fluckey hat sich da ins Zeug gelegt, aber da haben wir nach einer Nadel im Heuhaufen gesucht."

„Und was ist mit irgendwelchen weiteren Spuren?"

Auf diese Frage antwortete Eddie nicht, sondern starrte schweigend auf seinen Schuh, die Hände in den Hosentaschen. Und das sagte natürlich alles.

„Also ist es vorbei?"

„Das würde ich nicht sagen, Beau. Wir sind hier unter uns, lass uns offen sprechen. Mein Motto des Tages: Hauptsache, es funktioniert. Wir könnten einen anderen Weg einschlagen, der dir vielleicht mit Biegen und Brechen den Allerwertesten rettet."

„Und das wäre?"

„Wir könnten schuldig plädieren und Geisteskrankheit, Psychose und all das an den Tisch bringen. Ich kann dir nicht versprechen, dass das funktioniert, gerade weil wir in letzter Zeit vehement deine Schuld abgestritten haben. Aber wenn wir da eine gute Story ausbügeln und einen Psychologen oder einen Psychiater ins Spiel bringen, könnte es zu einer Umwandlung auf Lebenslänglich kommen. Ohne Bewährung, also stirbst du am Ende doch auf diesem Gelände, aber zu deiner Zeit."

Ich war ein wenig fassungslos über diesen Vorschlag.

„Du schlägst mir allen Ernstes vor, einen Monat vor meiner Hinrichtung zu sagen, dass ich schuldig bin?"

„Ich gebe zu, das ist ein allerletzter Strohhalm, sozusagen. Aber das habe ich tatsächlich inzwischen ein paarmal durchbekommen. Und die Herrschaften spielen inzwischen regelmäßig auf dem Innenhof Basketball, haben sozialen Kontakt."

„Ich werde nicht sagen, dass ich diese Frau abgestochen habe. Denn ich habe sie nicht abgestochen."

„Ja, das weiß ich..."

„Ach, weißt du das wirklich?"

Ich sah Eddie mit einem scharfen Blick an und brachte ihn zum Stocken.

„Beaumont, es ist egal, was ich glaube. Die Frage ist, was du willst. Darauf kommt ab jetzt alles an. Möchtest du nächsten Monat abtreten, oder möchtest du weiterleben? Und wenn du weiterleben willst, was bist du bereit dafür zu tun? Ich hab mal von einem Bergsteiger gelesen, der in einer Felsschlucht mit einer Hand feststeckte und tagelang hungerte und durstete. Er wartete auf den sicheren Tod. Am Ende amputierte er sich mit seinem Taschenmesser die Hand, um weiterzuleben. Und wir reden hier nur darüber, irgendwelche Worte zu äußern. Also frage ich dich noch einmal: Möchtest du weiterleben, ja oder nein?"

Ich schwieg. Diese Frage war so fundamental, und Eddie hatte recht.

„Ja, ich möchte weiterleben", seufzte ich.

„Gut, erste Erkenntnis des Tages. Dann die nächste Frage, und ich weiß, wie kitschig es kommt, sie von einem Anwalt gestellt zu bekommen: Bist du dafür bereit zu lügen?"

Ich dachte nach. Und ich musste mir selbst eingestehen,

dass mein Ego auf jeden Fall ein Faktor war. Welche Wirkung würde ein solches Geständnis auf die Angehörigen der Toten haben? Es würde ihnen vielleicht irgendeinen Abschluss, oder vielleicht sogar Genugtuung bringen, einen Schuldigen zu haben, der seine Strafe bekommt. Keine Ahnung.

Na ja, Lebenslänglich würde mir tatsächlich die Möglichkeit und die Zeit geben, um mich mit meiner Mutter zu versöhnen, irgendeine Beziehung zu meinem Sohn Jamal aufzubauen, der 22 Jahre alt ist und irgendwo da draußen lebt.

Vielleicht aber auch nicht. Keine Ahnung.

Aber bevor ich mich einfach dem Schicksal hingebe, warum nicht lieber einfach weiterkämpfen?

~

*I*ch erklärte mich einverstanden, und innerhalb von Tagen machte Eddie dieses fette Fass auf. Er änderte komplett seine Strategie. Was er alles im Detail machte, bekam ich natürlich nicht zu sehen, deswegen kann ich darüber auch nichts großartig schreiben. Ich bekam immer nur die Ergebnisse serviert.

Bereits am 7. Juli brachte Eddie einen Psychologen ins Gefängnis, der mich unter die Lupe nahm und lange Gespräche mit mir führte. Ich erzählte Märchen darüber, dass ich mir angeblich gewisse Dinge einbilden würde. Ich behauptete, paranoid zu sein, und ich gab die nötigen Hinweise, um den Psychologen dazu zu bewegen, Schizophrenie festzustellen. Und es musste alles auch irgendwie in meine Vergangenheit passen, so brachten wir die Drogensucht mit ins Spiel, die glücklicherweise nachgewiesen war.

Zwischendurch gab es weiterhin den Briefverkehr mit Liberty. Ich erzählte von unserem Strategiewechsel, und sie war äußerst besorgt. Zudem berichtete sie mir von einer

Aktion, die sie auf eigene Faust angestellt hatte, die nun aber durch diesen Strategiewechsel zur Totgeburt gemacht worden war. Libertys Töchter waren im Feriencamp, so reiste sie durch die Staaten, sammelte ohne Ende Unterschriften und schickte sie zu unserem Gouverneur. Diese verrückte Frau hatte tatsächlich eine Petition gestartet und fuhr von Tür zu Tür. Sie überzeugte viele, viele Bürger, dass in meinem Fall etwas nicht stimmte, und dass ich von der Justiz als echten Mordzeugen statt als Mörder behandelt werden würde, wenn ich weiß wäre. Sie machte im Norden darauf aufmerksam. Ob ich dort drüben so oft im Fernsehen gezeigt wurde wie hier in Florida, das weiß ich nicht. Und ob Unterschriften aus Nordstaaten hier beim Gouverneur auf dem Schreibtisch etwas bringen, das weiß ich ebenso wenig. Aber immerhin war sie bemüht und hatte gute Absichten. Der Gedanke zählt.

Falls das hier einer liest, könnte er merken, dass ich an dieser Stelle tatsächlich das Tempo anziehe. Das liegt daran, dass ich inzwischen glaube, dass mir die Zeit ausgeht. Deswegen muss ich mich allmählich kürzer fassen. Unser Versuch, durch ein Geständnis und eine übers Knie gebrochene Diagnose auf Unzurechnungsfähigkeit meinen Arsch in eine lebenslängliche Zelle umgebucht zu bekommen, scheiterte miserabel. Ehe die Gegenseite einen Arzt ihrer Wahl zu mir schickte, um uns unsere Diagnose zu zerhauen, wurde das Ganze schnell im Keim erstickt. Der Gouverneur ließ sich nicht darauf ein, und das Gericht auch nicht. Sie bestanden nun auf meine Hinrichtung.

Ich sehe am 15. Juni kein Telefon mehr für mich klingeln.

*I*nzwischen sind seit meiner Inhaftierung im Oktober 1998 sage und schreibe 53 Menschen aus diesem Block geholt und getötet worden – wenn ich mich nicht verzählt habe. Allen Lee Davis war der erste, er starb am 8. Juli 1999 wiederum als Letzter im elektrischen Stuhl. Seitdem haben alle die Spritze bekommen. Der letzte Häftling, der hier hingerichtet wurde, hieß Eric Scott Branch. Ausgerechnet an meinem Geburtstag wurde er eingeschläfert. In drei Tagen soll nun auch ich hier endgültig ausziehen. Sie werden alles, was hier herumsteht oder an den Wänden hängt, in einen Karton stopfen und mich blöd fragen, wer diesen bekommen soll – wenn nicht die Papiertonne. Es ist ein unglaubliches Gefühl, von der Gesellschaft für wertlos erklärt zu sein.

Sie werden mich weiter in die Nähe des elektrischen Stuhls verfrachten. Die Einzelzelle wird strenger überwacht sein, und ich werde einen relativ kurzen Fußmarsch zum weißen Raum haben, wo „Thunderbolt" frisch an den schwarzen Linoleum-Boden gebolzt ist – ausgestattet mit steifen, ungemütlichen Gürtelriemen und einer hölzernen Kopfstütze, die nichts mit Komfort zu tun hat.

Nur noch eine Briefmarke habe ich über. Wie investiere ich sie? Eigentlich sollte es ein Selbstläufer sein, dass ich den letzten Brief von Liberty beantworte. Es könnte schließlich ernsthaft das letzte Mal sein.

Aber irgendetwas in mir blockiert mich. Irgendetwas in mir sagt, dass ich mit dieser einen Briefmarke den größtmöglichen Nutzen anstreben sollte.

Aber für wen?

Ich glaube, es ist Zeit für Versöhnung, solange ich noch darauf Einfluss nehmen kann. Liberty weiß, woran sie bei mir ist, und immer sein wird.

Aber ich glaube, ich muss nun über meinen Schatten springen und das tun, was ich bisher immer gemieden habe. Ich kann und werde Liberty natürlich immer noch eine Antwort schreiben, und dann Eddie fragen, ob er den Brief für mich netterweise abschicken würde, oder vielleicht einfach den Brief abtippen und als E-Mail verfassen oder so. Ich glaube einfach, meine letzten handgeschriebenen Worte, die diese Zelle per Post verlassen, müssen woanders hin, als zu Liberty...

Florida State Prison, 12. Juli 2018

$\mathcal{L}$*iebe Hannah Mae,*
deine alte Nummer scheint nicht mehr gültig zu sein. Ich habe heute versucht, bei dir anzurufen.

Ich weiß nicht, ob diese Anschrift von dir noch gültig ist. Ich hoffe, dass dieser Brief irgendwie bei dir ankommt. Zur Sicherheit habe ich eine Abschrift davon beim Wärter Grady hinterlassen, für den Fall, dass sich jemand aus meiner Familie beim Gefängnis meldet. Falls man das, was ich habe, überhaupt Familie nennen kann.

Vor acht Tagen war vermutlich der letzte 4. Juli, den ich je erleben werde. Der Tag der Unabhängigkeitserklärung der USA. Yay. Ich dachte mir, ich gebe mir einen Ruck und schreibe dir. Jahrelang war ich gegen dich verbittert, weil du dir einfach so sicher warst, dass ich ein Mörder wäre. Und letztes Jahr sah ich dich im Fernsehen, wie du über mich und meine Drogensucht gesprochen hast. Das war ein weiterer Dolchstich für mich.

Aber ich möchte nicht verbittert von dieser Welt gehen. Und ich möchte, dass du nicht verbittert zurückbleibst. *Also möchte ich diesen Schritt auf dich zugehen. Egal, was dabei herauskommt. Was bringt es jetzt noch, an irgendeinem Stolz festzuhalten?*

∼

*Ü*bermorgen zu Mitternacht ist es anscheinend soweit. *Alle Berufungen sind abgelaufen, und mein Anwalt Eddie hat es leider nicht geschafft, diesen Termin nun zu stoppen. Ich sitze hier auch schon eine Weile. Wahnsinn, über 20 Jahre. Das muss ich mir auf der Zunge zergehen lassen. Da frage ich mich auch langsam, ob der Tod nicht die schönste Erlösung ist. Die tägliche Routine hier nervt schon lange. Man existiert einfach vor sich hin. Man wird gerade noch am Leben gehalten, man kriegt fades Essen (und das zu unmöglichen Uhrzeiten), hat ein Klo aus Blech und ein Bett, das sich anfühlt wie eine zähe Isomatte. Und sorry, Mama, aber das alles muss man auch noch stocknüchtern aushalten. Fürchterlich.*

Ich glaube, ich kann also wirklich zusammenfassend behaupten, dass nun langsam gut ist. Ich glaube, ich werde in Frieden gehen. Das ist zumindest der Plan.

∼

*O*bwohl Eddie noch bis zuletzt Gas geben wird, setze ich keine *Hoffnung mehr auf eine Begnadigung oder einen weiteren Aufschub. Ich glaube, das würde mich inzwischen sogar eher nerven als erfreuen. Ich glaube, ich bin langsam bereit zu gehen. Dorthin, wo die Dinge schöner sind. Wo es keine Gewalt gibt, kein Leid, keine Drogen.*

Ich habe natürlich große Angst davor, mich heute Nacht zum Sterben in einen unbequemen Holzstuhl zu setzen, ohne darüber Kontrolle zu haben. Sie werden mich festschnallen, und ich werde nicht mehr aufstehen können. Ich werde mich einfach treiben lassen müssen, bis meine Lichter aus sind. Aber irgendwo sehne ich mich auch nach dem Ende, und freue mich sogar ein Stück weit darauf, endlich etwas Neues zu erleben. Ich meine, es kann einfach sein, dass es den Himmel gibt. Dass ein liebender Gott auf mich wartet, der mir für meine Fehltritte verzeiht.

Das alles sage ich dir, um dir klarzumachen, dass ich jetzt keinen Grund mehr hätte zu lügen, oder etwas vor meiner Mutter, die mich ja zur Welt gebracht hat, zu verbergen.

Und Mama, wenn ich wirklich diese Frau ermordet hätte, dann hätte ich es dir inzwischen schon längst gebeichtet. Ich glaube nicht daran, dass mich ein blaues Wunder noch retten wird.

Dennoch: Ich bin kein Mörder, Mama. Ich habe eine Menge Scheiße gebaut, aber nicht das. Glaub es, oder lass es. Und selbst wenn du mir nicht glaubst, ist es okay. Ich verzeihe dir, und ich kann es ein bisschen verstehen. Ich war auf vielen Ebenen eine Enttäuschung für dich.

Mama, ich wollte dich niemals zum Weinen bringen. Wenn ich in drei Tagen nicht um diese Zeit noch am Leben bin, dann bitte stecke nicht den Kopf in den Sand. Mache einfach weiter. Und bitte tue mir einen Gefallen: Suche Jamal auf, und sei ihm eine Großmutter – falls du das nicht schon längst alles getan hast. Bitte sei für ihn da. Sei nicht so, wie ich es war.

ch will es einmal gesagt haben, obwohl du diesen Brief erst viel später lesen wirst, wenn überhaupt: Du bist herzlich eingeladen, mich heute noch ein letztes Mal zu besuchen. Wenn ja, dann würde ich sehr, sehr gern einfach hören, was ich denn so alles versäumt habe. Was du so treibst. Was mein Sohn macht – falls du mit ihm Kontakt haben solltest. Wenn nicht, dann werde ich es auch einfach akzeptieren.

Ich denke, ich werde mich einfach überraschen lassen. Ich würde auch nicht erwarten, dass du bis Mitternacht bleibst. Keine Mutter sollte jemals ihrem Sohn beim Sterben zuschauen müssen. Es ist für mich okay, wenn ich da alleine durch muss.

Das Gleiche habe ich auch zu meiner Freundin Liberty gesagt. Ja, es hört sich schon komisch an, aber ich habe seit fünf Jahren eine Freundin, mit der ich über Briefe und gelegentliche Anrufe in Kontakt stehe. Sie hat mir sehr durch diese Zeiten geholfen. Und auch ihr habe ich gesagt, dass ich auf keinen Fall von ihr erwarte, dass sie mich an meinem Todestag besucht. Es ist sicher auch so für sie schwer genug. Sie wird – genau wie du – lernen müssen, loszulassen und ihren Blick nach vorne zu richten.

Also, liebe Mutter, ich denke, ich mache an dieser Stelle mal Schluss. Ich hoffe, es gibt irgendetwas Positives von mir, was du in Erinnerung behalten kannst, bis wir uns irgendwie, irgendwo, irgendwann da draußen wiedersehen, weit weg vom Hier und Jetzt.

Fühle dich umarmt und geküsst. Und nimm es bitte an. Lass uns Zwei in Frieden getrennte Wege gehen. Ich werde an dich denken, und für dich beten. Ich hoffe, du hast noch ein schönes Leben.

In Liebe,
      dein Beaumont

THUNDERBOLT

*W*ir schreiben heute den 14. Juli 2018. Um eine Minute nach Mitternacht soll ich sterben, am 15. Juli. Es fühlt sich noch nicht so an, als würde noch der „Telefon-Joker" kommen. Aber gut, alles ist möglich. Ich habe schon zweimal einen Aufschub bekommen.

Die letzten Tage waren zu stressig zum Schreiben, und ich konnte kaum klare Gedanken fassen. Aber ich möchte das Ende von diesem Tagebuch selbst in der Hand haben, und nicht von Anderen bestimmen lassen. Daher werde ich mein Bestes geben und den heutigen Tag dafür nutzen. Hoffentlich lenkt es mich von diesem Countdown ab.

Seit einer Woche bin ich in einer neuen Einzelzelle, die etwas kleiner ist als die, in der ich die letzten 20 Jahre verbracht habe. Diese Zelle soll sich so ziemlich um die Ecke von der Hinrichtungskammer befinden, wo der aus dem Ruhestand zurückgeholte „Thunderbolt" auf mich wartet. Eine Überwachungskamera ist auf mich gerichtet und lässt mich keine Sekunde unbeaufsichtigt.

Es gibt hier tatsächlich einen Hauch von Abwechslung, der mir aber unter diesen Umständen kaum egaler sein könnte: Die Zelle hat eine Farbe. Nach 20 Jahren zwischen weißen Wänden befinde ich mich jetzt in einer Zelle, in der alles in einem warmen Pfirsichton gestrichen ist. Soll die Farbe mich trösten? Hat sie je einen Häftling getröstet, der hier saß?

Immerhin brauche ich hier nichts selbst zu verschönern, nur um dafür Ärger zu bekommen. Mit diesem Farbton kann ich leben. Wortspiel nicht beabsichtigt.

Was hier für Mörder und Vergewaltiger auf diesem Bett gesessen haben, bevor sie zur Schlachtbank abgeholt wurden, das ist schon ein sehr gruseliger Gedanke. Ich kann nur hoffen, dass ich nicht im gleichen Höllenfeuer lande, wo ich sie gerade vermute.

„Ich hab was für dich", sagte mir Eddie vor einigen Minuten, und reichte mir eine ausgedruckte E-Mail.

Stutzig nahm ich das Schreiben entgegen. Ich hasse es, getippte Schreiben in meine Zelle zu bekommen. Die haben selten etwas Gutes bedeutet.

Aber es war so etwas wie ein Abschiedsbrief von Liberty, von der ich in dieser Woche auch noch nichts gehört hatte. Ein getippter Abschied ist vermutlich besser, als gar keiner.

Einerseits hatte ich etwas Angst, diese Worte zu lesen. Ich versuche immer noch, die Vorstellung, dass ich womöglich bald wirklich meinen letzten Gang laufen muss, zu verdrängen. Hätte mir Liberty nicht einfach irgendwelche Witze erzählen können?

Egal.

Ich schätze, ich sollte das hier dann mal lesen, oder?

Was sagst du dazu, liebes Tagebuch?

Natürlich. Wie immer, gar nichts.

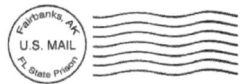

Fairbanks, 13. Juli 2018

𝓛ieber Beaumont,

mir fehlen die Worte. Morgen Nacht ist es soweit, wenn wir jetzt kein blaues Wunder erleben. Es zerreißt mich innerlich, das kannst du dir nicht vorstellen. Aber wem sage ich das, oder?

Ich habe Eddie diese E-Mail geschrieben, damit dich diese Worte auch rechtzeitig erreichen. Ich wäre auch zu dir gekommen, aber Mary-Ann hat Fieber, und ich glaube, dass sie Jane und mich angesteckt hat. Sie liegt jedenfalls im Bett und hat Schmerzen im ganzen Körper. Und sie schwitzt wie in einer Sauna.

Ich hoffe, dass du Verständnis hast. Ich kann meine Tochter hier nicht im Stich lassen. Aber ich werde morgen durchrufen, wenn ich selber noch fit genug bin.

Das Timing für Krankheit könnte kaum beschissener sein, oder? Es macht mich regelrecht fertig.

Ich bete aber umso mehr für ein Wunder.

Aber selbst wenn keines kommt, dann hat es seine Gründe. Ich glaube, dass das Schicksal weiß, was es tut. Und vielleicht bist du für andere Dinge bestimmt, als du gerade erahnen kannst. Vielleicht wirst du woanders gebraucht als hier.

*I*ch habe eine Tante, die einmal klinisch tot war. *Ich weiß gerade nicht genau, ob ich dir das bereits einmal erzählt hatte. Jedenfalls war sie vor etwa zehn Jahren in einen Autounfall verwickelt, an dem sie nicht schuld war. Die Rettungsassistenten hatten sie vor Ort noch reanimiert, und hatten Erfolg. Sie lebt heute noch.*

Besonders spannend ist aber ihre Erzählung darüber, was sie bei dem Autounfall erlebt hatte. Sie sagt, dass sie ab dem Aufprall plötzlich eine tröstende Wärme und Schwerelosigkeit spürte. Ein Gefühl, dass alles gut werden würde. Von Angst keine Spur. Sie wurde durch einen Tunnel aus Licht geleitet, und sie sagt, dass es unbeschreiblich schön war. Am Ende des Tunnels wurde sie vor eine Wahl gestellt, ob sie denn an diesem wunderschönen Ort bleiben wollte, oder zur Erde zurückkehren wollte.

Tante Claire sagt, dass diese Entscheidung furchtbar schwer war. Und dabei hat sie hier Kinder, einen Mann, zwei Katzen, das volle Programm. Menschen hätten sie vermisst und bitter um sie geweint. Aus unserem Blickwinkel hätte es eine leichte Entscheidung sein müssen.

Aber das war es nicht.

Das, was sie dort erwartete, war so einladend, und so dermaßen größer als alles, was dieses Leben zu bieten hat, dass sie nicht ohne inneren Konflikt entscheiden konnte zurückzukehren.

Als ich sie im Krankenhaus besuchte, erzählte sie mir von dieser Nahtoderfahrung und konnte nicht aufhören zu schwärmen. Das war schon etwas merkwürdig, da in der Familie eher eine andere Stimmung geherrscht hat. Ihre Euphorie passte nicht so ganz in den Moment.

Egal. Auf jeden Fall hat mir das alles die Angst vor dem Sterben genommen. Klar, wenn es wirklich soweit ist, bleibt diese Wahl weg, ob man denn zurückkehren will. Aber wenn ich mir so die ganzen anderen Berichte von Menschen ansehe, die genau wie Tante Claire klinisch tot waren und so ziemlich exakt das Gleiche erzählen, da kann irgendwie nicht mehr von Glaube oder Religion die Rede sein. Es scheint, als wäre nur alles bis zum Moment des Sterbens hin das Nervige. Es scheint, als würde danach ein völlig neues Dasein beginnen. Und irgendwie bereitet mir das eine gewisse Freude.

～

ℐch weiß nicht, warum ich dir das alles erzähle. Vielleicht will ich dich ein wenig mit der Zuversicht anstecken, dass alles gut wird. Auch wenn um Mitternacht dieses blöde Telefon nicht klingelt, glaube ich dennoch, dass diese Menschen deinem Körper zwar das Leben nehmen können, aber nicht deinem Geist. Das kann keiner.

Und ich glaube, dass schöne Dinge auf dich warten. Und dass wir beide uns da draußen wiedersehen werden. Irgendwie, irgendwo, irgendwann. An einem Ort, wo es kein Leid gibt. Keine Krankheit. Kein Blutvergießen.

Kein Sterben.

Ich werde noch alles versuchen, um Eddie zu helfen. Aber gewissermaßen sind mir die Hände gebunden. Dazu noch dieser ätzende Gesundheitszustand. Das nervt. Aber ich hoffe noch bis zuletzt, dass sich etwas ergibt.

Aber selbst wenn nicht, dann soll es vielleicht auch nicht sein. Vielleicht ist es das, was ich dir sagen will. Bitte hab Vertrauen auf das, was kommt. Sollte es so kommen, dann lass dich einfach treiben, und ja, freue dich drauf. Du verlässt diese Gitter, hinter denen du bereits 20 Jahre verbracht hast. Du wirst endlich befreit!

Glaube daran! Meine Tante würde mich nie anlügen!

～

ℐch hoffe, dass nichts, was ich dir schreibe, in irgendeiner Weise negativ auf dich wirkt. Es ist furchtbar, wenn ich mir vorstelle, was du da durchmachen musst. Und schlimmer noch ist das Gefühl, nicht helfen zu können.

Aber vielleicht sind diese Worte eine Hilfe für dich.

Nun haben wir es nicht geschafft, uns im echten Leben zu sehen. Aber vielleicht ist das hier nicht das echte Leben. Vielleicht ist das hier nur ein Videospiel. Ich glaube, dass wir uns im richtigen „echten Leben" sehen werden. Und ich freue mich drauf. Wann das sein wird, kann ich nicht sagen. Aber vielleicht wirst du es bald besser wissen als ich.

Ich möchte dir dafür danken, dass du diesen Lebensabschnitt mit mir geteilt hast. Dass du dich mir anvertraut hast. Und dass du meine Gefühle erwidert hast. Du bist etwas ganz Besonderes in meinem Leben geworden, und das kann dir niemand wegnehmen. Das meine ich ernst!

Also, ich will den Bogen nicht überspannen. Ich werde später mal durchrufen, wenn du magst.

Lass dich nicht unterkriegen. Es gibt gewisse Dinge, die sie dir nicht nehmen können.

Du schaffst das. Alles wird gut. Dessen bin ich mir ganz, ganz sicher.

In Liebe,
　　deine Liberty

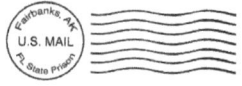

Oh, Mann.

Meine Spucke ist trocken und schmeckt nach Leiche. Mein Magen fühlt sich an, als wären einzelne Kieselsteine drin. Der kalte Schweiß an meinem Nacken pikst wie tausend hauchdünne Nadeln. Ich weiß nicht, wie ich mich gerade fühlen soll. Womöglich bin ich bereits taub und kann nichts mehr fühlen. Womöglich fahren sich meine Systeme nacheinander herunter.

Nun fühlt sich dieser Abschied real an. Einerseits habe ich noch fürchterliche Angst, aber andererseits fühle ich mich innerlich plötzlich so ruhig. Libertys Worte trösten mich sehr, und machen mir Mut.

Was hätte ich nur ohne sie gemacht? Wie hätte ich bloß diese Zeit überstanden?

War's das aber jetzt? Werde ich nie wieder frische Worte in Libertys Handschrift lesen? Diese Vorstellung tut sehr weh.

Soll ich ihr antworten? Eddie könnte es noch als E-Mail abschicken.

Keine Ahnung. Ich bin innerlich zu taub, um klare Entscheidungen zu treffen. Komischerweise schreibe ich mir immer noch die Finger wund. Aber es tut mir irgendwie gut. Ja, du abgenutztes Buch voller Eselsohren bist fast so etwas wie ein stiller, treuer Zuhörer. Auch wenn manchmal ein Feedback oder Ratschlag nicht schlecht wäre.

Aber gut. Einem geschenkten Gaul schaut man nicht ins Maul, was?

Eddie rennt schon seit Tagen hin und her, telefoniert permanent und hält mich auf dem Laufenden, obwohl es die ganze Zeit keine positiven Fortschritte zu berichten gibt. Er hat aber immerhin erkämpft, dass ich dich, mein treues Tagebuch, mitnehmen konnte, um weiter zu schreiben. Vielleicht kriege ich dich zu einem sauberen Abschluss, bevor meine Zeit abläuft. Immerhin hält mich das Schreiben beschäftigt.

Der langjährige Gefängnisdirektor und leidenschaftliche Fan meiner Kunstmalerei, Mr. Talbot, hat bereits mit mir über meine letzte Mahlzeit gesprochen, und über mein Begräbnis. Mit leiser und tiefer Stimme, wie ein Arzt bei einer Krebsdiagnose. Und es gab insgesamt wenig zu besprechen. Denn leider muss ich einfach davon ausgehen, dass niemand meinen Körper begraben wird.

Dieser weißhaarige Mann wird wahrscheinlich noch Hunderte von Insassen überleben. Der Mann scheint unsterblich zu sein. Er war schon immer hier, und bis auf ein paar Falten, hat er über die Jahre sonst keine Spuren der Alterung gezeigt. Ein ewiges Urgestein.

Ich bestellte einen großen, saftigen Cheeseburger mit allem drum und dran, dazu Süßkartoffelfritten, Root Beer und eine einzelne Praline. Ich habe gehört, dass Fastfood hier drin das beliebteste Henkersmahl ist.

~

*L*iberty will später anrufen, so lautet es im Brief. Das könnte mir den Tag vielleicht ein wenig versüßen – oder auch versauen. Ihre Stimme ist ja schließlich jedes Mal eine Kostprobe dessen, was ich anscheinend nicht mehr in diesem Leben haben kann.

Ich weiß nicht, ob ich ihr nach alldem, was sie für mich getan hat, am Ende auch noch das aufdrücken will. In diesen fünf Jahren hat es diese Mutter von zwei Töchtern nicht einmal geschafft, mich zu Lebzeiten zu besuchen. Wie soll ich sie darum bitten, meine Leiche abzuholen und unter die Erde zu bringen?

Oh Mann, ich glaube, es wird heute Abend wirklich eine Leiche geben. Ich starre gerade beim Schreiben auf meine Finger. Die vertraute Form meiner Fingernägel, die einzelnen Härchen auf meinem Ringfinger. Die Art und Weise, wie meine Hand auf die Kommandos meines Gehirns reagiert. Es fällt mir schwer, mir wirklich vorzustellen, dass diese Hand morgen um diese Zeit kalt und tot sein soll. Dass dieses Gehirn ausgeschaltet werden soll wie ein Computer.

Ich kann mir einfach nicht vorstellen, morgen eine Leiche

zu sein. Wie soll sich das anfühlen? Werde ich vielleicht auf ewig in diesem toten Körper gefangen sein? Wird mein Geist einfach aufhören zu existieren? Wie soll das gehen?

Oder hat vielleicht Liberty recht, sie und ihre Tante Claire? Wird vielleicht alles gut werden?

~

So oder so glaube ich, dass es langsam an der Zeit ist, mich ernsthaft damit auseinanderzusetzen, dass heute Nacht mein Leben auf dieser Erde zu Ende gehen wird. Und je mehr ich darüber nachdenke, desto mehr Panik bekomme ich. Alles, was ich jemals auch nur im Ansatz gelernt habe, wofür ist das jetzt noch gut?

Wo geht die Reise hin?

Was werde ich wahrnehmen, nachdem mein Herz stillsteht?

Wo wird mein Geist sein?

Wie wird es sich anfühlen?

Ich habe dich, liebes Tagebuch, und vor allem mich selbst, ordentlich angelogen. Ja, ich habe natürlich den hartgesottenen Zyniker heraushängen lassen, ich habe cool und souverän geschrieben, dass ich bald tot sein werde. Ich versuchte mir immer wieder einzureden, dass nichts für mich von Bedeutung sei, und dass mir niemand etwas könnte.

Aber ich habe überspielt, dass ich eigentlich noch Todesangst habe. Dass es mir keineswegs egal ist. Aber ich habe versucht, mir Gleichgültigkeit einzureden, damit ich nicht den Verstand verlor und in eine Starre aus Verzweiflung verfiel. Und Liberty hat mir echt geholfen, die Dinge loszulassen und mich mehr treiben zu lassen. Dafür danke ich ihr, sie meinte es ja gut.

Aber meine Angst ist da, und sie ist groß. Ich weiß nicht, ob einfach Schluss sein wird, und ich einfach schlichtweg nicht mehr existiere. Oder ob es wirklich auf irgendeine Art weitergeht, und ich vielleicht vor irgendwem stehen werde und für mein Leben Rechenschaft abgeben werde.

Und beides ist möglich. Beides ist irgendwie denkbar. Ich möchte möglichst im Gleichgewicht sein, wenn ich abtrete. Und ich möchte, besonders mit dir, so gut wie nur irgendwie möglich ein Gleichgewicht hinterlassen. Aber wie stelle ich Gleichgewicht her?

Ich habe beschlossen, endlich die Wahrheit niederzuschreiben. Ja, die volle Wahrheit steht nicht in den ersten Seiten von dir, liebes Tagebuch. Ich habe aber nicht „per se" gelogen, als ich von der Nacht des Mordes an Anita Hernandez geschrieben habe. Und meine Zeugenaussage war auch nicht „per se" gelogen. Aber sollte es einen Gott geben, oder Allah, oder wie auch immer man das nennen will, dann kann ich mir sehr gut vorstellen, dass die detailliertere Geschichte diejenige wäre, auf die es vor seinem Tribunal ankommen würde.

Ich hatte gesagt, dass ich mir Drogengeld beschafft, und einen Mord bezeugt hatte. Das war technisch gesehen nicht gelogen. Ich hatte gesagt, dass ich nach jemandem suchte, der einen Notruf tätigen könnte. Ich hatte wirklich keine Münzen an mir, sondern nur Scheine. So konnte ich wirklich keine Telefonzelle bedienen. Das war alles auch technisch gesehen nicht so richtig unwahr.

Ich war in der Tat nach dem Mord durch die Gegend gerannt. Das sind Fakten. Aber ich hatte mir bei jeder Zeugenaussage, und auch beim Schreiben dieses Tagebuchs, einfach selbst gesagt, dass niemand wirklich den Anlass einer Rennerei beweisen oder widerlegen könnte. Niemand kann behaupten zu wissen, was in meinem Kopf vor sich ging.

Ich wollte bis zuletzt so gut wie möglich dastehen. Aber nun glaube ich, meine Sanduhr wird wirklich ablaufen. Und nun ist es mir lieber, über die Fakten hinaus die volle Wahrheit aufzutischen. Ich denke sogar darüber nach, für den Moment, an dem ich im Stuhl gefessel sitze und ein Mikrofon vors Gesicht bekomme, irgendwelche kompakten Worte zu finden, um das, was ich jetzt schreiben werde, wiederzugeben. Denn womöglich werden sie dich, liebes Tagebuch, einfach in den nächstmöglichen Papierkorb werfen, nachdem ich in einem Sarg von diesem Gelände weggefahren werde.

Es ist also Zeit für die volle Wahrheit, ohne jede Rücksicht. Ich war nicht auf der Suche nach jemandem, der helfen könnte. Ich hatte, was ich wollte. Und ich wollte nicht als Schwarzer aus dem Ghetto in der Nähe einer frisch erstochenen Anwältin gesehen werden. Ich wollte umgehend weg. So viel hatte ich dir bereits anvertraut.

Aber es geht weiter...

~

*E*s war der 20. April 1998, gegen 22:00 Uhr.
Ich hatte Streit mit meiner Mutter, weil ich nicht zu diesem dämlichen Vorstellungsgespräch im Lager von einem Walmart erschienen war. Ich hatte keine Lust, für Hungerlöhne fremdbestimmt zu leben.

Und ich war auf Entzug. Ich brauchte unbedingt etwas Crystal Meth zum Rauchen. Aber ich hatte keinen Cent in der Tasche. Und einen Dealer überfällt man nicht, es sei denn, man ist vollkommen lebensmüde.

Ich schnappte mir mein Klappmesser, das ich in der Regel immer dabei hatte.

Ich stürmte aus der Wohnung und knallte die Haustür zu. Mein Blick war trüb, und mein Blut kochte. Auf meiner ganzen Haut juckte der kalte Schweiß. Ich kratzte mich ständig, und wollte am liebsten in Flammen aufgehen. Damals war ich kalten Schweiß nicht gewohnt, und ich mochte ihn nicht besonders gern. Heute ist das mein Ersatz fürs sommerliche Schwimmengehen am Cocoa Beach.

Ich wanderte durch das Ghetto von Orlando, gefrustet, verzweifelt und in einem regelrechten Rausch. Aber als ich merkte, dass dort nur Menschen zu finden waren, die mir zu ähnlich waren, drängte sich mir ein Gedanke der Klarheit auf: Hier gab es nichts zu holen.

So wanderte ich weiter, durch den Park und in einen nicht so schäbigen Bereich der Stadt. Nun konnte ich Menschen sehen, die teurere Kleidung trugen, hübsche Handtaschen. Sie aßen im Diner oder zapften Benzin an der Tankstelle. Um diese Uhrzeit gab es kaum Einzelgänger auf den Straßen. Und ich hatte keineswegs vor, mich mit einer ganzen Menschengruppe anzulegen. Ich wollte nur etwas Geld. Doch zum Betteln war ich zu stolz, und hatte auch keine Lust auf eine herablassende Abfuhr.

Ich sah keine Menschen mehr, sondern nur Geldbeutel. Ich wanderte durch einen Fußgängerbereich, dann zu einer Hauptstraße, dann zurück zum Park, auf der Suche nach irgendjemandem, der alleine unterwegs war und einigermaßen nach Geld aussah.

Und dies dauerte länger, als mir lieb war.

Es gab keinen „Typen", den ich mit Leichtigkeit beraubt hatte. Das war gelogen. Mehr oder minder.

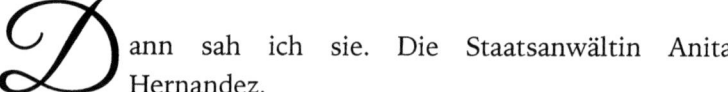

*D*ann sah ich sie. Die Staatsanwältin Anita Hernandez.

Unter anderen Umständen wäre sie mein Typ gewesen. Sie trug ihre hellgraue Bügelfaltenhose und ein Sakko, war sehr edel geschminkt und hatte die Haare zu einem strengen Zopf gebunden. Sie wanderte recht zügig durch den Park, der im Dunkeln kein besonders einladender Ort für Frauen ohne Begleitung war. Sie schien dennoch vor niemandem Angst zu haben, sondern andere Dinge im Kopf zu haben.

Das Wichtigste für mich in jenem Moment: Sie hatte ihre Handtasche bei sich.

Ich begann ihr zu folgen, und wartete auf den richtigen Moment, den richtigen Ort, um zuzuschnappen. Ich hatte nicht vor, ihr wehzutun. Ich wollte nur ihr Geld.

Während ich ihr nachlief, und noch etwa 20 Meter Entfernung einhielt, überlegte ich, wie ich am besten vorgehen sollte. Einfach losrennen und ihr die Handtasche aus der Hand reißen?

Was, wenn sie diese aber zu gut festhalten würde, oder um sie kämpfen würde?

Sollte ich sie lieber mit dem Klappmesser bedrohen und auffordern, mir ihr Geld zu geben?

Die Frau schüchterte mich irgendwie ein. Und ich konnte mich nicht für einen ersten Zug entscheiden.

Sie sah auf ihre Armbanduhr und begann, einen Zahn zuzulegen. Dabei kürzte sie durch einen bewachsenen Teil des Parks ab, der im Dunkeln ein wenig an einen Hexenwald erinnerte. Aber es schien ihr egal.

Zwischen den Laternen, die ein drückendes gelbes Licht von sich gaben, gab es regelrechte Schwarzbereiche. Dies wäre genau der Ort gewesen, um zuzuschlagen. Doch ich wurde langsamer statt schneller. Irgendetwas in mir sagte, dass ich lieber hier schnell verschwinden sollte. In dem Moment konnte ich es mir nicht begründen.

Aber wie ich mit diesem Bauchgefühl recht hatte!

Dann hörte ich eine Stimme rufen: „Hey, Hernandez!"

Die Frau sah zur Seite, und es waren rennende Schritte zu hören. Alles in mir schrie: „Schnell weg hier!"

So stürzte ich mich in den nächsten Busch, als ich dann diese fleischigen Geräusche und die hellen Schreie dieser

Frau hörte. Ich bewegte mich keinen Zentimeter, um nicht entdeckt zu werden.

„Hättest du bloß einen Fandango zurück nach Mexiko getanzt, du dreckige kleine Schlampe", hörte ich eine dunkle, hasserfüllte männliche Stimme sagen. Am Akzent konnte ich erkennen, dass es sich um einen Redneck handelte.

Dann hörte ich den Mann wegrennen.

Langsam drehte ich mich im Busch um und kroch einige Schritte zum Gehweg hin, steckte den Kopf heraus und sah gerade noch die Silhouette des Mannes verschwinden.

Und da lag sie. Überall an ihrem Rücken waren klaffende, blutende Wunden durch das zerstochene hellgraue Sakko sichtbar. Sie rührte sich nicht.

Für einen Augenblick wusste ich nicht, was ich tun sollte. Dann sah ich aber ihre Handtasche dort liegen, und dann erinnerte ich mich daran, warum ich überhaupt hier im Park war. Und ignorierte man einmal die Grausamkeit dieses brutalen Mordes, dann hatte ich die leichteste Beute überhaupt vor mir, wenn ich mich beeilte.

So befreite ich mich mühsam und hektisch aus dem Busch, während mir der kalte Schweiß von der Stirn tropfte. Ich schlich mich leise an die frische Leiche heran, ging in die Hocke und zog mir die Ärmel von meinem Kapuzenpulli über die Hände, um keine Fingerabdrücke zu hinterlassen.

Ich nahm die Handtasche in die Hand und öffnete sie, aber zu meinem Entsetzen war kein Portemonnaie darin. Nur Schminkzeugs, ein loser Führerschein und einige zerknüllte Quittungen.

„Das gibt's nicht!", fluchte ich.

Dass ich mich zu einer Leiche hockte, durfte nicht umsonst gewesen sein! Hier musste es etwas zu holen geben!

So tastete ich die Hosentaschen der Toten ab, und konnte nichts fühlen. Dann waren die Taschen des Sakkos dran. Und siehe da, in einer von ihnen knisterte es. Ich griff hinein, und zog einen Bündel Geldscheine heraus. Dies war wohl die einzige Frau auf dem Planeten, die kein Portemonnaie benutzte. Aber vielleicht wusste sie, dass es keine gute Idee war, mitten in der Nacht mit dem Portemonnaie in ihrer Handtasche durch einen Park zu wandern.

Ich sah dann, dass sowohl meine Hände, als auch die Geldscheine, blutig waren.

„Fuck!"

Ich stopfte mir das Geld in die Seitentasche von meinem Kapuzenpulli, wo ich aber mein Klappmesser spürte. Dieses musste umgehend weg.

~

*D*ann hörte ich ein leises Gurgeln, gefolgt von einem Röcheln. Ich erschrak, und taumelte von der vermeintlichen Toten weg, die sich nun ein wenig rührte. Sie war zu schwach, um nach Hilfe zu rufen. Mit ihrer letzten Kraft versuchte sie, den Kopf anzuheben.

„Scheiße", flüsterte ich zu mir selbst, immer wieder.

Ich war wie gelähmt. Was sollte ich tun? Helfen?

Aber wie hätte ich jemandem helfen können, dessen Rücken so durchlöchert war?

~

*I*ch hörte dann Rufe aus der Ferne, und rennende Schritte. Und mir brannte sofort eine Sicherung durch. Ich, schwarz, die Hände blutig, die Taschen voller Geld und ein Klappmesser dabei, das alles würde auf keinen Fall gutgehen.

Und so tat ich das, was Feiglinge tun: Ich rannte. Wie eine Gazelle.

Ich Idiot warf das Klappmesser einfach weg, beschmutzte

es dabei natürlich mit meinen blutigen Händen – aber wiederum nicht genug, um alle Fingerabdrücke mit dem Blut wegzuwaschen.

Zusammengefasst: Ich hatte Anita Hernandez zwar abgetastet, aber nicht auf der Suche nach Lebenszeichen, sondern nach ihrem Geld. Ich hatte sie nicht ermordet, aber ich hatte auch nicht Ersthilfe geleistet. Ich war herumgerannt wie ein Irrer, aber ich war am Flüchten und nicht auf der Suche nach einem Telefon.

Nichts davon ändert großartig die Fakten, auf die es ankommt. Womöglich hätte ich mich in einen Kampf mit der glatzköpfigen Silhouette stürzen können, um Hernandez zu verteidigen. Womöglich hätte ich sie retten können, anstatt mich in einen Busch zu werfen. Womöglich hätte ich dabei selbst das Messer abbekommen, oder mit diesem rechtsradikalen Psychopathen fechten müssen, Klappmesser gegen Klappmesser. Wissen werde ich es nie.

Ich habe beschlossen, heute Nacht diese bislang verschwiegenen Details den Zeugen anzuvertrauen. Ich kann mir nicht vorstellen, dass es irgendwie dazu führen wird, dass sie den Hebel in letzter Minute doch nicht umlegen – da es immerhin nach wie vor von meiner faktischen Unschuld am Mord zeugt. Was es auf jeden Fall tun wird, ist eindeutig davon zu zeugen, dass Zivilcourage keine Stärke von mir war.

So oder so möchte ich möglichst mit Absolution abtreten. Ich möchte die Wahrheit einmal einem Publikum gesagt haben. Das hatte ich im Gerichtssaal versäumt. Aber Wahrheit macht frei.

~

*I*ch musste für einen Augenblick den Stift beiseitelegen. Denn der Gefängnisdirektor, Mr. Talbot, kam zu mir und besprach mit mir das Thema Sedativum. Es war keine Pflicht, es zu nehmen, aber angeblich sollte es mir alles etwas leichter machen.

„Danke", sagte ich ihm. „Aber ich denke, ich verzichte."

„Sind Sie sicher, Beaumont?"

„Ich denke schon."

„Okay. Sollten Sie es sich anders überlegen, dann rufen Sie einfach nach mir, ja?"

Ich möchte nicht unter Droge stehen, wenn ich diese letzten Sätze schreibe. Ich möchte nicht breit sein, wenn ich meinen voraussichtlich letzten Gang laufe. Ich war lange genug unter Drogen, und irgendwie muss man sagen, dass mich Drogen gewissermaßen dahin geführt haben, wo ich jetzt bin. Deswegen sollte damit mal Schluss sein. Ich habe sage und schreibe 20 Jahre nüchtern hingelegt, diesen einen Abend schaffe ich auch noch.

Natürlich ist es nicht einfach, das Sedativum abzulehnen, denn ich habe große Angst vor heute Nacht. Aber ich will mir selbst gegenüber einfach noch etwas Selbstkontrolle beweisen, auch heute. Besonders heute.

Es heißt, dass Information die Angst nehmen kann. Je besser man über etwas Bescheid weiß, desto weniger fürchtet man es. Ich weiß nicht so genau, ob ich das heute Abend unterschreiben kann. Ich weiß genau darum, was in welcher Reihenfolge passieren wird, wenn kein Telefon in diesem Gebäudebereich klingelt. Und dennoch macht es mir tierische Angst, es heute auch endlich zu durchleben.

Eine ziemlich makabre Wortwahl übrigens, wie ich selbst gerade feststellen musste.

Ich werde noch einmal duschen dürfen. Dann bekomme ich einen neuen Satz Kleidung, aber zuerst werden sie mir das Arschloch stopfen und meinem gequälten Unterbewusstsein deutlich machen, dass ich den Burger, den ich gerade nebenbei esse, niemals ausscheiden werde. Man wird mir den

Kopf und die Wade rasieren. Ein regelrechtes Vorbereitungsritual.

Dann wird man mich wieder einmal, wie damals im Gerichtssaal, einem Publikum vorführen. Aber dieses Publikum soll an einem der intimsten Momente meines Lebens teilhaben, und am nächsten Morgen darüber schreiben, oder irgendeine Genugtuung verspüren.

Ich frage mich, ob ich dann immer noch genauso viel darüber nachdenken werde, wie schön ein Leben mit Liberty da draußen hätte sein können, wenn wir einfach etwas mehr Erfolg mit unseren Bemühungen gehabt hätten, mein Leben zu retten.

Aber vielleicht sollte es auch aus irgendeinem Grund nicht sein. Vielleicht verdiene ich einfach diese Strafe. Ich war zwar unschuldig, aber irgendwie nicht ganz unschuldig. Und wo auch immer dieser glatzköpfige Mann von damals heute stecken mag, vielleicht wird er ganz von allein eine angemessene Strafe für seine Tat bekommen. Vielleicht wird er noch gefunden, vielleicht nicht.

Ich kann höchstens ein Gebet nach oben schicken und hoffen, dass da irgendwer weiß, was er tut.

Amen, Bismillah, Hokuspokus, und was ich noch so für Gebetssprüche aufgeschnappt habe.

~

*E*s ist 18:00 Uhr.

Es riecht hier auf einmal nach einer Fastfood-Bude. So einen Geruch hatte ich seit Ewigkeiten nicht in der Nase. Sie bringen mir gerade meine Henkersmahlzeit. So viel Essen habe ich noch nie auf einem Gefängnistablett gesehen. Das sieht recht lecker aus.

Und die Praline ist auch dabei. Diese werde ich nicht essen, sondern verpackt lassen und auf das Kissen meines schmalen Einzelbetts legen. Wenn ich hier schon nicht die Wände beschmieren kann, dann werde ich auf andere Art diesen Raum wie ein Hotelzimmer für einen Durchreisenden aussehen lassen. Fuck you, Welt.

Ich werde versuchen, beim Essen zu schreiben, um dich, liebes Tagebuch, zu irgendeinem sauberen Abschluss zu bekommen. Mein Gott, bist du dick. Du bestehst inzwischen aus fünf Bänden, von der ersten bis zur letzten Seite vollgeschrieben. Ich habe schon Hornhaut an meinen Fingern. Nicht schlecht. Ich hoffe nur, dass Jamal dich bekommt. Dass du nicht direkt in die Tonne wanderst, sobald ich das tue.

Obwohl ich derzeit aus offensichtlichen Gründen unter viel Strom stehe und alles einen ziemlich sauren Grundgeschmack hat, muss ich den Koch loben. Die Süßkartoffel-Fritten sind gut. Der Burger ist auch recht saftig, der Rindfleisch-Patty ist aber für meinen Geschmack schon fast noch zu englisch. Ob sie mir das Ding wieder für eine Minute in die Bratpfanne legen würden?

Ich versuche nicht darüber nachzudenken, dass ich dieses Essen vermutlich nicht zu Ende verdauen werde. Dass ich die Kalorien nie brauchen werde. Und schon denke ich daran, indem ich das hier schreibe.

Die Angst drückt mir auf den Darm. Ich esse trotzdem einfach weiter. Ich hoffe, die Angst wird im Laufe des Abends irgendwie weniger werden. Aber selbst wenn nicht, muss ich da wohl einfach durch. Ich habe keinen Priester bestellt, ich mache das hier alleine.

Jetzt dieses deftige Essen mit etwas Root Beer herunterspülen. Aber nicht zu schnell, sonst bekomme ich noch mehr Sodbrennen als ohnehin die ganze Zeit schon.

～

*D*ie Wärter flitzen immer wieder hin und her, sie scheinen nebenan die Vorbereitungen zu treffen. Was für ein Aufriss, um ein Leben zu nehmen. Warum knallen die mich nicht einfach hier in meiner Zelle ab? Was sogar richtig absurd ist: Damit würde man sich als Wärter zum Mörder machen, wenn man von der gesetzlich vorgesehenen Ausführung meiner Hinrichtung abweichen würde.

Heute Nachmittag haben sie den Stuhl getestet. Wieder einmal. Man macht sich bereit. Wieder einmal. Vielleicht kommen sie diesmal wirklich dazu, den Schalter umzulegen, während ein Mensch im Stuhl sitzt.

Dass der Stuhl getestet wurde, das merkte man daran, dass das Licht im ganzen Block kurz flackerte. Und dieses monotone Summen war durch die Wände zu hören. Es klang wie ein Rasierapparat auf Steroiden. Sie legen für den Test beide Kabelenden in einen Wassereimer und schalten dann den Strom ein. Wenn das Wasser überkocht, dann wissen sie, dass alles tipptopp funktioniert.

Ich glaube, einige Journalisten sind dabei gewesen und durften einiges davon filmen. Vielleicht sind das die Aufnahmen, die ich vorhin im Fernsehen gesehen habe.

Wie viele Zeugen nachher kommen werden, kann ich überhaupt nicht einschätzen. Immerhin habe ich angeblich eine Staatsanwältin umgebracht. Die Vergeltung dafür könnte zumindest viel Presse locken. Ich glaube, in diesem Zeugenraum sind über 30 Stühle aufgestellt. So sah es zumindest im Fernsehen aus.

Wird meine Mutter kommen? Will ich, dass sie kommt?

Ich will jedenfalls nicht, dass Jamal kommt. So soll er seinen Vater nicht sehen, und schon gar nicht erst in Erinnerung behalten.

Ob sich Liberty das antun wird? Soll dies das einzige Mal sein, dass sie mich sieht? Mit etlichen Ledergurten an einen

Holzstuhl geschnallt, ein Hosenbein abgeschnitten, glatzköpfig, verkabelt, eine dicke Windel unter der Hose sichtbar?

Ich glaube, mir wäre es lieber, nur blutrünstige Fremde vor mir zu haben. Damit könnte ich besser umgehen, als mit einem gemischten Publikum.

Aber ich habe darauf keinen Einfluss. Ich muss es einfach auf mich zukommen lassen. Ich frage mich auch, welche Taktik für meine Psyche besser wäre: Mich dem Schicksal hingeben, oder bis zuletzt hoffen, dass hinter meinem Rücken eines der verschiedenfarbigen Telefone an der Wand klingelt.

Schwierige Frage.

~

*I*nzwischen haben wir 20:00 Uhr.

Ich habe gegessen, und es sitzt mir quer im Magen. Die ganze Portion habe ich nicht geschafft. Es fühlt sich so an, als würde mir das Essen jederzeit hochkommen. Ich habe unzählige Zigaretten geraucht, das darf ich in dieser Zelle glücklicherweise. Sie legen meine Nerven ein wenig lahm.

Die Wärter haben inzwischen angekündigt, dass ich demnächst die Gelegenheit zum Duschen nutzen sollte, denn sie würden bald mit dem „Vorbereiten" beginnen wollen.

Und oh Mann, Loomis ist dabei. Na klasse, ich werde diesen rothaarigen Troll bis zum bitteren Ende aushalten müssen. Ich hoffe, dass er bei der Hinrichtung keine Schlüsselfunktion haben wird. Ich hoffe, er zieht mir keinen breiten Lederriemen vors Gesicht, der kein dreieckiges Loch für die Nase enthält. Ich will nicht durch irgendeine schadenfrohe Aktion von Loomis in meinen letzten Sekunden gequält werden, und im Dunkeln der Kapuze mit gebrochener, plattgedrückter Nase nach Luft ringen und sehnsüchtig auf die Erlösung durch die Stromschläge hoffen.

Ich muss also langsam zu einem Schlusswort kommen, denn mir geht die Zeit aus. Meine Hände sind auch sowieso allmählich zu zittrig zum Schreiben. Es lenkt mich zwar ein wenig von diesem nervtötenden Warten ab, aber ich kann nicht verdrängen, was gerade um mich herum passiert.

So möchte ich dieses Tagebuch beenden mit einem besonderen Dankeschön an Liberty, die mir tatsächlich immer wieder das Gefühl von Freiheit gegeben hat. Du hast auf gewisse Art mein Leben gerettet. Und du hast mir wirklich geholfen, mich gewissen Wahrheiten zu stellen. Die krummen Dinge in meinem Leben geradezubiegen. Dafür danke ich dir von ganzem Herzen.

Ich möchte Jamal sagen, dass mir sehr leid tut, was für Wege ich in meinem Leben eingeschlagen habe. Setze dir Ziele, Junge, und mache etwas aus deinem Leben. Denn es ist verflucht kurz, und kann sicher etwas ganz Schönes werden.

Ich möchte mich bei seiner Mutter Raquel entschuldigen, dass ich so ein Arschloch war. Verschließe dich nicht vor allen Männern, nur weil du bisher die falschen kennengelernt hast. Du bist eine großartige Person.

Meiner Mutter habe ich alles gesagt. Da ich von ihr die Anschrift habe, bin ich mir sicher, dass meine Worte an sie auch angekommen sind. Ich wünsche dir, liebes Tagebuch, dass du ankommst.

Jetzt rennt langsam wirklich die Zeit. Die Stimmung wird hier immer stressiger. Der Fernseher läuft, und ich sehe immer wieder in den Nachrichten, dass ich heute Nacht dran bin. Die zeigen sogar Aufnahmen des elektrischen Stuhls „Thunderbolt", den man für mich extra ausgepackt und entstaubt hat.

Ich weiß nicht, wie lange ich noch schreiben kann. Aber

ich glaube, alles ist gesagt. Also, Goodbye an alle, ich muss gehen. Mich der Wahrheit stellen. Ich verüble niemandem, dass ich für einen Mord sterbe, den ich nicht begangen habe. Ich bin mir sicher, alles wird am Ende seine Richtigkeit haben.

Es ist okay.

Sie kommen. Ich muss den Stift weglegen. Falls ich hiernach nichts mehr dazuschreibe, dann denke ich, dass ich in der Tat sterben gegangen bin.

Wer auch immer das hier liest, beziehungsweise dieses Gekritzel noch entziffern kann, denke dran: Das Leben ist verflucht kurz. Verschwende es nicht, so wie ich es getan hatte. Erfahrung gebraucht gekauft ist günstiger.

Peace.

7

LETZTER BRIEF AUS ALASKA

Fairbanks, 1. September 2019

*L*iebe Mary-Ann, liebe Jane,
      ich hoffe, dieses Paket kommt an, bevor ihr in den Nachrichten irgendetwas mitbekommt.

Gestern haben wir die geilste Party aller Zeiten gehabt. Ihr seid endlich 18 geworden, und nun ruft das Leben nach euch. Nun seid ihr nicht nur volljährig, sondern auch erwachsen. Und da gibt es schon einen klaren Unterschied. Ich bin unfassbar stolz darauf, wie reif und vernünftig ihr seid. Wenn ich euch mit Mädchen wie Stacey oder Camilla vergleiche, kann ich nur feststellen, dass wir Drei einiges zusammen richtig gemacht haben. Nichts gegen die Beiden, aber Fakten sind Fakten.

Ihr seid schon seit Spätsommer fest im Campus eingezogen, und nun seid ihr offiziell abgenabelt. Es ist schon ein merkwürdiges Gefühl, als Elternteil irgendwie nicht mehr so gebraucht zu werden wie bisher. Ich habe großes Vertrauen, dass ihr euer Studium mit Bravour meistern werdet. Ihr seid so anständige Menschen geworden, und ich habe ein gutes Gefühl, euch auf die Menschheit loszulassen. Ich hoffe, meinen Teil bestmöglich dazu beigetragen zu haben, wer ihr Zwei heute seid.

Bitte verzeiht mir, dass ich schreibfaul bin und diese Nachricht getippt ist. Ehrlich gesagt, ist sie nicht einmal getippt. Ich benutze gerade das Diktiergerät von meinem Handy, und einige Fehler muss ich nur überarbeiten, bevor ich den Text ausdrucke. Ich habe nur gerade keine Kraft zum Schreiben per Hand. Bitte seht mir das nach.

Ich stehe gerade vorm Spiegel im Badezimmer und denke über vieles nach. Es ist irgendwie merkwürdig, sich selbst in die Augen zu schauen, und euch dabei diese Worte zu sagen. Es zwingt mich dazu, mich ernsthaft mit mir selbst auseinanderzusetzen.

⁓

*J*ch denke über eure Geburt gestern vor 18 Jahren nach. *Der 31. August 2001 war so ein besonderer Tag in meinem Leben. Es war wie eine eigene Neugeburt für mich.*

Ich denke darüber nach, wie eure Mutter Liberty 2012 bei der Chemotherapie eine Glatze hatte, und wie sich sogar mein eigener Bruder aus Solidarität den Schädel kahl rasierte, um ihr Mut zu machen. Um ihr zu sagen, dass Haare nicht von Bedeutung sind. Und es machte einen merkwürdigen, gar unsympathischen Eindruck, dass ich nicht mitgemacht hatte. Aber das lag nicht an mangelndem Mitgefühl meiner Frau gegenüber.

Es lag daran, dass ich seit 1998 etwas aus meiner finsteren Vergangenheit verstecke. Etwas, was nie wieder jemand sehen sollte.

Wie ihr wisst, hat Liberty mein Leben komplett verändert. Sie hat mich zu dem Mann gemacht, den ihr als Vater erleben durftet. Vorher war ich ein ignoranter, dämlicher und hasserfüllter Mensch, der die falschen Freunde und die falschen Ideologien hatte. Ich war extrem rechtsradikal und hasste insbesondere unsere mexikanischen und afroamerikanischen Mitbürger.

Auf meinem Hinterkopf befindet sich eine bleibende Spur dieser Vergangenheit, in Form einer Tätowierung, die einen deutschen Reichsadler mit ausgebreiteten Flügeln zeigt, darunter ein Hakenkreuz. Damals trug ich mit Stolz eine Glatze, und diese Tätowierung.

Nun ja. Das war mal.

～

*A*ufgrund der Zeugenaussage von Beaumont Brown, der am 15. Juli letztes Jahr in Florida wegen Mordes hingerichtet wurde, hatte ich seit 20 Jahren immer wieder Angst, dass jemand diese Tätowierung erkennen könnte, und es der Polizei melden würde. So schnitt ich mir nie die Haare kurz, und hielt dieses faschistische Symbol in meinen dunklen Locken gut versteckt.

Aber mit den Jahren plagte mich auf der anderen Seite das schlechte Gewissen wegen meiner unfassbar egoistischen Feigheit. Ich ließ einen Mann im Todestrakt verrotten, der dort nicht hingehörte. Wie ein Blitzableiter fing er die Strafe für mein Vergehen ab.

Denn ich hatte damals den Mord an Anita Hernandez begangen. Ich war es, der sie niedergestochen hatte. Ich war damals ein völlig anderer Mensch als der, den ihr zum Vater habt.

Anita Hernandez war die Staatsanwältin, die wegen Körperverletzung gegen meinen Kumpel Ronny vorging, und ihn für so lange wie möglich hinter Gitter bringen wollte. Ronny hatte einen koreanischen Ladenbesitzer verprügelt.

Damit hatte ich ein großes Problem, da ich Ronny damals als meine wichtigste Bezugsperson sah, und äußerst wütend darüber war, *dass eine „Mexikanerin" ihn mir wegnehmen wollte. So beschloss ich, etwas dagegen zu unternehmen.*

Die abgrundtiefe Bösartigkeit dieser Gedankengänge ganz beiseite, sie waren außerdem von dämlicher Kurzsicht. Denn die Staatsanwältin zu beseitigen, war nicht unbedingt besonders vorteilhaft für Ronny. Er kam trotzdem hinter Gitter, denn sein Fall lag auf der Hand, und das stand und fiel nicht mit Anita Hernandez.

Ich lauerte ihr auf ihrem Heimweg von der Arbeit auf, und stach sie im Park nieder. Danach rannte ich weg, und ließ das Messer zurück. Um keine Fingerabdrücke zu hinterlassen, trug ich Handschuhe. Ich dachte mir, dass sie mich niemals fassen würden.

Und das bestätigte sich bis heute. Wen ich nichts tue, werden sie mich nie finden.

$\sim$

*D*ass ich vor ein paar Jahren so zusammengebrochen war, als wir vom Camping zurückkehrten und ich einen Waschbären überfahren hatte, das wird daran liegen, dass die Nacht des Mordes innerhalb von Sekunden wieder hochkam. Ich merkte, ich konnte dieses Geheimnis nicht verdrängen.

Es war über die Jahre immer wieder reinste Folter. Wie eine große Axt über meinem Kopf, Tag ein, Tag aus.

Und dieses Gefühl, verdammt zu sein, es kehrte in der Nacht so ziemlich sofort ein. Ich spürte es plötzlich in jeder Zelle meines Körpers. Und dabei war ich eigentlich kein Monster. Ich war nur mit den falschen Ideologien beschwindelt. Na ja, was heißt hier „nur". Der Hass in mir, den ich gegen Afroamerikaner und Mexikaner schürte, machte mich zum Mörder.

Aber noch beim Wegrennen begannen die rassistischen Ansätze, die ich mir selbst erbaut hatte, stark zu wackeln wie ein instabiles Gerüst. Und der Mensch in mir kam durch, der laut schrie: „Was hast du da nur getan? Hoffentlich wird sie rechtzeitig gefunden und überlebt! Du bist mit deinem Fremdenhass und deiner Loyalität zu diesem

*Idioten nun endgültig zu weit gegangen, und davor gibt es ab jetzt
kein Wegrennen!"*

*All diese Gedanken gingen mir durch den Kopf, und folterten mich.
Geißelten mich. Und das zu recht.*

*Diese Stimme in mir klang so, wie ich mir immer Gott vorstellte.
Was ist denn der fieseste Ort für eine Bombe, vor der ihr wegrennen
wollt? Wenn diese Bombe in eurem Körper tickt. Und vor der inneren
Stimme konnte ich nicht wegrennen. Das machte diese Stimme
irgendwie allmächtig, allgegenwärtig. Ebenso, wie ich mir Gott
vorstellte.*

*Ich fragte diese Stimme, warum sie sich erst jetzt meldete,
nachdem ich eine Frau niedergestochen hatte. Und so komisch es auch
klingt, ich konnte regelrecht hören, wie diese Stimme mir sagte: „Du
hörst nie hin. Bis ich lauter werde. Und dann ist es auch zu spät."*

*War ich es, der in dieser Situation diese Dialoge schrieb und dann
gegen mich selbst ausspielte? Um mich selbst nur noch mehr zu
martern? War ich schizophren?*

∼

*I**ch ließ ab dieser Nacht die Finger vom Alkohol. Es war
wie ein Wendepunkt in meinem Leben. Den Kontakt zu
allen Skinheads und Rednecks brach ich nach und nach ab. Zu plötzlich wollte es nicht machen, denn dies hätte Verdacht erwecken
können.*

*Ich suchte nach einigen Wochen Arbeit in einem Lager, und fand
sie irgendwann. Ich ließ meine Haare wachsen, um die Tätowierung zu
kaschieren.*

*Ich tat das alles aus einem furchtbaren Gewissen heraus. Die grau-
samen Details dieses kurzen, aber so finsteren Ereignisses verfolgten
mich, und der Teil von mir, der vom Selbsterhaltungstrieb gesteuert
war, hoffte auf Gnade, indem ich mein Leben komplett auf den Kopf
stellte. Vielleicht würde dann der Henker niemals an meine Tür klop-
fen, um mich abzuholen.*

Ich versteckte mich, tauchte so gut wie unter, und mied komplett die Medien. Ich wollte nicht sehen, ob Mrs. Hernandez überlebt hatte, oder etwa doch gestorben war. Ich wollte keine Interviews sehen, in denen ihre Kinder um sie weinten. Ich wollte nichts über sie wissen.

Die ersten Monate krochen nach dieser Nacht schmerzhaft langsam. Ich fragte mich, ob ich mein ganzes Leben in Angst verbringen würde. Es war nicht erträglich. Und mein Gewissen machte ganz deutlich, dass es noch anwesend war. Immerhin.

∾

*D*as erste Jahr war um. Im Jahr 1999 kam eine Wendung in meinem Leben, kurz vor der Jahrtausendwende.

Ich war langsam dabei, mich von der rechten Szene zu distanzieren. Einige meiner ehemaligen Kameraden warfen mir immer mehr vor, dass ich mit illegalen mexikanischen Einwanderern herumhing. Dass ich ein Verräter sei, ein Kameradenschwein.

Tatsache ist, ich hatte einige Mexikaner kennengelernt und mich mit ihnen angefreundet. Womöglich wollte ich mein Gewissen stillen, nachdem ich eine Mexikanerin auf dem Gewissen hatte. Ich schätze, ich wollte dann ganz unten anfangen, und mich mit dem in meinen Augen niederträchtigsten Immigranten auseinandersetzen: den illegalen. Was hatte ich in meiner Vergangenheit für Hassparolen gegen die „Bohnenfresser" gegrölt, die illegal nach Amerika gekommen waren! Damit war langsam Schluss. Ich wollte etwas für einen illegalen Einwanderer empfinden, und sei es nur Sympathie.

Einer dieser Mexikaner hatte eine Connection, die ID Cards und Führerscheine perfekt fälschen konnte. Sogar Sozialversicherungsnummern gab es für faire Preise. Das klang sehr attraktiv. Langsam witterte ich hier eine Chance zu einer neuen Identität. Eine Chance, um mit meiner furchtbaren Vergangenheit abzuschließen und einen neuen Abschnitt zu beginnen.

Ich hieß früher Daniel Mills. Diesen Namen habt ihr noch nie gehört. Ihr kennt nur den Namen Stanley Mitchell. Aber dieser Name ist erfunden. Ich musste stehlen, um meine neue Identität zu bezahlen.

Meinen neuen Namen hielt ich noch für mich versteckt. Wen ich kannte, der nannte mich weiterhin Daniel Mills. Ein Fremder würde den Namen Stanley Mitchell erfahren.

~

*E*ines Abends kam es zum Knall. Vier Skinheads, ehemalige Freunde, trafen mich in einer Bar in Gainesville mit dem Mexikaner, der mir zu meinen neuen Papieren verholfen hatte. Die Stimmung war unterschwellig merkwürdig. Ich mochte diesen Mexikaner. Juan war sein Name. Er hatte keine Familie und trug auf jeden Fall sein Kreuz. Seine Vergangenheit war keine schöne.

Ich hatte für mich in diesem Moment beschlossen, zu Juan zu stehen, sollte es zu einer Konfrontation kommen.

Aber die Jungs waren überraschend freundlich, und wir tranken einige Biere zusammen. Kein Ton über Juan oder meine „Freundschaft" mit ihm – falls man das so nennen konnte. Die Jungs sprachen teilweise schlecht über andere Skinheads, die nicht anwesend waren. Sie nannten sie hirnlose Mitläufer. Ich stimmte zu.

Zwei von ihnen erzählten frei, wie sie von dem FBI beschattet wurden, als wäre es nichts. Sie klagten darüber, dass Ronny verurteilt worden war und in den Knast wandern musste. Ich war innerlich erfreut, dass er hinter Gitter kommen würde. Er war kein guter Einfluss für mich.

Viele Biere später stopften wir zwei Idioten uns zu ihnen mit ins Auto. Zu sechst fuhren wir hinaus zu dieser Sumpfhütte im Grove Park außerhalb der Stadt, die ich noch von unseren früheren Treffen und Partys kannte. Es hieß, dass es dort einige Stripperinnen geben würde.

Diese gab es nicht. Besoffen, aber kalkuliert und voller Hass, stachen sie Juan nieder. Dann drohten sie mir und machten mir

Vorwürfe. Ich kämpfte mit zwei von ihnen, und sie warfen mich umher. Sie traten auf mich ein, alle beide.

Ich zückte blitzschnell mein neues Klappmesser und stach sie beide nieder. Innerhalb von Sekunden, wie ein entfachter Löwe, der bedroht wurde.

Die verbleidenden zwei rannten davon.

Ich holte zwei andere Mexikaner, die mit Juan befreundet waren. Dann fiel mir ein, dass dies meine Chance sein konnte, endgültig unterzutauchen. Daniel Mills zu beerdigen.

Ich rief einige Bekannte an und erzählte ihnen, dass ich mal eben zur Sumpfhütte im Grove Park hinausfahren würde, um ein Krisengespräch mit einigen ehemaligen Freunden zu führen. Ich säte diese Information.

Die zwei Mexikaner halfen mir, die Bude abzufackeln. Wir schraubten alle Flaschen von hochprozentigem Alkohol auf, vergossen ihn komplett. Dazu ein Kanister Benzin. Die drei Leichen ließen wir in Flammen aufgehen. Nun war ich auch noch ein Brandstifter. Ich war der Hauptverantwortliche für das „Grove Park Barbecue".

Juan wurde von niemandem vermisst.

Und damit war ich irgendwann offiziell tot. Der familienlose Mexikaner hatte mir eine Leiche gratis gestiftet. Das FBI war an einer der Leichen besonders interessiert. Und ich wurde als eine der anderen beiden Leichen vermutet. Daraus wurde irgendwann eine Tatsache. Daniel Mills war tot. Da ich im Waisenheim groß geworden bin, kann ich euch nicht einmal sagen, ob da draußen irgendwo Eltern waren, die um mich trauerten.

*J*ch musste den Staat verlassen, um nicht irgendwo und irgendwann erkannt zu werden. Das Leben musste irgendwie für mich weitergehen. Ich musste neuen Anschluss bekommen, neue Arbeit bekommen, irgendwie „ankommen". Sonst würde ich kein Leben führen.

So reiste ich mit meiner neuen Identität hoch nach Fairbanks in Alaska, wo ich zum neuen Jahrtausend komplett neu anfangen konnte. Hier kannte ich keine Sau. Ich bewarb mich wild in allen handwerklichen Bereichen und schlief wochenlang mit meinem Ersparten in einer Pension, bis ich Arbeit bekam und mir eine Wohnung leisten konnte. Ihr glaubt nicht, wie ich geschwitzt habe, als der große, haarige Chef einer Baufirma, den ich zum Arbeitgeber haben wollte, meinen gefälschten Ausweis in die Hand nahm. Ich starb tausend Tode.

Nun ja, es klappte. Hier in Fairbanks traf ich eure wundervolle Mutter, die als Buchhalterin arbeitete, wie ihr wisst. Sie erfuhr nie von meiner Vergangenheit.

Jahrelang hoffte ich, diese Tat würde mir vom Universum verziehen werden. Und jahrelang schien es so, als hätte ich mir meine Gnade erarbeitet. Das Leben begann sich normal anzufühlen. Der einzige fiese Beigeschmack war das eigene Wissen, dass es eben diese eine Sache gegeben hatte, über die ich nie sprach.

~

*A*ls eure Mutter schon im Jahr 2000 schwanger war, und wir zum ersten Mal erfuhren, dass es Zwillinge werden würden, dachte ich mir im stillen Kämmerlein, dass ich die Tatsache, dass ich womöglich ein Leben genommen hatte, irgendwie damit kompensieren würde, indem ich zwei neue Leben liebevoll großziehe und auf die Welt loslasse. Und dabei ließ ich die zwei toten Skinheads außer Acht. Das war Selbstverteidigung gewesen. So sagte ich mir, ich würde zwei neue Leben als Ausgleich für das eine verlorene bekommen.*

Ich versuchte mich mit allem zu trösten, ich weiß.

Aber was mir da auch noch nicht so richtig bewusst war, oder bewusst sein wollte: Die zwei Mexikaner erlitten meinetwegen ein ähnliches Schicksal wie Beaumont. Sie saßen für meine Tat im Knast. In diesem Fall hatten sie allerdings freiwillig mitgemacht. Sie hassten Skinheads und waren bereit, eventuelle Konsequenzen zu tragen. Außerdem bewunderten sie meinen Mut, der rechten Szene so mutig den Rücken zuzukehren. *Sie gönnten mir den Neuanfang, sie feierten ihn sogar. Mit den zwei toten Skinheads hatten sie keinen Hauch von Mitleid. Und Juan war in ihren Augen ein Geschenk des Universums an mich, als Belohnung für meinen Mut.*

Na ja. Ich konnte das so nicht glauben. Das war mir zu weit hergeholt. Auch wenn ich es tief in meinem Herzen hoffte.

∽

*N*atürlich drang irgendwann zu mir durch, dass Anita Hernandez ihren Verletzungen erlegen war. *Das Internet war seinerzeit nicht so omnipräsent wie heute, daher dauerte es immerhin Jahre, bis diese Information an mich gelang. Und es war ein Gefühl, als würde die Hand langsam müde werden, die die Axt über meinem Kopf hielt. Es war, als wäre mir die Axt einige Zentimeter näher gekommen. Eine Hoffnung, an der ich lange festgehalten hatte, war mir dann endgültig genommen. Die Frau hatte den Angriff nicht überlebt. Herzlichen Glückwunsch, ich war ein Mörder.*

Es blieb nur die Frage, ob ich tatsächlich davongekommen war. War der Fall als ungeklärt ad acta gelegt worden? Ich erkundigte mich nie weiter. Denn ich hatte Angst vor den Dingen, die ich dann erfahren hätte. Und in Angst lebte ich auch so schon genug.

Aber ich hätte nie geahnt, dass der Preis für mein ungestraftes Weiterleben eben war, dass ein Unschuldiger bereits im Gefängnis saß und für meine Tat seinen Kopf hinhalten sollte. Und obwohl ich gefüllt war mit Hass, konnte ich mir selbst gegenüber nie verleugnen, dass mich mein Gewissen innerlich auffraß, dass ich nicht den Mut hatte, mich zu stellen. Ganz unabhängig davon, dass ich nicht wusste, dass jemand anders für die Tat büßen sollte.

Hätte ich mich anders verhalten, wenn ich vorher erfahren hätte, dass es einen Sündenbock gab? Ich glaube, meine ganz ehrliche Antwort lautet „nein". Dafür war ich tief in meinem Kern zu egoistisch und voller Selbsterhaltungstrieb.

Ich hätte allerhöchstens im stillen Kämmerlein eine andere Sache

gelöst: Ich hätte sicher die Feststellung gemacht, dass ich nicht rechts-
radikal genug war, um in irgendeiner Weise glücklich darüber zu sein,
dass ein Schwarzer den Blitz der Vergeltung von mir abgeleitet hatte.
Ich hätte festgestellt, dass ich ein Möchtegern-Rassist war, ein Mitläu-
fer, gehirngewaschen und leicht zu beeinflussen. Aber immerhin kann
ich mir jetzt klar eingestehen, all diese Dinge gewesen zu sein. Denn er
konnte noch so schwarz, drogenabhängig oder kleinkriminell sein, er
war schlicht und einfach nicht der Mörder von Anita Hernandez.
Sondern ich.

*E*rst im Jahre 2006 erfuhr ich zufällig hier in Fairbanks
durch eine Reportage, dass Beaumont Brown für meine Tat
einsaß. Und das ist verdammt spät. Da wart ihr schon fünf Jahre alt.
Es wurde im Fernsehen ein Foto von Anita Hernandez eingeblendet,
und dann wurde das Foto von Beaumont gezeigt. Er trug Orange und
stand vor einer weißen Messwand. In den Händen hielt er seine Tafel,
und sein Blick sah so aus, als wäre jeder Rest an Lebensfreude längst
aus ihm geprügelt worden. In diesem Moment fiel mir alles aus dem
Gesicht, das könnt ihr mir glauben.

Deswegen war ich tagelang so komisch drauf. Ich bin ganz von
vorn innerlich zusammengebrochen.

Und dann begann ich zu recherchieren. Ich verfolgte akribisch den
Fall, aber ich fühlte mich wie paralysiert, handlungsunfähig. Wie tat
man nun das Richtige, wenn man inzwischen eine Frau und zwei
kleine Mädchen hatte?

Aufgrund meiner Liebe zu euch, und meiner egoistischen Liebe zu
mir selbst, beschloss ich für mehrere Jahre, nichts zu unternehmen.

*I*ch stehe hier vorm Spiegel, und ich benutze den gleichen alten Rasierapparat, den wir damals benutzten, um eurer geliebten Mutter Liberty ihre wunderschönen blonden Haare abzuscheren, direkt nachdem sie in der Dusche ihren Haarausfall festgestellt hatte.

Und wisst ihr was, ich sehe noch einige ihrer Haare darauf. Ich hatte das Gerät seit jenem Tag nie gereinigt. Ich glaube, ich habe es sogar seitdem nie benutzt.

Heute benutze ich es.

Ich werde mir gleich die Haare vom Kopf rasieren und der Welt zeigen, wer ich einmal war. Ich werde es nicht länger verstecken. Und ich werde zur Polizei gehen und mich stellen. Was danach passiert, das übersteigt mein Wissen. Wie geht man damit um, dass bereits jemand für einen Mord bezahlt hat, aber nun jemand daherkommt und gestehen will, selbst der Mörder zu sein?

Ich habe wirklich keine Ahnung.

Und es ist eigentlich viel zu spät, um das Richtige zu tun. Eigentlich ist mein Zug abgefahren, und eigentlich hat Beelzebub mit Sicherheit einen Teufel für mich allein abgestellt.

Aber ist es jemals zu spät, um die Wahrheit zu sagen?

Es kann nicht richtig sein, für mich zu behalten, was ich getan habe, auch wenn der Fall bereits geschlossen ist. Es ist nie zu spät, um das Richtige zu tun.

Ich habe es in den letzten Jahren auf eine nicht ganz ehrliche Art versucht. Ich habe ernsthaft versucht, Beaumont zu helfen. Nur ohne mich selbst dafür ins Feuer zu werfen.

Am 22. Mai 2013 schrieb ich einen Brief an ihn, nachdem ich mit eurer Mutter bei Dr. Moore saß und auf die Ergebnisse ihrer Untersuchung wartete. Im Wartezimmer lag ein Heft, in dem eine Annonce geschaltet war. Zehn Todeskandidaten aus den USA hatten sich vorgestellt, sie suchten Brieffreunde.

Und siehe da, unter ihnen befand sich Beaumont Brown. Ich schrieb mir sofort die Anschrift des Gefängnisses auf.

Als der Arzt dann im Gespräch von Fortschritt redete, spürte ich einen Hoffnungsschimmer. Er sagte, dass Libertys Krebs wohl auf die Chemotherapie reagiert hatte.

Und das alles fühlte sich für mich wie ein Zeichen an. Das Timing dieser Annonce, ausgerechnet an diesem Tag.

Und da kam mir der Gedanke, dass ich vielleicht irgendwie anders helfen könnte, ohne meine Familie zu gefährden. Erst recht, wo jetzt meine Frau Krebs hatte und meine Zwillingstöchter gerade erst zwölf Jahre alt waren. Vielleicht wollte mir der Kosmos helfen, einige Dinge richtig zu tun.

∾

*S*o begann ich in diesem Jahr 2013, eine Brieffreundschaft mit Beaumont zu führen. Und dabei gab ich mich als eure Mutter Liberty aus. Die weibliche Handschrift holte ich mir gegen etwas Taschengeld bei einer Bekannten, deren Namen ich an dieser Stelle nicht nennen möchte. Ich habe sie dafür bezahlt, alles in weiblicher Handschrift aufzuschreiben, und niemals ein Wort darüber zu verlieren. Ich hatte Beaumont aus Sicht eurer Mutter erzählt, dass ich, Stan, vor Jahren an „einer Krankheit" gestorben sei.

Er fragte mich am 3. Januar 2014, ob ich ihn denn anrufen könnte. Das musste ich irgendwie lösen. Und das habe ich gelöst bekommen. Meine „Bekannte" hat sich zur Verfügung gestellt, und sich sozusagen an ein Skript gehalten. Später konnte ich selber am Telefon den Steuerberater spielen.

Ich besorgte mir ein zweites Handy und gab meine Nummer an Beaumonts Anwalt. Ich gab mich als den Steuerberater von eurer Mutter aus und versorgte ihn ab und zu mit Geld, um weiter an seinem Fall zu arbeiten. Ich sprach einige Male mit dem Anwalt, Edward Dickinson.

Im Nachhinein muss ich feststellen, dass dieser Anwalt entweder untauglich war, oder womöglich nicht mit dem ganzen Herzen bei der Sache war. Er überprüfte nie online meine angebliche Steuerkanzlei.

Ich hatte den Namen der Kanzlei genannt, wo ich meine Steuerangelegenheiten gemacht bekomme. Dieser Dickinson hätte eigentlich nichts weiter tun müssen, als auf der Website der Kanzlei ins Team zu schauen, um festzustellen, dass dieser Anwalt ein Geist war. Aber gut.

~

*A*m 10. April 2014 rief mich Beaumont aus heiterem Himmel an, dies haute mich ganz schön um. Ich war darauf nicht vorbereitet, dass er sich einfach so melden würde. Am Telefon fragte er verzweifelt nach Geld und sagte mir, dass er einen Hinrichtungstermin bekommen hatte, und dass er kurz davor ein Foto meines Hinterkopfs in der Hand gehalten hätte. Er behauptete, an einer heißen Spur zu sein, die seine Freiheit bedeuten könnte.*

Dies machte mir natürlich Sorge. Denn ich war noch lange nicht bereit, gefasst zu werden. Ich hatte eine Familie, um die ich mich kümmern musste. Euch im Stich zu lassen, das wäre für mich das Schlimmste gewesen.

Andererseits hörte ich die verzweifelte Stimme eines Unschuldigen, der nun den 29. Mai 2014 als Todestag bekommen sollte – obwohl dieser Termin eigentlich mir hätte gelten müssen. Ich war ein Feigling. Und ich hasste mich selbst dafür.

Wie konnte ich sein Leben retten, ohne mich dabei selbst den Löwen zum Fraß vorzuwerfen?

Gab es irgendeinen Weg in dieser Situation, uns beide zu retten?

Würde das Universum so einen Ausgang zulassen? Oder musste etwa ein Kopf rollen, um die Dinge ins Gleichgewicht zu stellen?

Ihr glaubt nicht, was das für ein Gefühl für mich war, mit dem Mann am Telefon zu sprechen, der für meine Tat exekutiert werden sollte. Es fraß mich innerlich auf wie nichts, was ihr euch auch nur ansatzweise vorstellen könnt. In diesem Moment fühlte ich mich sicher, dass der Teufel in der Hölle einen heißen Platz für mich bereithielt.

~

*E*ure Mutter wusste nichts von alldem, was auf dem Papier passiert war. Ich habe Beaumonts Briefe stets zu einem gemieteten Briefkasten bei der Post schicken lassen.

Als Liberty dann am 9. Februar 2015 so plötzlich starb, an diesem wunderschönen, sonnigen Valentinstag, da fiel ich – wie ihr ja zu gut wisst – in dieses Trauerloch, und brauchte ziemlich lange, um mich wieder aufzurappeln. So hörte Beaumont etwa ein halbes Jahr lang nichts von mir.

~

*I*rgendwann bat ich meine Bekannte, diesen Anwalt von Beaumont anzurufen und ihm eine ausgedachte Geschichte zu erzählen, Geldprobleme, Zickereien mit euch. Denn es tat mir schon sehr leid, dass Beaumont so lange nichts von mir hörte. Aber es ging einfach nicht.

Als ich genug Kraft gesammelt hatte, schrieb ich im Namen eurer Mutter einfach weiter, mit der Hilfe von meiner „Bekannten". Sie konnte mir helfen, Weiblichkeit reinzubringen. Es waren auch keine großartig verdächtigen Inhalte, überwiegend Smalltalk und tröstende, aufbauende Worte. Ich war sein Opium.

Damit diese Bekannte keine weiteren Fragen stellte, weshalb ich diesen Aufwand betreiben wollte, habe ich sie recht gut bezahlt. Und dafür, dass sie es für sich behielt. Ich begründete es einfach damit, dass ich in der Zeitschrift von ihm gelesen, und den Drang zu helfen verspürt hatte.

Ich spielte lange auf Zeit und versuchte alles, was in meinen Fähigkeiten stand, um den Termin von Beaumonts Hinrichtung so weit wie möglich nach hinten zu schieben. Um irgendwie Zeit zu gewinnen. Denn mir war es von extrem hoher Wichtigkeit, dass ihr erwachsen werdet, bevor ich das Risiko eingehe, euch für immer im Stich zu lassen, indem ich diese eine Karte ausspiele, die ihm sofort das Leben *retten würde. Ich musste hoffen, dass er nicht vor eurer Volljährigkeit seinen Tag zum Sterben bekam.*

Ich wurde regelrecht aktiv und suchte als stille Armverlängerung von Beaumont nach irgendetwas, was auf der einen Seite nicht direkt zu mir führte, aber auf der anderen Seite die angebliche Eindeutigkeit von Beaumonts Schuld zerstörte. Ich hatte alles Mögliche versucht, um seinen Termin bis heute zu schieben, nach eurem 18. Geburtstag. Ich war auch derjenige, der die Idee bekam, die ganze Geschichte an die Presse zu bringen — was wieder für die Inkompetenz von diesem Anwalt spricht. Von hier aus fühlte ich mich relativ sicher, dass man mich nicht finden würde, aber solange es Wirbel um Beaumonts Fall gab, konnte ich mir nicht vorstellen, dass man ihn einfach exekutieren würde.

Irgendwann kam die Nachricht, dass nun alle Berufungen erfolglos verbraucht waren, und dass Beaumont am 15. Juli 2018 endlich auf dem elektrischen Stuhl Platz nehmen würde, ohne Wenn und Aber — es sei denn, irgendein Wunder würde in den letzten Wochen geschehen. Es fraß mich innerlich auf. Womöglich war es gewissermaßen schlimmer für mich als für ihn. Immerhin hatte er sich jahrelang auf diese Nachricht seelisch vorbereitet. Und ich wollte nicht noch ein Leben auf dem Gewissen haben. Wiederum wollte ich euch nicht ohne Eltern dastehen lassen.

Die stärkste Option, die ich mir im Frühling 2018 ernsthaft durch den Kopf gehen ließ, war es, ein Geständnisvideo aufzunehmen und zum Polizeirevier von Orlando zu schicken, und dann mit euch unterzutauchen.

Aber was wäre das denn bitte für ein Leben für euch gewesen? Ein Leben auf der Flucht, in der Obhut eines Mörders?

Ich entschied mich aus genannten Gründen, selbst in den letzten Wochen von Beaumonts Leben, gegen diese Option, und spielte weiterhin die Rolle der nicht direkt betroffenen Brieffreundin mit den besten Absichten.

Diese letzten Wochen verbrachte ich damit, alle anderen erdenklichen Optionen zu erschöpfen, die sich innerhalb dieses Rollenspiels befanden. Ich spielte auf der sicheren Seite, aber gab mir trotzdem alle Mühe. Ich wollte sein Leben retten, aber aus garantierter, sicherer Entfernung.

In letzter Instanz sammelte ich Unterschriften für eine Petition, und fügte gefälschte hinzu. Während ihr im Juni letzten Jahres im Sommercamp wart, reiste ich quer durch die Nation und verschickte aus diversen Bundesstaaten etliche Briefe, die ich von Wildfremden gegen ein kleines Trinkgeld habe schreiben lassen. Ich ließ beim Gouverneur das Postfach regelrecht überschwappen, um ihn zu einem dritten Aufschub zu bewegen. Aber er ließ sich dieses Mal nicht darauf ein, und die vielen Unterschriften beeindruckten ihn nicht.

Meine Mühen zahlten sich nicht aus. Leider lief Beaumont die Zeit aus, und dieses Mal gab es keine Gnade für ihn. Das Einzige, was ihn gerettet hätte, wäre für mich gewesen, mich zu stellen. Aber dazu hatte ich nicht den Mut, solange ihr Zwei in meiner alleinigen Verantwortung standet.

So versuchte ich ihn mit den Briefen zu trösten, bei Laune zu halten. In Form meiner verstorbenen Frau spielte ich eine Rolle für ihn, Hauptsache, ich war einfach das, was er gerade brauchte. Egal, was das war. Ich war sein Morphium. Ich versuchte ihm Trost zu schenken.

Als ich merkte, dass Beaumont nicht zu trösten war, begann ich ihn dahingehend zu manipulieren, dass er nach und nach apathischer und nihilistischer wurde. Ich lenkte seine Gedanken und Gefühle in Richtung Gleichgültigkeit. In Richtung Akzeptanz.

~

*D*as alles trifft euch sicher wie ein Schock. Dass ich euch diese Dinge in einem Brief erzähle, ist sicher auch nicht die feinste Art. Aber ich schätze, ich bin ein Feigling.*

Ich hatte zu große Angst davor, euch diese Dinge zu sagen, und euch dabei in die Augen zu schauen.

Was ich getan habe, werde ich mir nie verzeihen können. Aber euch nach dem Tod eurer Mutter auch noch vaterlos zurückzulassen, das konnte ich einfach nicht übers Herz bringen.

Es war so ein knappes Fenster. Ein weiteres Jahr, mehr wollte ich für Beaumont nicht gewinnen. Letztes Jahr hätte ich zwei minderjährige Mädchen zurückgelassen. Heute ist es anders, auch wenn es von dieser Geschichte keine schöne Version gibt.

Feigling bin ich genug. Damit muss Schluss sein. Ich werde mich nun der Wahrheit stellen, und zur Polizei gehen. Auch wenn ich Beaumont damit nicht zurückholen kann. Trotzdem muss ich es tun.

~

*I*ch kann nicht sagen, was mich dann erwartet. Und ich hoffe, ihr könnt mir das alles verzeihen. Eure Kerle werden sicher gut auf euch aufpassen, und auf dem Campus seid ihr gut aufgehoben. Beigefügt findet ihr meine gesamten Ersparnisse. Ich hoffe, Western Union macht seinen Job gut. Bitte geht mit dem Geld weise und bedacht um. Aber ich weiß, dass ihr das tun werdet. Und ich vertraue darauf, dass euer Onkel auch immer für euch da sein wird. Da werde ich mich aber noch absichern.

Bitte hasst mich nicht. Aber auch wenn ihr es tut, kann ich es verstehen. Ich habe in meinem Leben unverzeihliche Dinge getan, über die ich teilweise noch nie mit jemandem gesprochen habe. Und dafür ist es an der Zeit, die Konsequenzen zu tragen.

Ich möchte euch dafür danken, dass ihr mir so wundervolle Erinnerungen geschenkt habt. Dass ihr mich, zusammen mit eurer Mutter, zu einem besseren Menschen gemacht habt. Eigentlich hatte ich drei Jahre vor eurer Geburt mein Leben bereits weggeschmissen. Aus irgendeinem Grund erhielt ich dennoch eine zweite Chance. Vielleicht war es nur, um euch zu zeugen und großzuziehen. Ich bin verantwortlich für den Tod zweier Menschen. Wenigstens hinterlasse ich zwei neue – von *denen ich mir sicher bin, dass sie ein guter Beitrag zur Menschheit sind.*

Also, langsam gehen mir die Worte aus. Ich bitte euch, weiterzumachen. Einfach weitermachen. Blickt nicht zurück, blickt nach vorn. Tut das, was gut für euch ist. Ihr schafft das. Ich glaube ganz fest an euch.

Wenn ihr mich weiterhin in eurem Leben haben wollt, werde ich immer für euch da sein – egal, wo ich bin. Ihr werdet es sicher erfahren. Aber wenn ihr mich aus eurem Leben ausschließt, werde ich es auch verstehen. So oder so, ich werde warten.

Ich kann es nicht oft genug sagen: Es tut mir unendlich leid. Aber ich kann die Vergangenheit nicht ändern. Nur die Zukunft.

Womöglich wird es mein Karma sein, dass eure Mutter und Beaumont im Jenseits schon längst ein Paar sind. Es wäre schon eine Ironie des Schicksals. Und angesichts dessen, was Beaumont für mein Vergehen durchmachen musste, ist es vielleicht auch sein verdientes Happy End, irgendwo mit ihr auf einer Terrasse zu sitzen, ein Gläschen Wein zu trinken und der Sonne zuzuschauen, wie sie ins Meer verschwindet. Irgendwo an einem sicheren Ort, weit weg von hier, wo jeder bekommt, was er verdient.

Ich glaube, diesen Ort werden wir alle besuchen. Er könnte ein schönerer sein als dieser hier. Vieles spricht dafür. Aber wir werden sehen, jeder für sich.

Ich liebe euch von ganzem Herzen.

uer Vater,
Stan Mitchell

8

DANKSAGUNG

An erster Stelle bedanke ich mich bei meiner Frau Annika für ihre Unterstützung und Liebe bedanken, sowie bei meiner ganzen Familie. Für die Unterstützung bei der Ausarbeitung dieser Geschichte danke ich meinem Bruder, Miguel Angelo Pate. Für die hilfreichen Ratschläge und den Support beim Self Publishing danke ich Laura Sommer. Für das Lektorat und Korrektorat bedanke ich mich bei Ann-Christin Jipp. Und für das Cover danke ich Rebecca Wild.

9

IMPRESSUM

Michael Pate
c/o take25 Pictures GmbH
Friedrichstr. 14-16
25774 Lunden
Telefon: 04882-6060086

ISBN: 9783748139959

Cover: Rebecca Wild
Beratung: Laura Sommer
Lektorat und Korrektor: Ann-Christin Jipp

Bildnachweis Cover:
© depositphotos.com

Florida Postamt Stempel
Vektor ID: 138312596
Urheberrecht: roxanabalint

White Paper

Datei-ID: 2355636
Urheberrecht: Phecsone

Alte Postkarte
Datei-ID: 43802713
Urheberrecht: Andrey_Kuzmin

Holz-Hintergrund
Datei-ID: 170344426
Urheberrecht: VadimVasenin

Füllfederhalter
Datei-ID: 19703565
Urheberrecht: windujedi

Papier-Bettwäsche-Set
Datei-ID: 21903289
Urheberrecht: LiliGraphie

Herstellung und Verlag:
BoD – Books on Demand, Norderstedt
ISBN: 978-3-7481-3995-9